D1150578

MA CAVALE
AU CANADA

DU MÊME AUTEUR

Dans la même collection :

Laissez tomber la fille.
Les souris ont la peau tendre.
Mes hommages à la donzelle.
Du plomb dans les tripes.
Des dragées sans baptême.
Des clientes pour la morgue.
Descendez-le à la prochaine.
Passez-moi la Joconde.
Sérénade pour une souris
défunte.
Rue des Macchabées.
Bas les pattes.
Deuil express.
J'ai bien l'honneur de vous buter.
C'est mort et ça ne sait pas.
Messieurs les hommes.
Du mouron à se faire.
Le fil à couper le beurre.
Fais gaffe à tes os.
A tue... et à toi.
Ça tourne au vinaigre.
Les doigts dans le nez.
Au suivant de ces messieurs.
Des gueules d'enterrement.
Les anges se font plumer.
La tombola des voyous.
J'ai peur des mouches.
Le secret de Polichinelle.
Du poulet au menu.
Tu vas trinquer, San-Antonio.
En long, en large et en travers.
La vérité en salade.
Prenez-en de la graine.
On t'enverra du monde.
San-Antonio met le paquet.
Entre la vie et la morgue.
Tout le plaisir est pour moi.
Du sirop pour les guêpes.
Du brut pour les brutes.

J'suis comme ça.
San-Antonio renvoie la balle.
Berceuse pour Bérurier.
Ne mangez pas la consigne.
La fin des haricots.
Y a bon, San-Antonio.
De « A » jusqu'à « Z ».
San-Antonio chez les Mac.
Fleur de nave vinaigrette.
Ménage tes méninges.
Le loup habillé en grand-mère.
San-Antonio chez les « gones ».
San-Antonio polka.
En peignant la girafe.
Le coup du père François.
Le gala des emplumés.
Votez Bérurier.
Bérurier au sérail.
La rate au court-bouillon.
Vas-y Béru !
Tango chinetoque.
Salut, mon pope !
Mange et tais-toi.
Faut être logique.
Y a de l'action !
Béru contre San-Antonio.
L'archipel des Malotrus.
Zéro pour la question.
Bravo, docteur Béru.
Viva Bertaga.
Un éléphant, ça trompe.
Faut-il vous l'envelopper ?
En avant la moujik.
Ma langue au Chah.
Ça mange pas de pain.
N'en jetez plus !
Moi, vous me connaissez ?
Emballage cadeau.
Appelez-moi, chérie.

T'es beau, tu sais !
Ça ne s'invente pas.
J'ai essayé : on peut !
Un os dans la noce.
Les prédictions de Nostrabérus.
Mets ton doigt où j'ai mon doigt.
Si, signore.
Maman, les petits bateaux.
La vie privée de Walter Klozett.
Dis bonjour à la dame.
Certaines l'aiment chauve.
Concerto pour porte-jarretelles.
Sucette boulevard.
Remets ton slip, gondolier.
Chérie, passe-moi tes microbes !
Une banane dans l'oreille.
Hue, dada !
Vol au-dessus d'un lit de cocu.
Si ma tante en avait.
Fais-moi des choses.
Viens avec ton cierge.
Mon culte sur la commode.
Tire-m'en deux, c'est pour offrir.
A prendre ou à lécher.
Baise-ball à La Baule.
Meurs pas, on a du monde.
Tarte à la crème story.
On liquide et on s'en va.
Champagne pour tout le monde !
Réglez-lui son compte !
La pute enchantée.
Bouge ton pied que je voie la mer.
L'année de la moule.
Du bois dont on fait les pipes.
Va donc m'attendre chez Plu-
    meau.
Morpions Circus.
Remouille-moi la compresse.
Si maman me voyait !
Des gonzesses comme s'il en
    pleuvait.
Les deux oreilles et la queue.
Pleins feux sur le tutu.
Laissez pousser les asperges.
Poison d'Avril, ou la vie sexuelle
    de Lili Pute.
Bacchanale chez la mère Tatzi.

Dégustez, gourmandes !
Plein les moustaches.
Après vous s'il en reste, Monsieur
    le Président.
Chauds, les lapins !
Alice au pays des merguez.
Fais pas dans le porno...
La fête des paires.
Le casse de l'oncle Tom.
Bons baisers où tu sais.
Le trouillomètre à zéro.
Circulez ! Y a rien à voir.
Galantine de volaille pour dames
    frivoles.
Les morues se dessalent.
Ça baigne dans le béton.
Baisse la pression, tu me les gon-
    fles !
Renifle, c'est de la vraie.
Le cri du morpion.
Papa, achète-moi une pute.

Hors série :

L'Histoire de France.
Le standinge.
Béru et ces dames.
Les vacances de Bérurier.
Béru-Béru.
La sexualité.
Les Con.
Les mots en épingle de San-Anto-
    nio.
Si « Queue-d'âne » m'était conté.
Les confessions de l'Ange noir.
Y a-t-il un Français dans la salle ?
Les clés du pouvoir sont dans la
    boîte à gants.
Les aventures galantes de Béru-
    rier.
Faut-il tuer les petits garçons qui
    ont les mains sur les hanches ?
La vieille qui marchait dans la
    mer.

Œuvres complètes :

Vingt-deux tomes déjà parus.

SAN-ANTONIO

MA CAVALE
AU CANADA

BEAU LIVRE

FLEUVE NOIR

6, rue Garancière - Paris VIᵉ

© 1989, « Éditions Fleuve Noir », Paris.

ISBN 2-265-04164-5
ISSN 0768-1658

AVIS AU LECTEUR

(qu'a eu vachement raison d'acheter ce livre)

Je t'annonce un événement aux retombées incalculables : mon mariage avec Wolinsky.

La couvrante du présent bouquin tiendra lieu de faire-part.

Dorénavant, toutes celles qui suivront seront dues à ce génial dessinateur auquel je souhaite la bienvenue à bord. Ainsi te sera-t-il proposé deux chefs-d'œuvre pour le prix d'un seul.

Si constipé ou gluant de la coiffe, s'abstenir !

SAN-ANTONIO

Je vis enfin au présent parce que mes moyens ne me permettent plus de vivre autrement.

San-Antonio

« Ne cherche pas toujours à comprendre : fais confiance à mon mépris. »

« La haine est une maman. »

« Mais pourquoi n'es-tu pas vraiment con, dis, petit con ? J'aurais pu alors t'oublier ! »

« Il n'espérait rien de ce qu'il écrirait. Rien d'autre que le mince soulagement de l'avoir écrit. »

San-Antonio
(Déconnages épars)

— Votre mari n'est pas là, madame Eiffel?
— Non, il est allé faire une tour.

A Germain Lapierre,
en souvenir d'une randonnée menée à
vive allure dans les neiges québecoises
et pour lui dire mon amitié.

San-Antonio

QUAND ÈVE
ARRIVE À BON PORT

Justin se tient assis sur une chaise trop gracile pour son gros cul. Heureusement, elle est en cuivre, ou je ne sais pas quoi de métallique, et son dossier est hérissé de motifs aigus après lesquels on s'entame les fringues et la viande. Moi je dis qu'il faut être con pour fabriquer des sièges pareils. Ou alors rêveur. Pas songer à l'utilisation pratique de la chose. Si tu perds de vue le fonctionnel des objets, ils démissionnent, fatal.

Donc, Justin est assis. Il a gardé son veston, sa cravate imprimée. Il a gardé ses chaussettes et ses targettes. N'a ôté que son pantalon et son caleçon long, style président Fallières. Les deux gisent sur le plancher où ils continuent de se raconter leurs misères communes : les pets de Justin, ses hémorroïdes, ses mictions bâclées.

Justin pèse dans les deux cent vingt livres. Son dos, tu dirais un panneau d'affichage électoral. Presque pas de cou. Une tête grosse comme un casque de salon de coiffure, avec, sur le dessus, luttant contre l'émaillage d'une calvitie rose, des tifs queue de vache soigneusement plaqués à la seccotine.

Il se tient bizarrement assis, Justin. Un genou à Paris, l'autre à Lyon. Entre les deux, assise sur ses talons, Mirella, la flamboyante, est en train de lui tailler une pipe avec un bruit de restaurant à prix fixe napolitain, au moment des spaghetti. Justin est couperosé. Nez en pied de marmite, lèvres épaisses et luisantes, paupières en conques sur un regard placide et résigné de ganache asphyxiée par trop de nourritures riches.

Il contemple la fille qui s'acharne sur sa membrane. Elle a de la technique et de la détermination, Mirella. Sa spécialité, c'est le monde du ciné et de la téloche. Elle fait dans les extérieurs de nuit. Moyennant un petit bouquet au régisseur, elle se pointe avec sa vieille tire américaine aux vitres teintées, dont l'arrière est aménagé en petit boudoir. Elle se gare près des groupes électrogènes et alors le défilé commence, car un tam-tam de brousse annonce sa venue, et toute l'équipe radine en queue leu leu (si je puis dire) se faire essorer les glandes. C'est la conjoncture idéale pour putasser dans la tranquillité.

Ces hommes qui traversent des périodes de désœuvrement, qui biberonnent et se racontent des histoires de miches en attendant leur tour d'œuvrer, tu parles comme ça leur dit de se faire éblouir le panais ! A part le réalisateur survolté, tout le monde vient jeter sa gourmette (comme dit Béru). Il lui arrive même parfois, en fin de nuit, de brouter la script et les maquilleuses, Mirella. Elle est tout-terrain, la rouquine. Tant qu'à faire de se déplacer, faut affurer un max, c'est logique, non ? En fin de parcours, le sol est devenu glissant autour de sa guinde, je te le dis.

Et bon, pour t'en revenir à cette fée du turlute,

elle est aux prises avec le brise-jet du gars Justin présentement. Derrière la glace sans tain isolant son salon de sa chambre, Béru et moi assistons à l'opération.

— Dis voir, ç'a pas l'air d'êt' un ténor du zifolo, ton pote ! ricane Béru. Ell' va s' détraquer la mâchoire, c'te gerce, à escrimer d' la sorte !

Effectivement, la science pourtant très aboutie de la pute ne semble pas mener Justin aux apothéoses. La tête inclinée, ce qui lui vaut un menton supplémentaire, il regarde mâchouiller son paf assoupi.

La Mirella, elle est vaillante que tu peux pas savoir l'à quel point ! Au lieu de fléchir, elle enclenche le turbo ; mais c'est pas un turbo-mayonnaise. Ses efforts restent stériles.

Comprenant leur inanité, elle récupère son don de parole pour questionner :

— Dis voir, Chouchou, t'aurais pas trop bu de bière, des fois ?

— J' croive pas, répond Justin.

Mirella considère avec mélancolie ce pauvre zob pendant qui porte atteinte à sa réputation.

— Ça t'aiderait, tu penses, si je te filais un doigt dans l'oigne ?

Justin met du temps à traduire. Lui, il est provincial et l'argot n'est pas encore parvenu (quelques termes exceptés, admis d'ailleurs depuis lurette par le Larousse), dans son Ardèche natale. Néanmoins il déchiffre l'aimable propose de Mirella et hoche la tête :

— Franchement, c'est pas la peine de vous déranger, assure le brave homme.

L'œil de bronze ne constitue pas sa longueur

d'onde. Ses langourances coutumières le portent
vers d'autres délices.

— Alors qu'est-ce qu'on fait ? interroge la chère
fille. Je t'entreprendrais bien au vibromasseur, mais
je doute que ce soit ton style, Chouchou. T'as le coït
rural ; tu grimpes fermier, on le sent. Tes premières
armes ont eu lieu dans une étable, comme la
naissance du Petit Jésus. T'es un ramoneur de
grands culs, tézigue ! Je me goure ? La vérité, c'est
que je t'intimide, mon gros loup. On croit, les porte-
jarretelles noirs, que c'est la panacée universelle,
mais c'est un truc auquel seuls les intellos carburent.
Je vois, toi, ça te fait ni chaud ni froid. Les bas non
plus. T'aimes le gros linge honnête, celui qui fait des
plis aux miches, et qu'on rabat comme des volets. La
pipe non plus, c'est pas ta tasse de thé. Je parie que
c'est la première fois qu'on te tutoie le Pollux ? Dans
ta brousse, trésor, vous y allez à l'enfourchement de
l'artilleur. L'embroque façon taureau. A peine en
position, tu largues ta camelote. Tout juste si tu cries
pas « Hue ! », ensuite, pour que ta partenaire
dégage ta durite ! T'es près de la nature, quoi. Pas
perverti le moindre. Tu te repères à la chaleur. Une
fois dans la place, tu ne t'attardes pas, juste tu
gesticules un peu du dargeot, et tu sèmes à tout
ventre ! La payse n'a plus qu'à se démouscailler le
jouffu ; question panard, pour elle c'est la tringle !
Chez vous autres, les nabus, vous ne faites pas
l'amour : vous vous reproduisez. La baise, mon
grand, c'est un art.

« Puisque te voilà chez une professionnelle, faudrait que tu piges ce que tu manques, Chouchou. Tu
vas pas mourir sans avoir eu un aperçu. Les semail-
les, c'est beau, je conviens, mais c'est pas avec ça

que tu composes un opéra. Tu ne sais pas ? Puisque
ta passe est payée et que tu n'as pas consommé, on
va demander à M. Alexandre-Benoît, qui se trouve
au salon, de venir te faire une démonstration,
Chouchou. Lui, c'est un vrai régal ambulant, cet
homme. Le queutard de haute lignée ! Déjà son
braque, faut pas avoir la chattoune en boutonnière
de décoration pour se l'ingurgiter ! Tu vas voir, ce
seigneur du mandrin ! Et puis alors, la technique,
chapeau ! Moi, quand une petite nouvelle vient me
demander conseil pour se lancer dans le pain de
fesses, sans hésiter je la branche sur M. Alexandre-
Benoît. Tu peux pas trouver meilleure école. Le
guisot de M. Alexandre-Benoît, c'est la toute grande
rareté, question braque. Ses parties de cul, une
apothéose du sensoriel ! »

Un qui frime, près de moi, c'est Mister Béru. Ces
louanges lui vont droit au cœur. Il renifle de
l'humidité qui doit être proche des larmes.

— C'est gentil, il murmure. V'là une gagneuse
qui sait rend' à Béru c' qu'appartient à Mozart.
L'hommage d'une vraie pro, ça m' touche. Elle a
raison, Mirella ; ton con d' plouc, faut lui faire une
démontrance, qu'il susse à quoi ça correspond,
exaguettement, une partie d' jambons pur fruit.

Il passe dans la pièce voisine, épanoui, le ventre
en avant.

— J'allais justement vous demander, monsieur
Alexandre-Benoît ! s'extasie la rouquine.

Le Gros tapote l'épaule de Justin.

— Alors, comme ça, on est en rade d'allumage,
m'sieur Justin ? V's'avez du diesel dans vot' réserve-
voir d' super ? Restez assis, j' vous prille. J' vas vous
remplacer au pied levé, c'est l' cas d'y dire. Mad'-

m'selle Mirella, toute pute qu'é soye, j' la fais hurler
d' bonheur, pas vrai, ma Puce? Et pourtant, du
chibre, elle attend pas après! Elle bat l' Mermoz en
f'sant du dix nœuds à l'heure dans les urgences.

Tout en parlant, il se dépiaute presque entièrement, ne conservant que ses chaussettes, ses souliers
et aussi son chapeau.

Mirella prend le relais.

— Tu vas voir, Chouchou, annonce-t-elle en se
plaçant en travers du lit, M. Alexandre-Benoît va
m'entreprendre par une babasse-dégustation; et
avec lui, c'est pas du chiqué de sénateur asthmati-
que, espère! La groume intégrale, un vrai caméléon,
question de la menteuse. T'as remarqué sa chopine
de bourrin? Dis-toi que pour la langue, c'est en
rapport. Sa bavarde, tu croirais une semelle de
botte.

« Tiens, vise comme je chique à la petite gre-
nouille! La minouche comme la porte de ta grange,
Chouchou. Penche-toi, tu verras mieux. Tu notes
comment qu'il me vote ses petits coups de semence,
le chérubin? Sur le pourtour. Yop! Et yop! Et
maintenant, il va faire l'entonnoir géant. En spirale!
C'est ça qui fait son prestige, M. Alexandre-Benoît.
Comment? Tu vois pas à cause de son chapeau?
Ah! ça, c'est son péché mignon, le chapeau,
M. Alexandre-Benoît. Un roi tient moins à sa couronne que lui à son bada.

« Vise un peu la démonstration, Chouchou. Ses
mains! Là, tu les vois, ses mains? La droite! Tu
piges le manège des doigts? Un dans la moniche,
l'autre dans le petit borgne. Et sa gauche! Loupe pas
le manège de la gauche. Il me malaxe les noix, et ça

c'est du vrai boulot de boulanger. Je ne serais pas
blasée, je crois que j'appellerais ma mère ! »

Moi, assis dans un fauteuil pelucheux, les jambes
allongées, les mains croisées sur le bide, je contemple l'aimable spectacle, lequel est beaucoup plus
attrayant que bien des cassettes pornos.

Peut-être, puisque je suis un romancier consciencieux, serait-il temps pour moi de t'affranchir sur
l'objet de notre présence chez Mirella ! Oui, n'est-ce
pas ?

Sache donc, ô mon ami cartésien, que tout a
commencé avant-hier. Je désœuvrais à la Maison
Poupoule devant *L'Evénement du Jeudi,* toujours
riche d'enseignement, lorsque le standardiste m'a
annoncé un appel de province. Un certain Justin
Petipeux, de Goguenars, Ardèche, demandait à me
parler. N'ayant pas ce nom sur mes tablettes, je
faillis refuser la communication, mais, tu le sais,
nous autres, chevronnés de la Rousse, détenons un
sixième sens qui nous alerte à bon escient.

Mû par un réflexe incontrôlé, je demandai à
Narcisse Suave, le préposé, de me brancher. J'obtins
alors ce bel organe embarrassé, gras, au lent débit
légèrement chantant qui n'appartient qu'à un
homme de la terre ou, pour le moins, du terroir (de
la commode).

« — Vous êtes le commissaire Santantonio ? »

Ils me foutent toujours un « t » à San et sucrent
mon cher tiret, ces nœuds !

« — Entièrement ! » répondis-je.

« — Çui-là qu'écrit des livres ? » insista la voix
des campagnes.

« — Exactement ! » confirmé-je.

Il y eut un court silence. L'homme respirait

bruyamment et cherchait ses mots en même temps que son souffle.

« — J'en ai lu deux », me révéla-t-il.

« — J'en suis flatté. »

« — L'an passé, je me suis laissé opérer d'une péritonite », reprit l'Ardéchois.

« — Vous avez bien fait, dis-je. Si on ne soigne pas ces choses-là, elles peuvent dégénérer en mauvaise grippe. »

« — Je sais », me rassura la voix rurale.

Mon terlocuteur toussa gras, rassembla, avala et reprit :

« — C'est du temps que je me trouvais à l'hôpital que j'ai lu vos deux livres. »

« — J'en ai écrit davantage », mis-je un point d'honneur à préciser.

« — Ah bon ? »

« — On peut vous adresser la liste, à moins que vous ne lisiez que lorsqu'on vous opère d'une péritonite ? »

« — Oui, c'est cela. »

« — C'est cela, quoi, cher monsieur ? Vous voulez la liste de mes zœuvres, complètement incomplètes grâce à Dieu, ou bien avez-vous cessé de lire ? »

« — J'ai cessé de lire. Y a pas de raison que je continue. »

« — En effet. Eh bien, je suis ravi que vous m'ayez honoré de cette double lecture, cher monsieur. »

Il sentit que j'allais raccrocher et s'écria :

« — Attendez ! »

J'attendis.

La voix reprit sa route tortueuse vers mon entendement :

« — Cest à cause de ces deux bouquins que je vous téléphone. Je me suis dit que vous me prendriez peut-être pas pour un con. Si j'irais à la gendarmerie, ils me traiteraient de fou. J'étais à l'école avec le brigadier Chauducq et je connais l'oiseau ! Je me suis dit que le gars qu'écrivait de cette manière à vous, on pouvait y aller franco avec lui. »

C'était touchant ! Je fus touché.

« — Dites-moi ce qui vous tracasse », convié-je.

Il se ramona derechef les muqueuses et en fit son profit.

« — Hier, je purinais mon champ vers chez la Sourde. Quand ma citerne à lisier a été vide, j'ai décidé de casser la croûte et je me suis installé contre la haie de noisetiers bordant la route. »

« — C'était une excellente idée, fis-je, manière de l'encourager. A votre place j'en aurais fait tout autant. »

« — Oui, dit-il. Pendant que je mangeais mes caillettes, une auto s'est arrêtée de l'autre côté de la haie. Un type en a descendu pour pisser. J'ai même pris une giclette sur mes caillettes. »

« — Voilà un casse-croûte sottement gâché », déploré-je.

« — Tout de même pas, reprit mon interlocuteur. S'il fallait s'arrêter à ça... »

Il se reracla la corgnole, déglutit en force et dit :

« — Du temps qu'il pissait, le type causait à quelqu'un resté dans l'auto. Il lui a dit : « Tu devrais brancher la radio pour les informations, c'est aujourd'hui ou demain qu'ils vont zigouiller le général

Chapedelin. » J'ai pas entendu ce que répondait la personne dans la voiture ; je ne saurais même pas vous dire si c'était un homme ou une femme. Le pisseur, lui, a entendu puisqu'il a répondu : « Ils vont le tuer à Bruxelles. Dès que ce sera fait, il faudra que j'aille à Montréal pour la suite des opérations. » Et il a encore ajouté : « Sale boulot ! Là-bas, ça risque de saigner dur. » Et puis la personne restée dans l'auto a mis la radio en marche et ils ont plus causé. Le bonhomme a fini de pisser et ils sont repartis.

Il y a eu un temps. Mon correspondant soufflait fort du nez car il était anxieux de ma réaction.

« — Voilà, a-t-il balbutié, c'est tout. Je ne sais pas si j'ai bien fait de vous prévenir ? »

« — Vous avez très bien fait. Vous êtes monsieur Justin... »

« — Petipeux, fermier à Goguenars, près de Privas. Faut-il vous donner mon téléphone ? »

« — S'il vous plaît. »

« — Au cas que vous auriez besoin de moi, gênez-vous pas. »

On s'est séparés. J'étais indécis. Ce bon nabus ardéchois semblait très secoué par les paroles du compisseur de caillettes. Mais avait-il bien entendu les paroles qu'il venait de me transmettre ?

Par acquit de conscience, j'ai téléphoné à mon pote Harry Rigting, correspondant du *Newsweek* à Paris. Un Amerloque converti au bordeaux et qui a abandonné les hamburgers arrosés de ketchup pour le cassoulet noyé dans le Saint-Emilion.

« — Dis-moi, Harry, connais-tu un certain général Chapedelin ? »

« — Sûr ! Il est attaché militaire du Canada à Bruxelles. »

« — Quel genre d'homme est-ce ? »

« — Brave type assez popote. Il achève sa carrière dans un fromage de tout repos. »

« — Je viens de recevoir une information comme quoi ses jours seraient en danger. »

Harry a éclaté de rire.

« — S'ils le sont, c'est à cause du whisky. Il doit s'en cogner un magnum par jour. Chez lui, la couperose a viré au noir. »

On s'est encore dit deux trois bricoles à propos du temps et de Mme Thatcher, aussi imbaisables l'un que l'autre. Puis on a raccroché.

Le lendemain, le général Boniface Chapedelin a été abattu à Bruxelles d'une rafale de mitraillette au moment où il quittait sa villa du Bois de Lacante. L'attentat classique : deux motards casqués. Celui de derrière manœuvre la sulfateuse. Boniface Chapedelin n'a survécu qu'une heure à ses blessures, et il est décédé pendant son transport à l'hôpital.

Pas mal, non ? Du coup, Justin Petipeux acquérait une importance indéniable. Quand je l'ai rappelé, il avait déjà entendu le fait divers à la téloche et il était heureux comme un qui vient de traverser l'Atlantique dans une poubelle ou d'inventer le sérum contre le Sida. « Vous voyez, hein ? Hein, commissaire, vous voyez ? »

« — Il faudrait qu'on discute de la chose en profondeur, monsieur Petipeux. »

« — Je peux monter à Paris si vous me payez le voyage : j'y suis jamais été. »

Il espérait à mort ce voyage. Généralement, les

fermiers n'aiment pas quitter leur exploitation, surtout quand ils « font le bétail ».

« — Ce serait parfait. Sautez dans le premier train et arrivez, vous serez entièrement défrayé. »

« — Effrayé par quoi ? » il s'est inquiété.

« — J'ai dit « défrayé », monsieur Petipeux ; c'est-à-dire remboursé de vos frais. »

« — Dites-moi-le pas deux fois, commissaire ! » a-t-il exulté !

Puis, baissant le ton parce que sa fermière ne devait pas être loin :

« — C'est vrai que les putes, là-bas, vous font des choses espéciales ? »

« — Tout ce qu'il y a de vrai, monsieur Petipeux ; je vous arrangerai ça. »

Il est venu. On a causé. Je lui ai « arrangé ça ». Et tu vois : le bide ! Lui qui espérait tellement se faire reluire somptueusement, le gros chéri !

Bérurier a cessé de déguster la môme Mirella. Il s'essuie délicatement les lèvres avec son slip (ce qui constitue un exercice périlleux) et déclare :

— V'voiliez, m'sieur Justin, ceci, c'est les amuse-gueules comme qui dirait, matière d'se faire un palais. On pourrait pas s'permett', av'c la première pute venue, mais Mam'selle Mirella, c'est la maison sérieuse, à l'ancienne, ell' rechigne pas sur les blablutions et l' permanganate d' potache. Maint'-nant, bien qu' j'eusse le Nestor au point fixe, Mam'selle Mirella va me tétiner l' gros père, histoire d'éviter la surchauffe. Notez qu' sa chaglatte, à cette gentille, c'est pas d' la minouche d' communiante. Y a lurette qu'elle fait un bras d'honneur au gouffre d'Padirac; n'empêche qu'un braque bien salivé, c'est comme une barbe bien savonnée avant l' rasesage, l' reste s'opère dans l' velours !

« Tenez, m'sieur Justin, matez comme elle ouvre grand son bec, cette frangine ! Une entrée d' métro ! Et c'est pas d' trop, v'savez, vu l'diamètre de mon module lunaire. R'gardez : l'est obligée de rentrer l'train d'atterrissage de son dentier pour m'pomper sans risquer d' m' causer des esquimaudes. Foutre diantre, c' qu'elle assure bien, Ninette ! Un braque pareil, on peut pas croire, hein ? Quand on voye mon chauve à col roulé, ça paraît irréel qu'elle pusse l'engouffrer jusqu'au rez-de-chaussée. J' plains sa polyglotte, Mirella.

« Faut pas avoir les amydales enflées pour réussir l'esploit ! Et a gerbe pas le moindre, vous constatez ! J'aurais une lampe au bout du nœud, j'y illumin'rais les poumons ! J'pige pas, Justin, qu' vous fussiez insensib' à une pipe d' c' t'envergure. Garder le paf bigornuche quand une gonzesse aussi formide vous l'estrapole, ça dénote, v'savez, Justin. A vot' place j' ferais contrôler mon diabète. C'est pas humain ! Charogne ! Si a continue, a va m'déflagrater l'sac à foutre ! Mollo, Mirella ! Mollo, ma poule, tu veuilles pas qu' j'aie l'éternuage précoce, dis. C'est pas mon style !

« Non, mais, a m'entraîne à dame ? Gaffe-toi, la mère ! Si j'ouv' les ballasts, tu meurs étouffée, engagé l'au point que je sus. Oh ! dis, pouce ! J' reprends mon bien. Homicide volontaire, j'refuse !

« Ouf ! Maint'nant, Justin, on va vous interpréter moi et maâme, l'éteignoir de cierge. Visez : j'm'allonge su' le pucier. Vous matez, ce mât de Gascogne ? Tabarly voye ça, y traverse l'Atlantique à

mon bord ! T'accroches une voile à Popaul et c'est
parti vent arrière ! Mettez-vous donc à mes pieds,
Justin, miss Mirella va accomplir son numéro
favori : l'enjambement du guerrier. Là, elle a beau
êt' pute elle y va carrément au panard, n'est-ce pas,
ma grande ? Quand é m' coiffe l'cierge av'c son
moule à pafs, y s'passe des choses dans son sensoriel.
J'ments-t-il, Mirella ?

« Vous voiliez l'escalade ? Cette technique ! Vu
d'où vous êtes, ça doit z'êt' féerique. Elle pratique
délicat'ment, la chérie. L'naufrage du *Titanesque*,
Justin. Tout va y passer, ayez confiance ! Tout juste
si ell' enquille par les sœurs Bronté av'c l' reste.
V'voiliez la bébête qui disparaît dans son terrier ?
Là, elle se contient, mais déjà c'est parti pour la
grande remoulade, espérez ! Elle absorbe en silence,
façon boa constructeur, pour bien prendre ses mar-
ques avant la grande décarrade. N'ensute, y s'ra trop
tard, elle pistonnera du berlingue comme une folle
et même, à la lance d'arrosage, vous pourreriez plus
la stopper. L'point d'non retour, on appelle.

« Mais que vois-je-t-il ! M'sieur Justin qui s' prend
à goder. Ça l' gagne, la bandoche ! Voiliez-moi c'
petit monstre qui s' monte le col ! Oh ! c'est pas la
colonne Vendôme, mais ça dodeline de la tronche !
V'v'lez participer aux débats, Justin ? C'est très
possib' dans la position d' posture que s' tient
Mam'zelle Mirella. Elle prend volontiers d' la
bagouze à l'occasion et un p'tit gratte-cul comme
vot' affaire est pas duraille à caser dans la conversation. Mouillez-vous s'l'ment le bout du gland, Justin.
Si vous auriez pas d'salive, mouchez-vous dans vos
doigts comme f'sait grand-père avant qu'il emplâ-
trasse la fille Marchandise, dans not' village de

Saint-Locdu. La môme qu'avait peur d' tomber enceinte, vu qu'à l'époque la pilule existait pas, prenait uniqu'ment d'la rondelle. Mais faites vite, biscotte Mam'zelle Mirella commence d'effervescer du réchaud. Si vous attendriez d' trop, vous s'rez niqué question d' la choper en marche ! »

Dégoûté par les manigances copulatoires de cette louche trinité, je quitte mon fauteuil des tribunes pour aller me servir une vodka polonaise.

En sirotant mon breuvage, je réfléchis à l'affaire Chapedelin.

Le voyage du père Petipeux à Paris ne m'a rien apporté de très positif. Tout ce qu'il a pu préciser, Justin, c'est que l'homme qui a compissé ses caillettes avait une voix très grave avec un léger accent étranger. Lequel ? Il a été infoutu de m'éclairer sur ce point. La bagnole, il l'a entr'aperçue après qu'elle eut démarré, entre les branches des noisetiers. Une voiture sport, basse, de couleur jaune avec un porte-bagages extérieur sur lequel on avait lié une grosse valise de métal. C'est peu, mais toutefois mieux que rien.

J'ai soigneusement noté ces données sur ce petit carnet à couverture de moleskine noire dont mon défunt père avait constitué un stock et qui « me fera la vie », plus celle de mes descendants si toutefois j'en ai un jour.

Lorsque je reviens devant la glace sans tain qui me sert d'écran pour une vidéo porno de grand style, M.M. Béru et Justin accomplissent une partie en double dans les intimités de Miss Mirella. Au début ils pistonnent un peu à contre-temps, ce qui nuit à l'exécution de cette symphonie sauvage, mais la muse au cul fumant remet les pendules à l'heure en parfaite tacticienne de l'amour en grappe.

— Dites voir, les hommes, faudrait accorder vos violons, que si chacun tire à hue et à dia, mes miches vont déclarer forfait. Moi, une déchirure d'un côté ou de l'autre, et me voilà au chômedu sans dommages et intérêts ! Arrêtez vos cosaqueries et repartez en mesure !

Docilement, les deux incriminés conjuguent mieux leurs assauts et se jettent à nouveau dans des frénésies éperdues.

Elle est comblée, Mirella. Et ce n'est pas un euphémisme que de le dire. Son bruitage en direct est plus émouvant que les postsynchronisations des films cochons. Y a une âme dans ses gémissements. C'est la grande plainte infinie du fion assailli de part en part. Un lamento, la mélopée du radada.

Et alors moi, juste il me biche une idée. Je vais les rejoindre. Pas du tout pour prendre part à la feria mais parce que je voudrais poser une question à Justin Petipeux. Sans doute une converse sérieuse est-elle inopportune, voire incongrue en un pareil moment, mais l'impatience a toujours constitué mon principal défaut et aussi ma qualité dominante.

Ses larges paluches emprisonnant le joufflu de la donzelle, le regard bas et glauque, le souffle haletant, il fourre à grandes enjambées ce lot de consolation, strapontin de la chair, que le Mastar, toujours généreux, lui a dévolu. Cette fois, il le tient, son tricotin, le brave nabus. Il laisse rien perdre. Son honneur est sauf ! Il lime à la cadence du trot anglais de madame, laquelle dévergonde du frifri sur la chopine béruréenne. *Il marche dans la plaine immense, va, vient, jette la graine au loin;*

rouvre sa main et recommence, et je médite, obscur témoin.

Toute la chère vieille paysannerie française en action ! Béru, le péquenot des villes, à tout jamais inadapté ; Justin, celui des campagnes, fruste et sain comme le pain cuit au feu de bois.

— Continuez, continuez, monsieur Justin ! fais-je avec bienveillance, j'ai juste une question à vous poser, mais ne déculez pas pour autant. Beaucoup de musiciens de nos fanfares jouent en marchant, je suis convaincu que vous, vous pouvez parler en sodomisant. Vous m'avez affirmé que vous ne compreniez pas la personne demeurée dans l'auto et que vous ne pouvez préciser si c'était un homme ou une femme. Moi, je crois qu'il s'agissait d'une femme car un autre homme serait probablement descendu pisser avec son copain. Peu importe, cette personne, qu'elle eût été mâle ou femelle, parlait. Vous n'avez pu entendre ce qu'elle disait, soit. Je suppose que vous voulez dire par là qu'il vous était impossible d'établir le sens de son propos...

— Fais pas chier, mec ! grommelle Bérurier, tu voyes bien qu'on est en train de piquer le sprint final ! Si tu lu causes au moment qu'il va éternuer sa cervelle, il est chiche de déjanter ! Que déjà il a eu une peine inouïse à s' faire un braque, l' pauv' chou ! T'es pas charitab', tézigue. V'là un brave homme qui voulait brosser à la parisienne. On l'apporte à Mirella, elle lui mastique le biberon pour la peau (c'est l' cas d'y dire) et juste au moment qu'y r'colle au peloton, tu viens chanstiquer ses effets d'zob av'c des questions flicardes !

— Laissez, y a pas d' mal ! clapote le gentil Justin. Qu'est-ce vous disiez, commi, commi, commis... sai ai AIRE! Yooooop! Brrrr! Hue dia! Vraoua vrraouou! Hop! cré bon gu! Baouf! Ça y est! Dedieu dedieu! lala lala! Eh bé! celle-là, je l'ai pas vue partir!

Il fait un pas de dégagement et continue d'admirer le popotin en folie de Mirella qui attaque le panais du Gros à une allure que l'œil humain n'a plus la possibilité de suivre. De même qu'en T.G.V. tu ne peux pas lire le nom des gares traversées.

— Ce que je voulais vous demander, monsieur Justin, reprends-je stoïquement, c'est si, en réfléchissant bien, vous seriez capable de me rapporter un mot, voire une simple syllabe proférée par le compagnon (ou la compagne) de voyage du pisseur.

Petipeux qui a des notions d'hygiène limitées, ou qui est trop timide pour s'enquérir de la salle de bains, réintègre son calcif à longues manches.

Loyal, il s'abîme dans des réflexions.

— Ecoutez..., murmure-t-il.

— J'écoute.

— A la rigueur, j'ai peut-être entendu deux mots, ou deux morceaux de mots. C'est « port » et « Eve ».

Maintenant, c'est son pantalon qu'il remet, avec des gestes harassés de quinquagénaire aux burnes fraîchement essorées.

— Port et Eve? répété-je

— Ou quelque chose d'assimilé. Mais, sous toutes réserves, hein? C'était plutôt des sons que des paroles.

— Etaient-ils rapprochés? Je veux dire, faisaient-ils partie d'une même phrase?

— Très rapprochés, commissaire. Ils se suivaient pratiquement.

— Port-Eve.

— Y avait tout juste un brimborion de mot entre eux, ou bien un silence très court.

— Port-Eve, m'obstiné-je.

Mirella pousse un hurlement d'intense satisfaction qui nous fait tressaillir d'allégresse jusque dans notre propre fondement. Mais les putes, c'est formide comme maîtrise de soi. Au lieu de s'effondrer sur le Mammouth, elle le déchevauche d'une reculade sans merci, ni vergogne.

— La vacca ! gronde le Gros. Comme elle laisse quimper l'centaure dans la descente ! Non, mais, ça va pas, ma grande ! T'sais qu'un lavedu quéconque, y meurt qu'on le disjoncte d' cette manière ! Y a d'quoi se payer une embolie du mandrin !

— Je vous demande pardon, monsieur Alexandre-Benoît, réagit l'amazone égarée. Les sens qui m'ont emportée. C'est si rarissime que je jouisse au client ! Bougez pas, je vais vous finir à la mano. Une savonneuse, comme vous raffolez !

Et, la conscience professionnelle débordante, Mirella entreprend de réparer les méfaits de sa désinvolture.

Il est abasourdi, Justin. Ne pensait pas que tant de luxure ingénieuse fût monnaie courante à Paris. Quand il m'a révélé son ambition d'y grimper une pute, il prévoyait rien d'aussi chamarré, question sensoriel. Il ambitionnait simplement une petite crampette qui le changerait de sa fermière, de ses chèvres et de ses servantes. Mais cette emplâtrée grand veneur, en une chambre-boudoir au luxe raffiné, cette coïterie bicéphale (du nœud), ce dévergondage effréné, ça le laisse perplexe, le gus. La vie ne sera plus jamais pareille, maintenant qu'il sait que « ÇA » existe. Notre garde-fou le plus sûr, à nous autres dépravables, c'est l'ignorance. Nous voilà en perdition dès lors que nous avons tâté de la chose prohibée.

Moi, je répète à mi-voix : « port » et « Eve ». A moins que ce ne soit « porc », ou « pore ». Deux syllabes en saillie dans le débit inaudible d'une phrase. Pourquoi pensé-je qu'elles ont de l'importance ?

Mirella fait merveille de sa dextre gantée Cadum. Elle arrache de sa Majesté un feu d'artifice impressionnant qui éclabousse l'environnement en gerbes lourdes mais harmonieuses.

Tout est bien qui finit bien. Cet hymne à l'amour perpétré (assez bassement), nous voici disponibles pour de futures prouesses. L'existence va à cloche-pied, à cloche-couilles. Tu niques, tu attends, tu reniques. C'est sans fin, sans trêve. Ou alors, faudrait aller se faire décoder. Qu'on t'affuble d'un nouveau programme d'où seraient exclues la baise, la bouffe et les sordides ambitions. On s'éthérerait, deviendrait pur esprit.

Nous ciglons un supplément à Mirella pour ses vaillantes prestations. C'est les fonds secrets qui marchent !

— Et vous, commissaire, vous repartez sans vous êtres mis à votre aise ? déplore la chère rouquine.

— Une autre fois, promets-je.

Les prouesses des deux gugus loin de m'exciter, m'ont flanqué le bourdon. Je pense à Marie-Marie que j'ai retrouvée dans *Papa, achète-moi une pute*, le chef-d'œuvre précédant icelui. Nous avons décidé de nous marier dans les meilleurs délais, la Musaraigne et moi. Pour l'heure, elle participe à une commission sur la faim dans le monde, à Genève. Dès qu'elle sera de retour, je...

— Qu'est-ce y t'arrive ? demande le Gros, en me voyant m'arrêter dans l'escadrin de Mirella, un pied dans le vide.

— Justin ! appelé-je doucement, à voix de zombi.

— Commissaire ?

— Aéroport de Genève.

— Qu'est-ce que vous dites ?

— Je dis aéroPORT de GenEVE. « Port » — « Eve ». Ça ne pourrait pas être ça, les deux syllabes attrapées au vol ?

Il a retrouvé tout son équilibre de Français profond, Justin Petipeux. A présent qu'il s'est dégagé le chinois, il fonctionne impec du bulbe. Le voilà qui ferme à demi un œil, comme quand il marchande une vache à la foire d'Aubenas. Il laisse aller sa gamberge, longuement.

Et puis il opine.

— Exactement, commissaire. Maintenant, c'est pareil que si j'entendrais la phrase en entière : *à l'aéroport de Genève !* Oui, oui ! Pile ça ! Dedieu dedieu, vous alors, votre réputation n'est pas usurpée ! C'est bien comme dans vos bouquins !

UN PISTOLET
PEUT EN CACHER UN AUTRE

Elle est à la tribune.

Putain, cette secousse! Un tailleur légèrement
parme, chemisier jaune. Des micros en arc de cercle
devant son pupitre. Elle cause. Bien! De choses
fortes qui viennent t'agacer le bout du cœur. Elle
déclare à ces doctes glandeurs rassemblés que le
tiers-monde, c'est pas de la nourriture qu'il faut lui
porter, mais les moyens d'en fabriquer. Et elle
ajoute que celui qui agit par pitié avec les déshérités
de la planète ferait mieux d'aller se faire cuire un
œuf. Les crève-la-faim elle affirme, Marie-Marie,
c'est pas des dons qu'il leur faut, mais leur dû! Et les
birboches ponctuent ses déclarations d'applaudisse-
ments nourris (eux!). Note que les birbes le sont
vachement aussi. Y a que les niacouais qui la pilent
sur leurs terres ingrates.

Moi, elle me fascine, ma merveilleuse. Sa personnalité s'est affirmée. On la sent vibrante d'énergie.
Passionnée. Promise à un grand destin.

Au fond de la salle, y a un gazier debout près de
moi. Un chafouin poilu, avec les yeux qui se croisent
les bras, et des sourcils qu'il n'a pas recoiffés depuis
huit jours. Il grommelle des trucs. Je tends l'es-

gourde. Il murmure : « Elle se prend pour Marie-France Garaud, cette gonzesse. Elle ferait mieux de tailler des pipes ! »

Prenant l'attention que je lui voue pour un intérêt complice, il a le tort de me prendre à témoin :

— Ces pétroleuses qui jonglent avec les grands sentiments humanitaires, moi j'ai envie de leur coller ma queue dans la bouche pour les rendre muettes. Feraient mieux de se faire enfiler que de nous interpréter leur berceuse. D'autant que celle-là est bien foutue, vous ne trouvez pas ?

— Si, conviens-je, avec un maximum de sincérité.

— Vous ne lui colleriez pas la grosse, vous ?

— Si, répété-je.

— Et moi donc ! Vous avez vu son pétrousquin quand elle est montée à la tribune ? Vous voulez que je vous dise ? Car on sent qu'on peut parler avec vous ! Ce que j'aimerais, c'est la prendre en levrette. Je m'y vois déjà.

— Pas moi, assuré-je.

— Vous ne vous y voyez pas ?

— Moi, si, mais c'est vous que je ne vois pas dans cette posture, vieux ! C'est pas le genre de môme à se farcir des chimpanzés !

Il cesse de sourire et de bavocher. Il attend que je compte jusqu'à dix et finit par lancer :

— Pardon ?

— Hein ? je lui demande.

— Vous avez dit que c'était pas le genre de fille à se taper des chimpanzés ?

— Ben, oui. C'est l'évidence même. Un vilain-pas-frais comme vous lui ferait une propose, elle en gerberait son quatre-heures, la pauvrette !

— Vous me cherchez ?

— Absolument pas.

— Vous croyez peut-être que je vais me contenter de ça ?

— Si ce n'est pas suffisant, je peux y ajouter ceci.

Comme je me tiens à son côté, t'ai-je dit, j'exécute un demi-pas en avant, afin de me détacher de lui, je replie mon bras droit et lui balance mon coude dans le tarbouif. Mais alors, la toute grande pétée. Il accueille cette livraison d'os avec un cri escamoté.

— Chut, fais-je, n'importunez pas l'oratrice.

Ce qui l'impressionne le plus, c'est que je ne me suis même pas retourné pour apprécier les éventuels dégâts. Je reste debout à côté de lui, offert à ses représailles.

— Sors dehors ! il m'enjoint, la voix ébréchée.

— Si je sors dehors, je te rentre dedans, rigolé-je, ce qui n'est pas nouveau comme humour, mais qui remplit toujours son office.

Dès lors, il se croit autorisé à m'administrer un ramponneau à l'estomac. Jeu d'enfant que de le parer d'une minuscule esquive pivotante. Me souvenant opportunément que je porte mon ravissant trench-coat d'officier, à épaulettes, qui me donne l'air grand reporter sous la une, j'en palpe les poches. Mes gants de cuir fourré s'y trouvent. Je sélectionne le droit, l'enfile posément tandis que cette basse charogne me file un coup de saton dans le mollet. Moi, qu'à peine ébranlé, je dirige ma dextre gantée en direction de sa braguette et, non sans répulsion, lui saisis les bourses. Il en trimbale un beau paquet, façon sous-préfet (1). J'attrape l'en-

_____

(1) Michel Simon m'affirmait que les sous-préfets possédaient de grosses couilles.

semble de ma main puissante et me livre simultané-
ment à une double action : je comprime et tords.

Ton ami Sana a toujours joui d'une force peu
commune dans les mains. Il déchire comme une
pochette d'allumettes les jeux de cinquante-deux
cartes et broie une poignée de noix pour en extraire
deux litres d'huile !

Là-bas, ma chère Marie-Marie lance sa conclusion
à la tribune, de sa belle voix chaleureuse et harmo-
nieuse.

— Comprenons-le bien, dit-elle. Chaque enfant
du monde qui souffre de la faim devient automatiquement notre enfant !

— Vrouhhhaa ! fait l'assistance conquise en
applaudissant à tout rompre, comme on dit.

Que je me demande à quoi ça correspondait, ce
« tout rompre » au départ.

— Vraouiouiouilllle ! hurle le gonzier dont j'exprime le jus de burnes.

Lui, il n'applaudit pas : il s'évanouit sous l'intensité de la douleur et glisse entre quelques personnes
et moi.

— Il est malade ! s'exclame un Belge opportun
qui a de la présence d'esprit.

Je remets mon gant avec l'autre.

— La chaleur, dis-je, au Belgium. Y a des gens
qui ne supportent pas.

— Il écume ! note le vaillant fils du roi Boudin.

— Alors ce doit être du delirium, diagnostiqué-je.

— Il faut aller chercher du secours ! conclut le
Belge (1).

(1) Un certain Aloïs Van Kontrer, de Liège où il a une
fabrique de bouchons ; ce qui ne l'empêche pas de s'occuper
d'œuvres caritatives, comme tu vois.

— Inutile, certifié-je. Ça va lui passer comme ça lui est venu.

— Il est tout vert.

— Parce que ses symptômes s'accompagnent d'une poussée chlorophyllique à dégagement poreux.

— Vous êtes docteur ?

— En épiphanie concentrée ; c'est moi qui ai opéré le conservateur de la tour Eiffel lorsqu'il a eu une inflammation de la pointe.

Mon interrolocuteur me dédie une mimique de considération. Dès lors, nous enjambons le chafouin pour nous retirer, car la conférence est terminée.

Je m'attarde dans l'immense hall du palais des causettes jusqu'à ce qu'apparaisse ma bien-aimée. Elle est cernée par une armada de vieux crabus qui la complimentent et la sollicitent pour d'autres prestations.

Je fends la foule des admirateurs.

— Mademoiselle, fais-je, votre voiture est avancée ; vous avez tout juste le temps si vous voulez avoir votre vol.

De me voir surgir au milieu de ses podagres, ça la scie, Marie-Marie. De surprise, elle ouvre les yeux et la bouche. Mais avant qu'elle profère, je la happe et l'entraîne.

Fectivement, je dispose d'une guinde dans le parking, muni d'un chauffeur. Il est vaudois, mon taximan, avec des favoris blond cendré, une casquette sommée d'un petit bistougnet marrant, des lunettes posées au bord de son tarin fourbi au saint-saphorin. Il porte un gros cache-nez de laine bleue et il écoute religieusement sa radio qui raconte le dernier match de Xamax contre les Constipés de Bavière.

Marie-Marie prend place. Je claque la portière, contourne l'arrière du bahut pour aller m'asseoir à son côté.

— L'aéroport, dis-je.

Elle laisse éclater sa surprise.

— Toi à Genève, si je m'attendais !

— Il faut toujours t'attendre à tout de ma part !

— Tu vas prendre l'avion ?

— Textuel.

— Pour Paris ?

— Montréal.

— Tu pars pour le Canada ?

— Toi aussi !

Je tire de ma vague deux billets Swissair, *first* classe, les feuillette.

— Je ne rêve pas : il y a bien ton nom écrit là-dessus, non ?

— Mais, Antoine !

— Il n'y a pas de « mais », ma chérie !

— J'ai des rendez-vous, cet après-midi !

— Je te les ai décommandés.

— Je n'ai pas pris mes bagages !

— Ils sont dans le coffre du taxi !

— Mon hôtel...

— Je l'ai réglé.

— Il ne fallait pas, je suis prise en charge par...

— Par moi ! Les autres n'existent pas, n'ont jamais existé, n'existeront jamais !

— Tu es fou !

— Totalement, et de toi !

— Qu'est-ce qui t'arrive ?

— Une enquête. Une de plus. Excitante ! Une affaire très bizarre.

Et, chemin roulant, je lui narre la mésaventure survenue à Justin Petipeux, fermier ardéchois, de même que l'attentat perpétré contre le général Boniface Chapedelin à Bruxelles.

— Le type de la voiture de sport jaune et son compagnon de voyage ont parlé de l'aéroport de Genève. Je me suis rabattu sur l'aérogare. Dans le parking de durée illimitée j'ai déniché une Lotus jaune, immatriculée dans les Alpes-Maritimes et pourvue d'un porte-bagage chromé. Comme l'un des occupants annonçait son départ pour Montréal, je me suis fait remettre la liste des gens qui ont pris le vol d'hier. Astucieux, hein ?

— Et alors ? veut-elle en savoir plus.

— L'un des noms correspondait avec celui du propriétaire de la Lotus que la préfecture de Nice m'a fourni.

Elle sourit, éblouie.

— Tu es vraiment un flic de premier ordre, Antoine !

— Penses-tu : l'enfance de l'art ! Même ton oncle Béru aurait agi de la sorte.

— Et tu vas à Montréal pour retrouver le bonhomme en question ?

— Gagné !

— Tu feras quoi de lui, si tu le déniches ?

— J'essayerai d'apprendre qui a tué le général Chapedelin, et pourquoi. Au besoin, je préviendrai d'autres actions de ce genre, car je pressens une machination.

— Et qu'est-ce qui motive mon déplacement à moi ?

— L'amour que je te porte, Tourterelle à col bleu.

— Tu sais que j'ai des occupations…

— Je le sais puisque je suis ta principale occupation. Tu dois t'occuper de moi, Marie-Marie. J'en ai besoin.

Elle pose sa tête contre mon épaule. Sa main cherche la mienne, nos doigts s'entrecroisent. A la radio, il passe une déclaration de Gilbert Facchinetti, le big boss du Neuchâtel-Xamax, rapport à l'achat d'un joueur bulgare qui viendrait renforcer sa défense la saison prochaine. Le chauffeur se retourne pour nous dire que c'est une belle acquisition. Lui, s'il avait l'argent, il n'hésiterait pas. Je lui réponds que je saurai quoi lui offrir pour Noël. Il rigole et je roule une pelle à ma conférencière.

Le vol doit faire escale à Zurich. Partant à treize plombes de Genève, nous devrions nous poser à quinze heures trente à Montréal par le jeu du décalage. J'achète une belle boîte de Suchard (1) en *duty free* à ma compagne. Elle fait semblant d'être contente, mais les petites frangines de cet âge ont trop le souci de leur ligne pour se laisser envahir par des calories de complaisance. On passe dans le satellite qui nous concerne en parcourant un long cheminement sur le tapis roulant. Ce départ à deux m'émoustille bougrement. Ça ressemble déjà à un voyage de noces ; sauf que la noce sera pour le retour !

(1) Publicité absolument gratuite.

On attend dans la grande rotonde vitrée. Notre zinc est à pied d'œuvre, avec les gonziers habituels qui s'agitent autour pour les bagages, le plein de schizophrène (comme dit Béru), les vérifications diverses. Une vingtaine de minutes s'écoulent, puis le vol est appelé. Comme on voyage en *first,* nous laissons grimper les touristes avant nous. Ils queue-leuleutent, leur brème d'embarcade à la main. Ça s'écoule assez vite car le gros des passagers grimpera à Zurich.

Juste au moment où l'on annonce que ça va être au tour des *first,* un mec courtaud, trapu, broussailleux, survêtu d'un imper blanc dûment constellé de taches, s'avance en trimbalant un commandant – case noir. Il marche précautionneusement, kif le funambule traversant sur un fil le Grand Canyon du Colorado.

Nos regards s'accrochent et on frémit. Le mec en question n'est autre que le chafouin à qui j'ai malmené les roustons, y a une heure. C'est tellement énorme de se retrouver dans ce satellite, en partance pour le Canada, lui et moi, que notre animosité passe au second plan.

— Le monde est petit ! il me lance.

— Non, fais-je, c'est le hasard qui est grand !

Il vient d'apercevoir Marie-Marie à mon côté et pige, rétrospectivement, la motivation de mes réactions belliqueuses pendant la conférence.

Et alors tu sais quoi ?

— Je m'excuse, il murmure, je ne pouvais pas savoir...

Je lui décroche la mâchoire, lui passe les claouis au mixer, et il s'excuse, le chéri !

— C'est moi qui vous demande pardon, riposté-je.

Il a un sourire douloureux.

— J'aurais tant aimé avoir des enfants, il dit.

— Vous croyez cette aspiration compromise ?

— Hum, j'en ai peur. Arrivé à Montréal, j'irai consulter.

Je lui adresse un clin d'œil amical :

— Dans l'hypothèse où vous seriez inapte à la reproduction, je me ferais un devoir d'assurer votre descendance à votre place.

— Merci, mais si j'en juge d'après madame, je ne pense pas que ma bonne femme soit votre genre.

Et il presse tant bien que mal le pas pour aller tendre sa carte à l'hôtesse.

Marie-Marie, curieuse comme une pie borgne, me demande des explications. Je les lui fournis. Quand elle sait qu'elle est à l'origine de la découillation du chafouin, elle se sent lourde de remords.

— Tu es d'une jalousie féroce !

— Si j'avais été tellement jaloux, c'est le larynx que je lui aurais broyé, ma chérie !

On bouffe un frichti... de première, arrosé d'une tête de cuvée pas dégueu. N'ensuite on somnole, tempe contre tempe jusqu'au-dessus du Labrador, féerique de blancheur sous le soleil.

Pendant sa dorme, la Musaraigne m'a désuni et sa tête est maintenant appuyée contre le volet baissé de l'hublot.

Du temps qu'elle en écrase, je décide d'aller changer l'eau du poisson rouge. Les chiches des « first » étant occupées, je me rabats sur celles des « business ».

Je laisse ma vessie s'exprimer à loisir et, ensuite, me lave les mains, selon les principes que m'a inculqués Félicie, laquelle est une maniaque de l'hygiène. Ayant procédé à ces ablutions, j'empare des feuillets de papier destinés à sécher mes mains, les jette ensuite dans le réceptacle réservé à cet usage. N'aussitôt, j'émets un juron charretier.

Il y a de quoi ! En me fourbissant les phalanges, j'ai enlevé ma chevalière, cadeau de m'man, et l'ai balancée en même temps que le faf froissé. J'aurais dû me méfier. Depuis que j'ai maigri de trois kilogrammes, elle ne tient plus bien à mon auriculaire. On peut pas croire, la façon que ça se répartit (ou départit), le poids ! Tu perds six malheureuses livres qui ne modifient pratiquement pas ton apparence, et tes bagouzes se font la malle !

Alors bon, je décroche le réservoir à déchets et, pour gagner du temps, le renverse sur le sol de la minuscule salle d'eau. Fébrilement, je défroisse les serviettes usagées, ce qui me permet de découvrir deux Tampax en fin de carrière, un glave qui ferait chialer de jalousie un belon triple zéro, et, enfin — Dieu en soit loué —, ma chevalière.

Soucieux de la conserver, je la passe dans la chaîne d'or à maillons marine que m'a offerte une dame fortunée particulièrement satisfaite de la manière dont je lui avais amidonné le frigounet.

A présent, il s'agit de tout remettre en place. Je refous droit le bac émaillé et entreprends de ramasser les rectangles de papelard souillé. Au moment de les jeter dans le récipient, je reste en inachevance de geste. Façon chien Pluto, avec une papatte à l'équerre et les oreilles en ailes de cigogne. Je suis un policier en arrêt. A force d'arrêter les autres, je finis par m'arrêter moi-même.

Tu conviendras qu'il y a de quoi, lorsque je t'aurai dit qu'au fond du vide-ordures se trouve scotché un pétard gros comme la bite à Béru. T'admettras bien que ce genre de découverte n'arrive qu'à moi, hein ? Enfin quoi ! Je viens licebroquer dans un cagoinsse qui ne se trouve pas dans mon secteur ; je me lave les pognes, m'essuie, perds ma chevalière, m'en aperçois illico, la cherche ! Et...

La somme de hasards qui m'a conduit infailliblement à dénicher cette rapière pour safaris est prodigieuse. Cosmique ! C'est toi qui viens d'ajouter cosmique ? Eh ben t'as raison : c'est cosmique, en effet.

J'arrache le sparadrap pour récupérer l'arme. Tu parles d'un joufflu hors gabarit ! Fabrication italienne ! Y a qu'un *bersagliere* pour se trimbaler une telle bombarde sur la hanche ! Je retire le chargeur. Huit bastos dont chacune est de la dimension de mon petit doigt. T'en glaviotes une dans le pucelage de l'avion (Béru dixit) et le zinc part en sucette !

Je retire les quetsches du chargeur et les empoche. N'ensuite, je sors mon *knif* suissaga et me mets à bricoler le percuteur du feu de telle sorte que si on lui confie un nouveau chargeur plein, il ne sache plus qu'en faire. Après quoi, j'efforce de remettre les choses en état ; me faut lutter avec les bandes adhésives qui adhèrent plus lerchouille, mais bon, ça peut cadrer.

Je replace les détritus, et me voilà sorti des chiches avec l'air béat d'un constipé sauvé par le Pursénide Sandoz.

De retour à ma place, je hèle l'ouvreuse, une

blonde jolie toute pleine, comme dit le Mammouth, qui se nomme Gretter, si l'on en croit le macaron fixé sur son flotteur gauche.

Je lui refile en douce ma carte professionnelle dans le creux de la main. Au début, elle croit qu'il s'agit d'un billet polisson comme quoi j'aimerais lui faire craquer la moniche en arrivant à Montréal, mais la texture du document l'en dissuade.

— Voulez-vous montrer ceci au commandant de bord et lui dire que j'aimerais lui parler d'urgence, et discrètement ?

Etant suisse alémanique, elle met un bout de temps à concevoir mon propos. Pour faciliter le transit cérébral, je lui répète en allemand, en espagnol et en anglais. Alors elle risque une zoeillée sur ma carte, sourit à la photo avenante qui l'illustre, devient grave à la lecture du mot *police* qui le traverse et s'en va vers le poste de pilotage.

En moins de jouge, et encore, elle me prie que le commandant Ziebenthal m'attend.

C'est un gars de belle prestance, la quarantaine, le cheveux dense et blond, le regard pâle. Il est en bras de chemise et ses muscles en saillie font comprendre qu'il n'est pas encore la proie des charançons. Il me conçoit d'un regard pénétrant et me salue d'un hochement.

— Quelque chose qui ne va pas ? s'informe-t-il avec un accent germanique qui pourrait resservir encore cinq ou six fois sans avoir besoin de passer à la vérification de gutturance.

Je tire la poignée de balles de ma fouille et les jette dans sa casquette posée à l'envers sur une console d'excroissance.

— Oui, ça ! lui dis-je.

Un grand « V » se dessine au-dessus de son nez
aquilin. Son copilote, du genre poupin, fait entendre
un « tssst tsssst » réprimandeur, comme t'en
adresses un au garnement qui fout le feu au journal
de son grand-père pendant qu'il s'est assoupi. Le
radio, lui, ses écouteurs aux oreilles, ne s'est aperçu
de rien. Il continue « d'alfa tanguer » imperturbablement.

J'explique au commandant la nature de ma découverte.

— Vous aviez des doutes ? il s'enquiert.

— Non. C'est le hasard.

Mais il ne me croit pas. Je ne sèrais pas poulardin,
d'accord, il admettrait la fortuité. Mais un drauper
qui lui ramène une poignée de balles en chiquant
au hasard, lui, ça lui ferait souiller son beau slip
blanc à fines rayures bleues que raffolent les
hôtesses.

N'en moins, il prend pas la rose en chiant, le
commandant Ziebenthal.

— Vous pensez que nous devons redouter une
tentative de détournement ?

— C'est à craindre.

— Ce qui me déconcerte, c'est que nous voilà au-
dessus du continent américain où, Cuba excepté, et
encore j'en doute, aucun Etat ne consentirait à
accueillir des pirates de l'air.

— Soyons vigilants tout de même. Dans combien
de temps arrivons-nous à Montréal ?

— Deux petites heures. Pour quelle raison avez-
vous laissé le pistolet en place ?

— Pour avoir une occasion d'arrêter l'homme qui

chercherait à détourner l'avion. S'il ne trouvait pas l'arme, il renoncerait à son projet.

— Vous avez un moyen de le neutraliser ?

Je lui montre ma paire de poings.

— A partir du moment où son feu est inutilisable, ces deux bricoles devraient suffire.

— Et s'ils sont plusieurs ?

— Vous allez prévenir les stewards. J'ai cru remarquer qu'ils étaient jeunes et convenablement baraqués. Donc, ouvrons l'œil. Pourrais-je disposer d'un tournevis ?

— Pour quoi faire ?

— Convenablement manié, il peut devenir une arme.

L'officier me désigne un trappon dans la cloison sur lequel se silhouette une clé à molette.

— Servez-vous.

Je tombe alors sur une trousse à outils bien garnie. M'empare d'un tournevis et d'un marteau à manche court. Je pose ce dernier près du commandant.

— Confiez ce machin-là à l'un de vos garçons de cabine ; il le passera dans sa ceinture, sur le côté, ça ne tient pas de place et c'est d'une grande efficacité quand il le faut !

Ma mie vient de se réveiller et consulte le magazine de Swissair obligeamment distribué aux passagers. Là-dedans, y a un reportage formide sur l'élevage de la moule à crinière espagnole.

— D'où viens-tu ? demande-t-elle.

— Visite de politesse au commandant.

Le dommage, c'est que je tourne le dos au chiotte où est planqué le pistolet. Je ne peux pourtant pas monter la garde devant !

Un à un, les stewards se rendent dans le poste de pilotage où les a mandés le commandant. Je loue la mine indifférente qu'ils affichent en sortant. Rien, sur leur visage, ne trahit la plus légère contrariété.

Sur l'écran, on lit la marche de l'avion au-dessus de la planète. Il s'inscrit sur une carte de l'Amérique du Nord, s'efface pour reparaître une seconde plus tard, et le pointillé qui le suit s'est imperceptiblement allongé.

— Tu sembles aux aguets, note ma fine mouche.

J'aime qu'elle soit consciente de mes sentiments. Alors, très succinctement, je lui raconte l'historiette.

— Tu crois qu'il va y avoir un coup de main ?

— Ça me paraît assez inévitable. Loger cette arme dans la poubelle des toilettes représente une performance ; on ne l'a pas accomplie pour la peau !

Elle ne semble pas effrayée le moins du monde, ma gonzesse.

— Ce ne sera pas un homme isolé qui agira, dit-elle.

— Pourquoi ?

— Seule une organisation structurée peut bénéficier de complicités extérieures, tu ne crois pas ?

— Certes, mais qui nous prouve que la mission du terroriste impliqué ne peut pas être perpétrée par un seul individu ?

Elle se saisit de ma dextre.

— Mon Dieu, Antoine, sais-tu à quoi je pense ? Suppose qu'il y ait d'autres armes dans d'autres toilettes ?

Boum ! La bombe ! Et messire l'Antonio, bellâtre de pacotille, qui pavanait comme un caon (ou un pon), M'sieur Tonio, sûr de lui et dominateur, tout aise d'avoir neutralisé un feu, chique les guerriers blasés.

— Dans quelle toilette as-tu déniché le pistolet, chéri ?

— Business tribord.

Elle se lève.

— Je vais aller regarder au businesse bâbord.

Je la laisse dégager. Le qui-vive me cogne aux tempes. Pourquoi cette pensée ne m'est-elle pas venue ? Tu trouves que je suis réellement un commissaire d'élite, toi ? J'aurais pas un peu de mou dans la corde à nœuds, des fois ?

Penché dans la travée, je regarde s'éloigner ma compagne. Elle se rend devant le gogue déterminé. Il est *occuped*. Elle poireaute. Ce que voyant, une connasse d'hôtesse de merde lui indique du doigt que le second chiche est libre. Alors, prompt comme un éclair au chocolat, je fonce vers le deuxième cagoinsse et y entre. Du temps que j'y suis, je vais vérifier si le pétard est encore là.

Il n'y est plus !

Conclusion : le coup de main va se produire ! A moins que le terroriste fonctionne seul et qu'il se soit aperçu que le pistolet n'est pas chargé. Mais s'il avait constaté la chose, n'aurait-il pas laissé l'arme en place, puisque, non seulement elle ne peut lui servir à rien, mais qu'en outre elle est susceptible de le faire repérer si on la découvre en sa possession ?

Boudiou ! Ce qu'il faut penser vite et beaucoup dans ce putain de métier ! Penser en trombe ! Penser d'instinct. Penser sans y penser !

Marie-Marie me rejoint, perplexe.

— Il existait un second pistolet, fait-elle, et on l'a déjà récupéré.

— Comment sais-tu qu'il y en avait un ?

— Du papier adhésif en boule dans la poubelle des toilettes !

Bien cadré ! Digne de devenir femme de flic, la merveilleuse !

Qu'en désespoir (d'angoisse et) de cause, elle tire sa minaudière de son sac pour se refaire une beauté. Comme si elle en avait besoin ! Si belle, avec des traits purs, et plein de jeunesse sur toute sa personne.

Je phosphore comme toute une boîte d'allumettes. S'il y a des pirates de l'air dans ce zinc, que cherchent-ils ? Le commandant Ziebenthal a raison : nous détourner pour aller où ? L'objectif ne saurait être quelque pays arabe : nous n'avons plus suffisamment de carburant pour en rallier un ; et puis il eût été fou d'attendre que nous ayons franchi l'Atlantique pour perpétrer leur forfait. Ils avaient beau jeu de braquer l'équipage peu après le décollage.

J'en suis là, à quelques centimètres près, de mes réflexions, quand voilà un monsieur qui se penche sur moi. Veste sport en cachemire, polo de soie jaune. Il a le visage allongé, les tempes qui commencent à grisonner.

Il me braque à l'aide d'un parabellum (ne pas confondre avec un para bel homme) qui n'est pas l'arme que j'ai neutralisée.

— Celui-ci fonctionne parfaitement, m'avertit-il en anglais.

La phrase est d'une éloquence gigogne. Elle sous-entend qu'il sait que j'ai découvert et rendu inopérant l'autre feu.

Il ajoute :

— Madame est arrivée trop tard dans la seconde toilette.

Il a un regard noir, avec un petit serti vert pâle autour de l'iris d'un effet étrange. Cela incommode.

Il reprend :

— Vous allez vous lever et venir avec moi dans la cabine de pilotage pour expliquer au commandant que cette arme est parfaitement opérationnelle et qu'il doit, pour la sécurité de tous, se conformer à mes indications. Car vous lui avez parlé du premier pistolet et il se tient sur ses gardes. Je sais que vous êtes un homme impulsif, mais vous auriez tort de jouer les héros, vous n'ignorez pas les conséquences que peut avoir une balle tirée dans le fuselage d'un avion pressurisé ?

Je fais la moue. J'enrage ! Fabriqué comme un bleu !

C'est le moment choisi par Marie-Marie pour balancer le contenu de sa minaudière dans la frime de l'homme. Un nuage de poudre ocre nous sépare. Le gusman a morflé la cargaison dans les châsses, la bouche, les narines. Il suffoque comme un phoque loufoque baissant son froc sous le foc. Prenant appui des deux mains sur mes accoudoirs, je réussis une poussée de bas en haut qui ferait chialer de joie Archimède. Mon crâne télescope son menton. Coup de feu ! Merde ! Le zig fléchit sur ses genoux comme s'il m'implorait. L'arme qu'il tenait a chu. La balle tirée à la désespérée s'est enfoncée dans le dossier du siège placé devant moi. Pas de conséquences fâcheuses. Merci, Seigneur ! J'administre à mon tagoniste une manchette sur la nuque. Ça le foudroie.

Je le refoule dans la travée. M'incline pour

ramasser le pétard gisant sur le sol. Un pied se pose dessus. Je relève la tête. Un second zig, armé d'un pistolet, me darde vilainement. Miséricorde (à piano)! L'arme n'est pas non plus celle que j'ai cigognée naguère!

Dis voir, le D.C.10 en était truffé ou quoi?

Le nouveau venu, c'est pas le style du premier. Il a la gueule d'un supporter de l'équipe de foot de Liverpool. Blond-blanc, une peau de rouquin, de la couperose. Il avait des projets pour devenir albinos et puis il s'est fait recaler à l'oral. C'est pas un pistolet qu'il m'ajuste à dix centimètres des trous de nez, prêt à m'en confectionner un troisième, mais un revolver à barillet nickelé. Les balles de cuivre scintillent à la lumière de ma lampe de siège.

— On se calme! dit-il.

Maintenant, ça commence à frémir autour de nous, dans les *first*. Le premier gonzier avait agi dans la discrétion et passait inaperçu. Cet *hooligan* en polo vert, aux bras roux tatoués (l'œuvre représente la relève de la garde devant Buckingham Palace) et au jean plus roux que sa peau à l'emplacement de la braguette, ne prend pas de précautions.

Cette fois, je me dis que cette jolie histoire d'amour vire au désastre. Mon prévoyage de noces risque de ressembler à un enterrement sans musique.

Le supporter du Liverpool Football Club attend, sans me quitter de l'œil de son Colt, que son compagnon reprenne ses esprits, ce qui ne tarde pas. Et puis voilà que tout s'île de beuté (1). Un steward

_____

(1) San-Antonio a voulu dire « tout se corse ».

Lady Rectricelittéraire.

nommé Rudi Menthère, de Lucerne (Bouche-du-
Rhône), marié à une fille Teintligen (la grosse
chaîne d'épiceries du canton de Berne), père de trois
enfants, se pointe délibérément, tenant le marteau
que j'ai laissé au commandant.

— Faites gaffe, lui crié-je, ce feu-là est chargé !

Si je lui avais hurlé l'avertissement en allemand,
sans doute lui aurais-je sauvé la vie. Hélas ! je le lui
ai dit en français-argot, et lui c'est pas son dialecte
d'érection. Te dire : quand il a passé la matu, il a eu
2 à sa version française ! N'entravant que pouic, il
marche droit au rouquin, le marteau dressé.

L'autre, pas l'ombre d'une hésitance. La praline
fatale. Il a défouraillé si vite que j'ai à peine discerné
son geste. Déjà il me rebraque. Le malheureux
steward a une plaie que n'importe quel romancier de
mes deux qualifierait de « béante », en pleine
bouille, juste au-dessus du nez. Les passagers d'autour de lui sont tout éclaboussés de sang. Une dame
de la bonne société zurichoise (y en a pas de
mauvaise en Suisse), avec un chapeau de feutre vert
à plumes qu'elle a conservé durant le vol, un foulard
Hermès et une laine beige, pousse des cris de
trident.

Un troisième personnage s'élabore dans l'affaire.
Lui, plutôt le style indien. Barbiche, moustache.
Des lunettes noires cerclées d'or. Il tient le pistolet
que j'ai chinoisé. Il flanque une formidable mandale
à la dame couineuse pour la faire taire.

Bon, va falloir développer ce bigntz, à présent.
Que tout s'organise. Le premier type a complètement récupéré, sauf qu'il a des yeux de lapin russe à
cause de la poudre que lui a propulsée Marie-Marie.

Il récupère son arme et, suivi de l'Indien, gagne le poste de pilotage. Lui suffira de montrer au commandant qu'il dispose de deux feux pour que celui-ci réalise la situation. Le steward à la tronche pétée corroborera la sombre réalité si le pilote se retourne pour mater la travée.

— Tu vois que j'avais raison ? murmure Marie-Marie, d'une voix tranquille.

Nerfs d'acier, volonté d'airain ! C'est pas de la femmelette à tirer l'après-midi de cinq à sept (de saint cassette), mais une frangine décidée. La pure race des amazones ! Filles du feu ! Guerrière ! Walkyrie. Pas besoin de lui faire respirer des sels, de lui bassiner les tempes au vinaigre, comme on faisait aux gonzesses des anciens temps quand elles chopaient leurs vapeurs ! Marie-Marie, la vapeur, elle lui sort des naseaux.

Le gars qui me couche en joue, calme l'effervescence montante en termes d'une grande sobriété et chargés de volonté :

— Vos gueules ! Le premier qui bouge est mort !

Quand tu déclares cela après avoir fait éclater la tronche d'un chef steward, père de trois enfants qu'il emmenait chaque année au cirque Knie, tu es sûr d'être pris au sérieux. Tu les vois démener, les écoutes vociférer : des leaders syndicaux ou politiques, des chefs d'entreprise, des maris trompés, des bavards, des cons, des autres, tu te tapotes le menton. Blabla, zozoterie, fumée ! De la couillerie guimauve ! Des rodomontades rémoulades ! Du vent ! Du pet inodore ! De l'absence en forme de rien du tout ! Les derniers gus que tu prends en considération, c'est le chirurgien t'annonçant qu'il va falloir t'ablationner un rein, ou le contrôleur du

fisc t'assurant d'un redressement imminent. Les
autres brandisseurs de présages, menaces ou promesses, tu les conchies, les compisses, les enduis
d'éjaculations fougueuses et de crachats de belle
densité. Tu t'exerces à les haïr, même si tu es un
foncièrement gentil ; pour le sport, par honnêteté
morale et respect humain.

Et bon, le calme étant imposé, il règne dans les
first. La nouvelle de la piraterie ne s'est point encore
propagée au-delà du rideau bleu séparant les
classes !

Le supporter de l'épique équipe de Liverpool se
tient acagnardé au dossier qui me fait face. Il dit :

— Plus tard, tu paieras ce que tu as fait à mon
ami, et ta pute également. Toi, je te tirerai une balle
dans le ventre. T'auras un trou large comme ma
main au milieu de tes tripes. Elle, faudra qu'elle me
suce à fond avant que je la liquide.

— Tu devrais te méfier, dis-je. Telle que je la
connais, elle te coupera le zob d'un coup de dents et
tu n'auras plus que ta gueule en guise de tête de
nœud !

Il sourit.

— T'es un marrant, hein ?

— On le dit si souvent que ça doit être vrai,
réponds-je modestement.

— Ce que j'aimerais te craquer la cervelle tout de
suite !

— N'abusez pas trop des coups de feu, une balle
malencontreuse risquerait de faire exploser l'avion !

— Et après ?

— Ben, après, plus rien, évidemment.

— Et après ?

Là-dessus, les haut-parleurs du bord retentissent

et la voix du commandant, à peine altérée par
l'émotion, annonce :

— Ici votre commandant qui vous parle. Un
incident va nous contraindre à modifier notre plan
de vol. Nous sommes sous la menace de pirates de
l'air armés qui exigent que nous changions de cap. Je
prie les passagers de conserver leur calme et de se
conformer aux exigences des gens qui nous tiennent
à leur merci. Que chacun garde confiance.

Il a jacté en allemand, répète en anglais, puis en
français. C'est à peine si on perçoit un moutonne-
ment de frayeur dans l'appareil. La nouvelle sidère
les passagers des autres classes encore ininformés.
L'Indien aux lunettes noires sort du poste de pilotage et marche vers l'arrière du D.C. 10 en brandissant le feu inutilisable (mais les gens ne le savent
pas).

Je note que la carte de l'Amérique du Nord
projetée sur l'écran disparaît. On ne peut plus suivre
la marche de l'avion. Le soleil se déplace et notre
hublot ensoleillé s'assombrit. J'ai idée que le zinc
amorce un radical changement de cap. On piquerait
plein nord que ça ne me surprendrait pas.

Sous ma coiffe bretonne s'élabore l'alchimie magique des idées. Un mec d'action, tu peux pas
l'empêcher de phosphorer, de combiner, d'échafau-
der. Moi, froid aux châsses ? Jamais avec mon
Damart (1).

Je me dis ceci : les pirates sont au nombre de trois.
Celui que je suppose être leur chef reste dans le
poste de pilotage, le second me tient à l'œil, tandis

_____

(1) A propos, M. Thermolactyl m'a envoyé deux tricots parce
que je l'ai cité. Je vais essayer de citer Ferrari, on verra bien !

que le troisième va chiquer au loup-garou dans les autres classes. Ce dernier possède une arme bidon. Si bien que si je parviens à neutraliser le voyou blondasse, n'ayant rien à craindre de l'Indien, je pourrai ensuite me consacrer au chef.

Diviser pour régner.

Ils se sont eux-mêmes divisés.

J'ai droit à un régime de haute surveillance spécial car ces gentilshommes de fortune savent qui je suis. L'homme aux tempes grises me l'a pratiquement dit.

L'os réside dans l'expérience du supporter liverpoolais (l'hiver poulet). Il en a, c'est évident. La manière qu'il me braque à distance, ne trompe pas. Je serais foudroyé avant de pouvoir terminer un geste désarmeur. D'autant qu'il ne demande qu'à perforer cet « arrangement de chair » (comme écrit Cohen) qui me constitue si harmonieusement. Alors, attendre !

Je prends une position confortable, jambes allongées, mains croisées sur le bas-ventre. J'ai assez de force de caractère pour fermer les yeux.

Le *hooligan* m'interpelle :

— Hé ! flic !

Je soulève mes stores. Il se fend le pébroque.

— T'espères quoi ? il demande.

— Dormir, que je lui réponds.

Je m'en torche qu'il soit indupe. Ce qui importe, c'est de puiser dans son capital patience, comprends-tu ?

Si on analyse nos deux situations, la sienne, malgré l'appoint du revolver, n'est pas tellement plus enviable que la mienne, après tout. D'abord, il est en plein brigandage, et moi j'ai la parfaite sérénité de l'âme. Il est sur le qui-vive, étant environné de plusieurs centaines de victimes, et moi je n'ai que l'inconvénient de ces trois yeux fixés sur ma personne. Enfin, il est debout, et moi vautré.

Non, je te jure que ça baigne pour ma pomme !

DERRIÈRE LE HUBLOT

Ave Caesar, Marie Curie te salutant.

Tel le gladiateur romain défilant devant la loge impériale, je lance cette phrase légendaire du fond de mon aimable subconscient.

Je dois m'endormir ! Oui, au plus fort du drame, il me faut roupiller vraiment pour déconnecter l'adversaire. Quelle plus cinglante leçon de courage donner à ce foie blanc ? Il braque un revolver sur ma figure, et Sana, superbe, s'endort.

Je ferme les yeux. Compter des moutons ? Rien de plus stupide. Je préfère délirer. Tiens, j'imagine un restaurant pour scatophages. Compose le menu qu'on pourrait y servir : excréments de bébé sur toasts ; étrons de jouvencelle sauce hollandaise ; colombins de manar braisés ; diarrhée norvégienne flambée au rhum ; entremerdes glacés.

La marotte scatologique de l'Antonio ! Je vois d'ici discourir les cadémiciens, juste que se dessinait un courant bienveillant en ma faveur ! Suicidaire, l'apôtre. Incorrigible. Se néfaste la carrière. Une plume pareille, tout lui était promis, et voilà qu'il se la carre dans le fion et fait « Cocorico ». Faut être estampillé du sceau du sot, je vous jure. Ou du sceau du secret ! Du saut du lit, du seau du puits. On le comprendra jamais, Santonio ! C'est un vrai bizarre. Un mortifié ! Un obscène ingénu ! Il gaspille ses lauriers. Les ôte de son chef pour les flanquer dans le civet ! Des comme lui, on en retouchera jamais plus.

Un instant, il y a un vacillement dans mon caberlot, un flou artistique. Mais je réalise en pensant à Marie-Marie que j'ai entraînée presque de force dans cette équipée. N'aura-t-elle donc tant vécu notre amour que pour cette infamie ? Après tous ces jours passés loin de moi, toutes ces tentatives infructueuses pour m'oublier, elle me retrouve. Je décide de m'unir à elle, comme on écrit dans les très jolis livres où on se masturbe que d'un doigt en gardant l'auriculaire levé ; et puis la tuile ! Ce zef impensable ! La malédiction des Romanov !

Ça s'estompe. Ma douleur s'atténue. Je commence à somnoler pour de bon. Mais presque tout de suite, la voix du commandant Ziebenthal :

— Ici votre commandant de bord. Nous commençons notre descente, et allons nous poser en catastrophe sur un terrain gelé. Attachez vos ceintures, déchaussez-vous, mettez le dossier de votre siège en position verticale et tenez-vous penchés en avant.

Là, on commence à percevoir des cris. Un vieux gonzier bronzé à l'hépatite virale demande à mon garde la permission d'aller aux chiches. Ça urge, c'est peut-être même trop tard, y a commencement d'exécution. Le supporter de Liverpool va pour refuser mais l'odeur qui se dégage du vieux l'incite à la clémence et il consent.

Moi, je me dis très exactement ceci, sans y changer une virgule : « Mon Sana, tu tiens peut-être l'occasion tant espérée. » Je remonte le dossier de

mon fauteuil d'une main. J'ai, dans ma manche le
tournevis emprunté à la caisse à outils de bord. En ai
coincé l'extrémité dans mon poignet mousquetaire.
Le vieux crabe au foie malade quitte sa place en
marchant comme un pauvre bonhomme salement
emmerdé. Il va devoir passer entre le rouillé et moi.
Mais l'autre, dont la méfiance est restée intacte, lui
ordonne de se courber pour passer. Le pauvre zigus
aux tripes en débandade obtempère. Moi, juste
comme il va longer mon siège, discrétos, je lui fais
un croche-pied (que l'on appelle également croc-en-
jambe dans le grand monde et croque-en-bouche
chez les négresses à plateau).

Le bonze trébuche et s'accroche à tu sais quoi ? La
braguette du *hooligan* ! Instinctivement. L'autre le
rebuffe d'un coup de genou dans la gueule. Quelque
chose en moi, mon ordinateur de cervelle sans
doute, a su que c'était *the* moment (en anglais « le »
moment). J'ai rien décidé. Simplement mes réflexes
ont agi. Je me fends comme Lagardère lorsque
l'heure est venue d'aller t' à lui.

Et voilà mon adversaire tout con avec un énorme
tournevis en travers de la gorge. Tu sais, les fakirs de
music-hall qui se traversent la peau du cou avec une
brochette à merguez ? Eh bien, ça ! Sauf que j'ai pas
déterminé les points neutres. Le gonzier a pris l'outil
jusqu'au manche. Ça ressort derrière lui. Probable
que ça a dû toucher des nerfs vachement importants
car il est paralysé. N'a même pas le spasme pour
presser la détente de son presse-purée ! Il ne peut
plus rien foutre d'autre que de déguster son horreur,
Cézarin. Jusqu'à la lie. Jusqu'à l'hallali. Ou que
mort s'en suif.

Je cueille délicatement le Colt encore accroché à

sa main et qui ne tient que par la boucle protégeant la détente. Il ne lui sert plus que de bague, en somme. Ça fait efféminé.

Maintenant, la situasse s'est un peu modifiée. Les mauvaises trajectoires se sont un tantisoit corrigées. Qu'à ce propos notre zinc pique de plus en plus vers le sol. Il est temps que j'intervienne dans la cabine. J'adresse un signe rassurant à Marie-Marie et fonce à l'avant.

Une jolie hôtesse, livide sous sa blondeur naturelle, avec de longues jambes et un mignon fessier, délicatement accroché, me murmure :

— Attachez-vous ! On se pose !

— Non, on ne se posera pas ! réponds-je à mi-voix.

— Il a tué le radio ! fait-elle, et elle éclate en sanglots.

Ses nerfs qui lâchent, à Ludï Matchmaker de Spitz (ses parents tiennent le grand magasin de fleurs sur la place).

Cette annonce accroît ma rogne. Je saute sur la poignée de la lourde et dépone. Malheureusement, l'homme aux tempes grises défouraille dans la porte sitôt que je l'entrouvre. Heureusement, c'est l'instant où le train d'atterrissage touche le sol et l'avion prend un chtar qui le fait rebondir, si bien que la valda du gonzier me rate. Malheureusement, le rude impact m'a renvoyé à l'extérieur du poste de pilotage. Heureusement, je tombe entre les jambes de l'hôtesse attachée à son strapontin. Malheureusement, étourdi par l'impact, je n'ai pas le privilège de mater son entrejambe, que, de toute manière, avec leurs saloperies de collants j'aurai fait tintin de paysage !

Le zinc retrouve son assiette grâce à la maestria du pilote. Il roule en soubresautant sur une plaine gelée. L'homme aux tifs gris a eu la présence d'esprit de me subtiliser le Colt du *hooligan* à la gorge tournevissée. L'appareil cahote terriblement. Ça gueule à l'intérieur. Les gens s'offrent des crises de nerfs carabinées. Pourtant, merde, ils viennent de retrouver la terre ferme ! Ils devraient applaudir et prier, au contraire.

Le pirate me dit :

— Enlevez le radio de son siège et asseyez-vous à sa place.

Le pauvre radio pend par-dessus sa ceinture. Il a eu droit à une praline dans l'oreille et ce qui subsiste de sa physionomie n'est plus photographiable. Je passe ma main sous son buste pour faire jouer le fermoir de la ceinture. Et poum ! Il s'écroule sur la plancher. Docile, je me love entre les accoudoirs de son siège.

— Mettez les mains derrière votre dossier ! enjoint le détourneur d'avion.

Il s'adresse alors au copilote :

— Prenez votre cravate et, au besoin, celle du commandant, et liez-lui solidement les poignets. Je vérifierai. Si c'est bâclé, je vous tue.

Tout se déroule selon ses instructions. L'homme est très calme, presque froid, lointain. Il jacte avec détachement.

— Commandant, fait-il, donnez l'ordre d'évacuation de l'appareil. Tout le monde doit descendre, excepté vous et le second pilote.

Le chef de bord décroche son micro.

— Ici votre commandant. Nous venons de nous

poser dans une contrée inconnue et les pirates de l'air exigent que tout le monde débarque !

La lourde du poste de pilotage se rouvre, l'Indien surgit.

— Il a égorgé Jerry ! dit-il aux temps grises en me désignant.

Ce self, ma doué ! Il ne réagit pas, le *big chief* ! Simplement, il présente le Colt au gars.

— Prends celui-ci qui fonctionne.

L'autre obéit.

— Une fois les passager débarqués, donne-leur l'ordre de vider les soutes de l'avion. N'hésite pas à mettre au pli les récalcitrants, s'il en est. Vous, commandant, actionnez le système d'ouverture des soutes !

Net, précis, sans bavures. Cela dit, je pige mal à quoi correspond cette opération.

Le commandant qui partage ma perplexité questionne :

— Je peux vous demander ce que vous comptez faire ?

L'autre regarde par les vitres étroites du cockpit :

— Vous le verrez bien. Pour l'instant, récupérez un peu car nous allons repartir.

— Impossible ! fait l'officier.

— Vraiment ?

— Nous sommes en limite de carburant et n'avons même plus mille kilomètres d'autonomie, ce qui revient à dire que, par rapport à notre position présente, si nous décollons, nous serons contraints de nous poser rapidement dans quelque autre étendue glacée.

Le pirate hausse les épaules. Il paraît sûr de lui.

Moi, je me caille la laitance pour Marie-Marie.

Un froid mordant envahit l'avion par les portes ouvertes. Dehors, il fait largement moins 30°! Ma merveilleuse doit claquer des chailles dans son élégant tailleur parme.

On perçoit des heurts nombreux : les passagers et membres d'équipage qui s'activent pour décharger l'avion.

De mon siège, je n'aperçois qu'une vertigineuse étendue privée de toute végétation. Le ciel est bas, lourd, plombé. Et soudain, à l'extrémité de l'horizon, un sombre frémissement se constitue. Cela ressemble à ces mirages tremblants, au fond des sables. Ici, cela a lieu au fond des glaces. C'est mouvant et flou. Il y a des ondulations. Et peu à peu le phénomène se précise jusqu'à cesser d'en constituer un. Je finis par réaliser qu'il s'agit d'une espèce de caravane qui s'avance vers nous.

— Qu'est-ce que c'est ? demande le commandant au chef pirate.

— Des amis, répond celui-ci.

Ziebenthal murmure :

— Seigneur ! Mais d'où viennent-ils ?

— De l'enfer ! répond l'autre en souriant.

Moi, ce qui me turlupine (ou turluzobe, ou turlupafe, ou turluqueute, tu biffes les mentions superflues), c'est le fait que je sois encore vivant malgré les désagréments que j'ai causés à cette équipe : voies de fait sur le chef, égorgement d'un participant, neutralisation d'un pistolet. Ces hommes décidés, qui trucident sans sourciller les gens du bord, s'obstinent à me garder en vie. S'ils se comportent ainsi c'est donc qu'ils envisagent d'avoir besoin de moi à un moment de l'action.

Là-bas, le cortège se précise. Je commence à

distinguer quatre gros véhicules à chenilles. Ils se déplacent sur une ligne. Des hommes occupent les cabines avancées des engins lestés d'énormes conteneurs ou réservoirs.

— Vous devriez vous restaurer, commandant, invite Tempes Grises ; et votre copilote de même. Mangez et détendez-vous pendant cette phase d'inactivité.

Le commandant décide que l'autre n'a pas tort et se lève pour aller chercher à bouffer.

— Non ! s'interpose Tempes Grises.

Il fait coulisser un étroit volet de plexiglas ménagé dans le cockpit et crie :

—Une hôtesse, s'il vous plaît !

Au bout de peu, la fille dont je n'ai pas eu l'opportunité d'admirer l'entrejambe se présente, transie de froid. Elle frissonne à ce point qu'elle n'arrive pas à parler.

— Ces gens vont mourir de froid, dis-je au pirate. C'est cela que vous souhaitez ?

— Je ne souhaite rien, je m'en moque. Puisqu'ils débarquent leurs bagages, ils n'auront qu'à y prendre des vêtements chauds.

Et il enjoint à la blonde hôtesse d'aller chercher deux plateaux-repas.

A présent, on perçoit le ronflement des moteurs de la caravane surgie du néant. Les engins à chenilles ont l'air de monstres patauds. Ils se déplacent avec une vélocité imprécise de chars d'assaut. Des vrais monuments ! Qui, telles des chauves-souris, se dirigeraient par écholocation.

J'essaie de dénombrer les hommes qui assument le convoi. Il y en a trois par véhicule. Certains sont des Esquimaux au faciès mongolien.

— Je peux savoir ce qui se prépare ? questionne le commandant.

J'enrogne, mézigue. Se laisser fabriquer comme des bleus par deux types ! Oui, deux mecs, pas davantage : l'Indien et Tempes Grises. On est près de deux cents passagers à obéir comme des moutons à deux pistolets. Il doit se tenir vachement sur le qui-vive, le barbichu de l'extérieur. Ce qui conditionne la peur, c'est la présence constante du chef pirate dans le poste de pilotage. Il détient l'âme de l'avion, sa substance, si je puis dire. (Et il ferait beau voir — comme disait Sartre — que j'en sois empêché !) La foule grelottante qui se bat les flancs autour de l'appareil aurait facilement raison de l'Indien. Mais ensuite ? Il faudrait attaquer le poste et ce serait la cata !

Ziebenthal répète :

— Que va-t-il se passer ?

— Vous le verrez bien ! rétorque l'autre.

Le commandant, ça finit par lui battre les couilles. Trop c'est trop !

— C'est moi qui suis le maître à bord, monsieur !

— Ah oui ? ricane Tempes Grises d'un ton super-ironique.

— Oui, monsieur. Que vous me menaciez d'une arme et assassiniez mon radio ne change rien à cette évidence. Je suis le maître et si je refuse, même sous la torture, de piloter cet appareil, vous vous trouverez immobilisé dans ces glaces.

— Vous me laisseriez abattre les passagers les uns après les autres ?

Le commandant se tait, vaincu par l'argument.

Le terrorisme, c'est ça : la folie contre la raison ! La minorité armée contre la foule aux mains vides.

Les quatre *trucks* des solitudes nordes se rangent
le long des flancs de l'avion. L'un des arrivants, dont
on ne distingue pas les traits tellement il est emmitouflé de fourrures, s'avance vers la proue du
D.C.10. Tempes Grises lui crie, en anglais, de
commencer les opérations. Ensuite il se tourne vers
le copilote.

— Mes amis nous amènent du kérosène. Allez
vous occuper de la manœuvre !

L'autre se dresse.

— Un instant ! fait Tempes Grises. Sachez que le
moindre manquement à mes ordres déclencherait
une hécatombe.

Peu après, un zig fourré paraît. Probablement le
chef de l'opération terrestre. Tempes Grises va dans
le couloir, sans cesser de nous braquer. Les deux
mecs palabrent à voix basse. L'arrivant fait des
signes d'approbation.

Dehors, le ronron d'une pompe se fait entendre.
Ils possèdent un appareil à air comprimé pour
injecter le kérosène en fûts dans les ailes du zinc.

De toute évidence, cette opération de grande
envergure a été minutieusement préparée. Et il doit
s'agir d'un coup fumant pour que soit mis en œuvre
un tel déploiement de matériel.

A nouveau, le grand navire des airs, comme j'ai lu
dans un merveilleux bouquin, vibre sous des heurts
nombreux. Rivé à l'avant comme me voilà je ne puis
voir ce qui se déroule, mais je gage qu'on charge les
soutes vidées par les passagers d'un nouveau fret. Et
c'est bien entendu ce fret qui motive l'emparement
de l'avion par ces bandits hors pair.

Ces hommes sont venus dans le Grand Nord

canadien, récupérer une précieuse denrée. Pour l'emmener où ? Mystère.

Le commandant mange stoïquement. J'admire qu'il puisse claper dans de telles conditions. C'est un battant. Il sait qu'il doit coûte que coûte demeurer opérationnel, non pas pour donner satisfaction aux pirates, mais pour préserver l'appareil qui lui est confié et surtout la vie de ses passagers. Alors, bravement, il fait son plein, lui aussi.

Pendant qu'il clape et qu'on bourre les flancs du monstre de je ne sais trop quoi de lourd et de volumineux, je songe que le dispositif pour rechercher l'avion doit être en place depuis un bon moment déjà. Un avion de ligne ne cesse pas d'émettre sans qu'il y ait branle-bas dans les zones concernées. Nous avons « disparu » au-dessus du Labrador, ça doit être la monstre effervescence dans cette partie du Canada.

Le temps s'écoule avec lenteur. Mille pensées sinistres m'assaillent. Qu'advient-il de Marie-Marie ? Où vont-ils nous emporter une fois le chargement accompli ? Puis-je espérer conserver la vie sauve ? Bien d'autres motifs d'angoisse encore me pilonnent l'esprit.

J'ignore combien de temps s'écoule dans cette torpeur effroyable. Tempes Grises, homme d'acier comme il m'est rarement arrivé d'en rencontrer, n'a pas changé d'attitude. Toujours calme, froid, relaxe. Lui aussi attend.

Enfin, son collaborateur qui dirigeait l'expédition glaciaire réapparaît, flanqué du pilote en second, complètement frigorifié.

— Paré ! dit-il.

Tempes Grises opine. Il tend son feu à l'homme

aux fourrures, lui enjoignant d'un hochement de tête de nous tenir à l'œil, et quitte le poste de pilotage.

Le nouveau venu a la peau couleur aubergine. Le froid l'a tannée comme du cuir. Sous les longs poils de son capuchon, il a un regard de singe. Tu croirais l'un des protagonistes de *La Guerre du feu*. Je me dis que si j'avais l'usage de mes paluches, il me serait fastoche de le désarmer. C'est un homme des grands espaces, tout con dans l'étroit habitacle du poste. Gêné aux entournures. Zorro dans une cabine téléphonique ! Ça coince ! Mais cet empafé de copilote, consciencieux de partout, m'a bel et bien ligoté serré, à tel point que l'ankylose me gagne.

A l'extérieur, il se passe des choses, je te garantis. Les hommes de main de Tempes Grises éloignent les quatre énormes engins de l'avion, les arrosent d'essence et y mettent le feu. Ni plus ni moins !

Ensuite, il se passe quelque chose de beaucoup plus intrabiliaire ! Je t'ai dit que, dans la caravane se trouvaient des Esquimaux. Quatre. A un moment donné, et tandis qu'ils regardent cramer leurs véhicules, quatre autres gus de l'expédition passent derrière eux et leur tirent quelques balles dans la nuque. Les malheureux Esquimaux, la tronche pétée comme courge trop mûre, se mettent à raisiner à gros bouillons sur la glace. J'ai déjà eu affaire à des brigands de grands chemins, mais j'ai jamais vu à l'œuvre des gens aussi déterminés dans l'assassinat. Ils éliminent délibérément. La solution finale des nazis ! Comme les Esquimaux ont cessé de leur être utiles, ils les anéantissent pour s'assurer de leur silence. Simple comme adieu !

Tempes Grises revient. Le jour a pâli, mais sa lumière demeure encore très vive.

— Préparez-vous à redécoller, commandant, enjoint-il à l'officier.

— Pour où ?

— Je vous donnerai le cap lorsque nous serons en l'air.

Puis, se penchant sur moi.

— Je vais vous faire un cadeau, me dit-il : votre peau !

— Trop aimable.

— Vous allez rester ici en compagnie des passagers. L'homme étant un animal ingénieux, je gage que vous saurez vous organiser pour survivre au froid et à la faim en attendant des secours.

— Vous pensez que les vieillards, les enfants, les mal portants résisteront aux quelque moins quarante degrés qui doivent régner la nuit sur cette terre désolée ?

— Je le pense, puisque je vous laisse pour que vous vous en occupiez. Vous êtes un homme déterminé et ingénieux. En vous accordant la vie sauve, je paie mon tribut à l'humanité.

— Vous avez une conception plutôt simpliste de l'altruisme !

— Lancez les moteurs, commandant ! Et procédez aux opérations de décollage.

— Le sol comporte des dénivellations, je ne réponds de rien, objecte l'officier.

— Si, riposte Tempes Grises, vous répondez de la vie de tous ces gens, car si nous devions être immobilisés ici, vous assisteriez à un carnage.

Ça se met à ronronner, et l'avion est parcouru d'un long frisson. Le copilote a repris son poste. Tempes Grises donne un ordre pour que les morts soient jetés hors de l'avion avant le départ. Il ne m'a toujours pas délié, attendant probablement l'ultime moment pour le faire. Il va, vient, du poste de pilotage à la partie passagers.

— Décollage dans combien de temps, commandant ?

— Je suis paré.

— O.K.

Il lève son arme et me balance un coup de crosse sur la tempe. La vue se brouille, l'avion se craquelle. Je perçois pourtant qu'on me bricole. Mes liens sont tranchés. On me traîne par les pieds sur la moquette de l'appareil. L'air coupant entre à foison par la porte béante. Mon corps se pétrifie. J'ai du mal à respirer. Je parviens à retrouver quarante pour cent de mes esprits et à entrouvrir les yeux. Une vision tragique ! Une quantité de gens agonisent au pied de l'appareil. Privés de la passerelle d'aéroport pour quitter le bord, ils ont dû sauter. Nombre d'entre eux sont éclopés et gisent sur la glace où ils agonisent après ces quelques heures d'immobilisation.

On me virgule par l'ouverture. Je chois sur des gens inanimés, ce qui amortit mon valdingue, mais tout de même, j'en morfle un coup dans la tubulure. Une échelle métallique pliable qui servait aux pirates pour leur accès à bord est retirée, la porte refermée.

Apercevant l'énorme train d'atterrissage non loin de moi, je concentre mon énergie pour me soustraire à ce rouleau compresseur qui va écraser les malheureux étalés sur son passage. Me mets à rouler sur moi-même, comme un gosse dans un pré en pente.

Le D.C. 10 s'ébranle avec lenteur. Ça y est, il roule. J'aperçois la masse des passagers hébétés, à une cinquantaine de mètres. Frigorifiés, dépassés

par les événements, terrifiés par ces morts épars,
ils se sont mis en essaim. Et ma douce Marie-Marie ?
Je vais courir à elle et la serrer dans mes bras. Je
l'arracherai à l'enfer glacé. Oui, je saurai la sauver.
Une énergie démesurée me revigore.

Les roues impitoyables font éclater les corps étalés
sur leur trajectoire. Les réacteurs grondent comme
cent trains à pleine vitesse. L'air vibre. Un souffle
ardent réchauffe fugitivement cet espace sidéral.
L'avion roule de plus en plus vite. Mais comme il
semble lourd ! Une baleine épuisée ! Va-t-il pouvoir
s'arracher ?

Le commandant le conduit à plus d'un kilomètre
de nous, sondant le sol sous ses boudins. Et puis il
freine et décrit un arc de cercle, comprenant qu'il a
intérêt, pour redécoller, à emprunter la zone qui lui
a servi à atterrir. Il sait que, sans être fameuse, cette
piste de fortune est relativement praticable.

La bacchanale noire des moteurs lancés à plein
régime fait miauler le Grand Nord. A nouveau, la
masse blanche, dont la queue est marquée de la
croix helvétique repart pour une conquête insensée
du plus lourd que l'air (qui tant épatait mon papa).
Elle arrive de plus en plus vite, passe en rafale
devant moi qui suis agenouillé sur la glace, impuis-
sant.

Et alors je reçois un coup d'épée en plein cœur.

La cohorte des hublots vides est interrompue par
un visage collé au plexiglas de l'un d'eux : celui de
Marie-Marie !

LA BIÈRE IS NOT GOOD
FOR BÉRU

Bérurier (Alexandre-Benoît), trouve une place pour sa voiture rue des Sœurs-Gougnasse, pile devant l'agence des pompes funèbres Gastounet. Dans ce quartier modeste, l'établissement l'est aussi. On y meurt certes autant qu'ailleurs (voire un peu plus puisqu'on n'y a pas tellement les moyens de se soigner), mais à moindres frais. La bière qu'on y vend est de qualité médiocre, style pression.

Le Gros descend de sa charrette fantôme dont il néglige de verrouiller les portes. Qui donc songerait à s'emparer d'une tire pareillement haillonneuse, dont le pare-brise est en contre-plaqué et dont la carrosserie tient avec du chatterton ?

Gisèle Tanatos, l'épouse du gérant, une blonde au bustier prépondérant, avec un sourire rouge comme un panneau de sens interdit, fait miroiter les fils d'Ecosse bleu gyrophare de son corsage dilaté. Elle connaît Béru de vue et lui sourit. Lui, il s'arrête carrément, étant d'humeur primesautière.

— C'est une voiture banalisée que vous avez là ? questionne l'opulente.

— Textuel, répond le Mastar.

Il désigne la vitrine où se trouve présenté en plan

incliné un merveilleux cercueil grand tourisme, capi-
tonné de soie rose à l'intérieur, avec des poignées
d'apparat et un crucifix de gala doré à la feuille.

— Dites donc, y doit valoir chaud, vot' bolide,
là ?

— C'est effectivement du matériel de toute première qualité, convient la commerçante, avec un
rien d'orgueil.

— Y doit faire bon s'laisser glisser dans un
pullman pareil! renchérit le Mammouth. Y a des
gaziers qui s'refusent rien, question confort.

Il coule une œillade salace sur les loloches de
madame. Elle surprend ce regard hardi, extrêmement convaincant, et rougit sous sa couche de fards.

— Vous êtes bien un policier célèbre? demande
Gisèle.

La question flatte Messire Alexandre-Benoît.

— J'ai ma réputance, assure-t-il avec une modes-
tie si fausse qu'un aveugle refuserait de te rendre la
monnaie.

— Si j'osais..., fait l'épouse du nécrophage.

Elle laisse intentionnellement la phrase en carafe.
Le Gravos la reprend d'un revers de volée.

— Si vous oseriez? insista-t-il.

— Figurez-vous que j'ai ramassé une contraven-
tion, ce matin, rue des Rosiers. Je m'étais garée
devant une porte cashère.

Sa Majesté bedonnante gonfle son menton.

— Donnez-la-moi-la, j'en fais mon affaire,
assure-t-il.

— Vrai, vous feriez ça ?

— Pour une jolie femme, j'sus capab' de tout!
plaisante le Casanova des faubourgs.

Elle rentre dans le magasin, suivie de la célébrité policière.

— C'est pas la question de l'amende, explique-t-elle, mais mon époux est radin au point qu'il récupère les dents en or de nos défunts. Bien entendu, ça reste entre nous ?

Le « nous » éveille des voluptés dans le ballast du Dodu.

— Où voudriez-vous-t-il que ça aille ? riposte le gentleman.

Elle passe dans l'arrière-boutique pour y chercher son sac à main. Bérurier referme la lourde et donne un tour de loquet à tout hasard.

Le local est meublé de classeurs métalliques, d'un bureau plus ou moins ministre et tapissé de photos qui toutes représentent des éléments funéraires : bières, corbillards, caveaux, couronnes de perles, stèles, etc.

Le Lourdingue examine les clichés avec intérêt.

— Vous d'vez organiser des croisières sympas, assure-t-il. De nos jours, j'trouve les enterrements moins tristes qu'autrefois. Rien que les fourgons rouge foncé, vachement pimpants ! Et les personnes qui vendent des funérailles, pas dégueu. Quand j'vous voye, j'me dis que ça doit consoler d'êt' veuf. Moi, ma gonzesse lâcherait la rampe, aussi sec je radine chez vous, les coudes au corps.

Gisèle se marre. Elle est penchée sur son faux Chanel. On distingue mal ce que contient le réticule, mais on peut admirer ce qu'il y a dans son corsage. Ses frères Karamazov sont somptueux ! Béru qui est porté sur le gras-double en est ému comme s'il venait de trouver deux chérubins abandonnés sous le porche d'une église.

— Si vous voudriez qu'j'vous dise, murmure-t-il, pour un' personne qui s'occupe de macchabées, j'vous trouve vachement en vie !

Il risque une dextre enveloppante sur l'un des fruits de sa passion. La dame glousse, proteste un peu, mais sans trop se débattre des glandes. Elle tend sa contredanse. Bérurier l'empare de sa main restée libre, l'enfouit dans sa poche et précise son étreinte.

— Une gerce comme toi, assure l'Hénorme, av'c des volumes pas farineux le moindre, y m'vient des appétits d'ogre, si tu saurais...

— J'ai peur que mon mari n'arrive ! s'inquiète la femelle.

— Fais-toi pas d' souci : j'ai mis l'verrou !

— Coquin !

Il sait que c'est gagné, le Gros. Une gonzesse qui te traite de « coquin » quand tu lui paluches la région mammaire, tu parles qu'elle est consentante !

— Ne restons pas ici, décide la donzelle, on pourrait nous voir de la rue.

Elle ouvre une porte qui donne sur l'entrepôt. Le local est garni de cercueils aux gabarits multiples, et de qualités différentes. T'as du frêle sapin qui doit se déglinguer facile dans l'humidité des tombes, du chêne déjà plus costaud, du noyer, de l'acajou renforcé. Des bières carrément ouvragées, manière de faire chier les voisins à la levée du corps. De l'article pour commerçants huppés. De l'œuvre d'ébénisterie, moulurée, aux accessoires massifs. Bien qu'étant vides, ces caisses sentent la mort.

Le Puissant regarde le panorama et rigole.

— Dis donc, faut avoir le tempérament de feu pour goder dans c't'ambiance, déclare Alexandre-

Benoît. Ou alors c't'une question d'habitude! Mais ma pomme, c'est pas tes boîtes à dominos qui risquent d'm'faire déjanter.

Il a repéré une fermeture Eclair dans les plis de la robe et en actionne la tirette. Gisèle se dénude de la partie septentrionale. Aucun soutien-gorge, je te prie! La laitance à l'air, et pas en chute libre! Du nichemard de jeune charcutière, avec des embouts de tuba agressifs.

— Vous allez vite en besogne, roucoule la pompeuse funèbre. Si vous menez vos enquêtes aussi rondement, ça ne m'étonne pas que vous soyez si célèbre.

— Tu voudrais qu'j'les menasse comment mes affaires, av'c une chopine pareille? demande Elephant Man en forçant sa partenaire à lui ausculter le tiroir du bas.

La Gisèle, oh! pardon. Elle en croit pas ses doigts! Craint une hallucination tactile. Ce qu'elle empoigne à M'sieur Bérurier, dites-moi tout, docteur, c'est une troisième jambe, non? Elle a pris de la Thalidomide en l'attendant, la maman de ce gros sac! Y a malformance, hypertrophie, une gourance génétique d'envergure. Elle palpe pour tenter de reconnaître le territoire. Merde, ça n'en finit pas! C'est plus un sexe mais une trompe de mammouth! On vadrouille dans le secondaire! C'est une tête de brontosaure, elle se demande, la mère Tanatos (son mari est d'origine grecque).

— Je rêve! soupire-t-elle.

— Mais non, ma petite poule, c'est du sincère. J'sus pas comme les toréadors qui s'foutent des noix de coco dans l'futal pour faire étinceler l'imagination des *señoritas*. D'ailleurs, j'te montre les produits d'la ferme, vise en direct, chérie. Regarde de visu et tâte de tâtu !

Il déballe malaisément ce dérapage de la nature.

— Si tu voudrais prend' un moulage av'c ta bouche, ma gosse, gêne-toi pas.

Gisèle branle le chef (le sien, ce qui est moins fatigant).

— Ce serait impossible, voyons !

— Que tu croives, môme ! Les gerces oubliient qu'é sont extensibles. Vas-y, mignonne, fais jouer tes zigotomatiques. J'sus certain que tu y arriveras. Et y a une chose dont j'voudrais que tu susses : c'est que, en matière d'tendresse, c'qui rentre par le haut peut rentrer par le bas ! C'est la loi de Courvoisier, l'savant.

Il dégage l'intrépide chibre rutilant et le propose à l'infortunée croque-mortière.

— Tu voyes, dit-il, Mister Popaul fait déjà un bon bout du chemin ; à toi d'jouer.

La Gisèle se pique au jeu, écarquille des mâchoires, rentre le train d'atterrissage de ses ratiches et fait si bien qu'elle parvient effectivement à engloutir la partie la plus développée du champignon béruréen.

Le Mastar exulte :

— Qu'est-ce j'disais, la mère ? T'as gagné ! Bon, pour notre début j'te demande pas d'm'entr'prend' au turlut', ça t'paralys'rait d'la clape. J'voulais s'l'ment t'démontrer qu'y faut jamais s'laisser aller au découragement. Maint'nant, si tu m'ferais le grand honneur d'ôter ton slip et d'remonter ta jupe j'te f'rais le gros défilé d'la C.G.T. Raie au mur – Sébastopol. Voilà ! Parfait ! Nickel ! Montre un peu tes contrées inesplorées ? Dedieu, t'as un joufflu d'première ! Ah, tiens, t'es pas blonde ! Franch'ment j'm'en serais pas gaffé. Dis donc, ton coiffeur, c't'un artiss ! Et tu vas souvent à la teinture, je parie, biscotte t'as les racines impec.

« Tu voyes, un prose pareil, ça donnerait envie de sortir d'tes boîtes à dominos pour en manger. A c'propos, viens t'asseoir sur ce cercueil, ma poule, que je te groume la case-trésor pour préambuler, faciliter l'admission du module lunaire. Voilà, très bien. Qu'est-ce tu dis ? Les poignées te font mal aux ch'villes ? Avance-toi et mets-me-les sur les endosses. Voilà, commako ! T'as tout pigé. Moi j'aime les polkas d'bonne volonté. »

Bérurier interprète alors sa fameuse tyrolienne lubrifiante, répertoriée dans son cahier de décharge. Il mélodise Mme Tanatos avec une telle fougue qu'elle ne tarde pas à appeler sa mère, laquelle est décédée d'un accident de la route voici quatre ans et, de ce fait, ne saurait assister au panard de sa fifille, si ce n'est du ciel !

Lorsqu'il estime sa manœuvre suffisante, il prie sa partenaire de s'agenouiller sur le cercueil, ce à quoi elle se résout, bien que ses genoux en prennent un coup !

Tel le directeur de la base de lancement guyanaise commandant la mise sur orbite de notre charmante Ariane, Alexandre-Benoît règle les ultimes manœu- vres avec minutie.

— Penche-toi plus davantage, môme ! J'te conseille de poser ton front dans l'pli du bras, histoire de bloquer ta positure. Maint'nant tu ouv' les cannes à bout d'compas. Tu peux pas un peu plus davantage ? T'es souple pourtant ! Force, môme !

Prends sur toi ! Là, c'est mieux. Tu m'remontes ton train d'atterrissage un chouïa, qu'on vive en plein not' idylle. Eh bien, ça m'paraît corrèque. Appréhende pas, surtout, ça t'contraquerait la mollusque. Soye rilaxe, ma poule ! Y peut rien t'arriver qu'un gros pollux dans l'étouffoir et, au fond, c'est qu'tu d'mandes, non ? Attends, j'te repasse la babasse à la menteuse, créer l'climat d'confiance. T'sais que t'es vach'ment agréab' à minoucher, ma puce ? T'as un p'tit goût charcutrerie bavaroise, qu'incite.

« Et à présent, on tente la traversée ! La manière qu'j'j't'arrime l'baigneur à deux mains, tu t'sens partante, hein ? 'magine-toi en aile delta ! Tu planes. C'est ma pomme qui fais l'vent ! Non, gigote pas des noix, j'te promets que mon gros Nestor va parviendre à faire coucouche-panier dans ton pétrousquin mignon, chérie. Sans douleur. A la langoureuse ! Une barbe bien savonnée est plus qu'à moitié faite, disait le père Bérurier ; pour l'emplâtrage c'est du kif ! La chaglatte dégrossie aux salivaires est fatalement opérationnelle. Tiens, tu sens comme on s'en va dans le bonheur, ma blonde ? T'es comblée, non ? C'est du morcif de reine que j'te fourvoye dans le train des équipages. Du goumi de C.R.S. ! Un coup de bite pareil, vaut mieux l'prend' dans le fign'dé que su' la nuque ! Voilà ! J't'ai déjà enquillé la moitié d' la livraison. Laisse qu'j'te barate les meules, et l'reste rentrerera l'arme à la bretelle !

« Ah ! madame dévergonde de la moniche, à présent ! Elle effrène du dargeot ! On fait sa petite salope à haute tension, hein ? Dis, coquine, tu nous mènes droit à la surchauffe. M'embrase pas trop l'panais, j'vas en avoir b'soin c'soir pour ramoner la

Bérurière dont au sujet d'laquelle c'est son annif'.
La vache, ce qu'é démène du dargeot ! Yayaï, t'as
pas peur d'couler une bielle, toi ! J'ai déjà le zobard
en flammes comme si tu m'l'passererais à la pom-
made du Tigre ! A c'p'tit jeu, t'es pas gagnante, la
mère ! Moi aussi j'y vais d'mon sprinte ! Le cul à
bascule, tu pouvais pas mieux tomber ! Tiens, bou-
gresse ! Et ça, c'est pas de la locomotive haute de
pied ? Charrrognasse, va ! Si t'aimes l'pilon,
déguste ! »

Et le Mahousse, survolté, déclenche ses manœuvres des grandes circonstances. Il pèse si fort, si
lourd, que le couvercle du cercueil servant de
support à ces transports de suppôt insupportable
éclate. (Comme quoi, la qualité des pompes funèbres Gastounet, tu repasseras !) La dame se trouve
abaissée d'une quarantaine de centimètres. Mais
cette brisure ne désunit pas le couple. Simplement,
le Majestueux a lâché l'exquis popotin de Mme
Tanatos pour se cramponner aux montants de la
bière. Un pompier parisien surentraîné n'aurait pas
réussi sa reconversion avec une telle fulgurance. Il
continue de limer dans les bris de sarcophage.

Pendant qu'il dévaste le pot de Gisèle, il voit la
porte du fond de l'entrepôt s'ouvrir, et trois personnages entrer. Y a un grand con habillé de maigre
dans les teintes sombres, avec gilet gris, gants gris,
onguent gris. Il précède un couple en chagrin : une
femme frisant la cinquantaine et un dadais de
bientôt vingt piges qui se trimbale une tarte aux
fraises en guise de figure, because l'acné. La dame
est rougie de pleurs, le dadais, sinistré par un deuil.
Le trio stoppe, interdit, ne réalisant pas, de loin, la
nature de l'étrange scène. Bérurier adresse une

mimique accueillante par-dessus le cul de Gisèle.
Les arrivants s'enhardissent et avancent. Mme Tanatos est au bord du panard et commence à clamer que
« Oh la ! Oh lala ! Oui, plus fort ! Fourre-moi tout,
salaud ! ». Ce qu'entendant, Béru, avec sa courtoisie
habituelle, explique du geste, aux visiteurs que sa
partenaire se laisse emporter par la frénésie de ses
sens mais qu'elle se comporte avec plus de retenue
dans la vie courante.

Le personnage en gris continue d'avancer. Il est
pâle comme ceux qu'il met en bière. Arrivé au
couple, il balance une mandale au Gros. D'aucuns,
morniflés en pleine bouillave, seraient désarçonnés,
voire pour le moins décontenancés. Béru, lui, simplement, il prend appui d'une seule paluche. Chope
de l'autre son tagoniste par le revers, l'attire à soi,
lui colmate les orifices faciaux d'un monumental
coup de boule et le laisse couler dans son k.-o., sans
cesser son galop éperdu vers les délivrances
suprêmes. La Gisèle hurle que c'est extra ! Cris
khomeinyesques (1). Elle profère un intense, un
interminale « Ouiiiiiiiii », interminable comme la
rue de Vaugirard qui est la plus longue de Paname.
Et puis s'écroule dans le capitonnage du cercueil,
haletante, le prose en bosse de dromadaire.

Sa Majesté embroquante s'essore l'intime à son
tour, mais avec beaucoup plus de retenue. Juste un
petit « Hep ! » de charretier.

Il exécute deux pas en arrière afin de se déplanter
le mandrin (peut-être même trois, j'ai pas pris
garde) et demande aux survenants :

(1) San-Antonio a sans doute voulu dire « persans ».

                                    La Directrice littéreuse.

— J'suppose que vous v'nez pour une commande ?

Acquiescement muet du couple effaré.

— Laissez-moi d'viner : c'est le papa qu'a fourgué son estrait d'naissance, hein ? Médème est la veuve et v'là l'grand fils ?

Nouvelle approbation incertaine.

Le Gros tend sa large dextre enfoutraillée à la dame :

— Toutes mes plus charmantes gondoléances, chère maâme. C'est la vie. L'temps est un grand maâtre ! D'ici quèques jours ça s'tassera, et vous pourrerez vous retourner sur l'avenir. Bien maquillée, av'c des bas résille, j'sus certain qu'vous en jetez encore ! J'sais que si vous me laissereriez vot' adresse, je pourrais passer prend' d'vos nouvelles à l'occasion. Vs'avez pu constater qu'j'ai du répondant. Avant d'vous décider le choix, fait-il encore, assoyez-vous sur ces boîtes à osselets. Si vous voudrez la vérité : c'est pas du vrai bois, mais d'l'aggloméré.

Il tapote le dos du dadais dodu.

— C'est toi qu'es le plus à plaind', gamin. Ta vioque aura pas d'mal à se refaire chibrer, mais toi, un dabe, c'est pas évident ! J'sais qu' ma pomme, quand j'ai perdu l'mien, j'ai perdu gros, surtout qu'y p'sait plus de cent vingt kilos ! Enfin, la mort c'est la vie, hein ? Qu'est-ce c'est c'baveux que tu tiens à la main ? Quoi ? On y cause d'l'accident d'ton vieux ? Ah ! il a morflé une moto dans le baquet, le pauv' mec ? Moi, les deux roues, j'sus toujours été contre. Montre voir !

Le Gros prend délibérément son journal au fils Mouillefroc. Il l'ouvre. En constatant la première page, ses yeux s'exorbitent. Il bée en grand de la bouche. Un râle bizarre lui vient, pareil à une énorme bulle sonore qui aurait pu être un rot contrarié, mais qui est en fait une plainte d'agonie.

Il a un étourdissement, titube, puis s'écroule au côté du sieur Tanatos.

M. BLANC NE VOIT PAS
LA VIE EN NOIR

Figé à terre dans une attitude de gisant marmoréen, il ressemble à quelque roi carolingien ayant un feutre cabossé en guise de couronne. Il n'est pas sans noblesse, le bougre.

Les Mouillefroc, mère et fils, s'approchent à pas lents. La scène leur désoblige l'entendement. Venus choisir des obsèques décentes pour le papa, ils se retrouvent seuls (ou pratiquement comme si) dans un entrepôt plein de cercueils. Le croque-mort gît k.-o., une dame se remet mal d'un coït forcené perpétré dans une bière éventrée, et son partenaire vient de s'écrouler, terrassé par un excès de bonheur ou une crise cardiaque ; il appartiendra à la médecine de se prononcer.

Le dadais boutonneux louche sur la chatte béante (il y a de quoi !) de dame Tanatos dont la frisure est en grand désordre. Sa maman reluque, elle, le braque mal garé de Bérurier. Il y a alors un silence impressionné.

Contre toute attente, c'est la croque-morteuse qui le rompt.

— Qu'est-ce que tu m'as mis, gros dégueulasse ! chuchote-t-elle, pas encore rangée des pâmades.

Elle a les yeux fermés, des voiles de volupté accrochés de partout. Bien que déqueutée, le vide qui succède est encore de Bérurier.

Elle balbutie :

— Une bite pareille, on me l'aurait dit, j'aurais jamais cru ! et que je puisse la prendre dans les miches, alors là !...

Son bonhomme en a profité pour se rassembler les esprits et la regarde, agenouillé près du cercueil endommagé. Il a la frite d'un qui a bu la tasse et qu'ébroue au sortir de l'eau. Il matouze sa rombière avec l'air de se demander s'il est devenu somnambule.

La Tanatos continue de courir sur l'aire de la félicité sensorielle.

— Quand je pense au gratte-cul ridicule de mon mari, poursuit-elle, je bénis le ciel de t'avoir fait garer ta voiture devant l'agence. J'aurais pu passer ma vie sans connaître un paf de ce calibre !

— Putain ! rugit Tanatos.

Dès lors, elle réagit, renoue, constate, accepte.

— Ah ! tu es là, figure de con !

— Ououaââoi ! brame le cervidé.

Mme Gisèle sent que son existence vient d'exécuter un cent quatre-vingts degrés. Dans sa situation, deux soluces : tu demandes pardon, ou tu passes la vitesse supérieure. En femme avisée, elle a choisi la seconde, la devinant payante.

— Ah ! ne la ramène pas avec ton zizi d'enfant de chœur, je ne le tolérerais plus !

Découvrant du public, elle le prend à témoin et enchaîne :

— Douze ans que je me laisse tringler par un sapajou qui a une queue de cerise ! Moi, chaste, épousée vierge, pouvais-je me douter qu'il existait des membres comme celui du policier?

Tout en causant, elle arrache le capiton du cercueil afin de s'en torchonner la moniche; faut toujours « faire » avec ce qui vous tombe sous la main...

— Vous voyez ce croque-mort? Il a le zizi plus funèbre que ses pompes. Douze ans, madame, qu'il prétend me faire jouir avec un sexe qui ferait honte à un serin. Et puis voilà qu'un mâle débarque dans ma vie! Un vrai. Un surdoué! Mon avant-bras, madame! Vous prenez ça dans le baigneur et vous ne vous rappelez plus qui vous êtes. J'ai cru que je devenais folle de bonheur. J'ai dû crier, non? Oui, vous m'avez entendue prendre mon pied? Vous auriez été à ma place, vous faisiez de même. Une sensation de cette ampleur, aucune femme ne peut la subir sans hurler. Mais où est-il, mon beau chevalier? Là? Où ça, là? Par terre? Mon Dieu! C'est mon cocu qui l'a estourbi? Tu as frappé monsieur, Ferdinand? Un policier chevronné! Avec un sexe plus fort que tout mon avant-bras! Tu as osé! Un minable comme toi, monté comme un yorkshire! Comment? Non, c'est pas toi? C'est pas lui? Que dites-vous, jeune homme? Il s'est évanoui en lisant la première page de votre journal? S'évanouir, lui? Une queue comme mon avant-bras? Vous plaisantez! D'abord, qu'est-ce qu'il raconte, ce journal?

Elle se débière complètement et va ramasser le quotidien.

Un titre sur quatre colonnes :

« *L'avion de la Swissair dont on était sans nouvelles s'était abîmé en mer.* »

En plus petits caractères :

« *Des épaves de l'appareil repêchées au large de Terre-Neuve.* »

En encadré sur trois colonnes :

Aucun survivant.

Le Commissaire San-Antonio parmi les victimes.

Deux photos représentent les épaves du D.C. 10 éparses sur l'océan déchaîné. En médaillon, une photographie de San-Antonio, pas très fameuse. (Sur le cliché, il fait plus vieux que son âge lui qui, d'ordinaire, fait plus jeune que le mien !)

Pas bête, cette Gisèle. Elle s'écrie :

— C'est la mort du commissaire San-Antonio qui doit lui avoir fait cet effet : ils travaillaient ensemble. Ferdinand, figure de fifre, occupe-toi de lui, bonté divine ! Un homme avec un membre plus long que mon avant-bras ! J'espère que c'est pas grave !

Ferdinand court chercher une bouteille de Chartreuse verte. En fait boire de force à l'absent. Et le miracle survient : Béru sort des vapes, ouvre ses stores. Alors il éclate en sanglots. Il se roule à plat ventre sur le plancher, au risque de se planter des échardes dans la bitoune. Il donne du poing, de la voix. Hoquette, glapit :

— Tonio ! Mon Tonio ! mon pote ! Mon frelot ! C'est pas vrai ! Mon aminche ! Toutes ces gonzesses qu'on a tirées ensemb' ! Tonio ! Ces parties de castagne ! Des chicornes pas croyab' ! Des expéditions vach't'ment saignantes ! O mon Dieu, pourquoi-t-il avez-vous-t-il permis une horreur pareille, bordel ? Pourtant on est des braves hommes, non ? Qui croivent en Vous, sans jamais Vous faire la moind' arnaque, nom d' Dieu !

Et il larmoie de plus rechef ! Et il en veut à terre entière, au ciel, aux lois, à la vie !

Il se relève en pétant ! Sa bite pas complètement raccompagnée dans ses foyers en profite pour ressortir prendre l'air. Béru ne sent plus rien. Il n'est qu'infinie détresse ! Image du malheur ! C'est un être terminé ! Un rafiot échoué parmi les brisants d'une côte escarpée, disloqué, dont chaque morceau est embroché sur un écueil acéré comme une saucisse de cocktail sur un pique-olive.

Visage dantesque que celui d'Alexandre-Benoît Bérurier à cet instant ! Apoplectique ! Fissuré ! Boursouflé ! Dégoulinant !

Il s'adresse à la veuve Mouillefroc, l'apostrophe :

— Vous pouvez pas comprend', vous, la mère ! Vot' bonhomme, v's'en faites vot' deuil d' bon cœur à force de vous avoir fait chier ensemb'! Une tête d'con, j'la voye d'ici ! Râleur, teigneux ! Son tiercé, télé-foot ! La pointe, connaît plus ! C't' moto qu'il a dégustée dans l'portrait, si v'voudrez qu'j'vous dise, c't'une délivrerance pour vous ! Si, si ! Vous verrez, ma vieille ! Ça va t'êt' l'embellie, maint'nant ! La pipe au facteur tous les matins ! Un' petite embroque du voisin d'palier su' la table d'la cusine pendant que sa gerce est au marka. Moi, comprenez-vous-t-il, c't'un ami que j'perdasse, pas un pot d'merde comme vot' vieux ! Un être unique au monde. Beau, courageux, avec mon humour, mon intelligence, ma séduisance naturelle. Son nœud ? L'modèle en dessous du mien, mais alors branché sur la haute tension ! Un' perte irréréparable pour les craquettes de ces dames ! Et sa maman, dites, sa chère maman ! Qu'est-ce è va d'viendre ?

Il pleure en trombe. En cataracte. En chasse d'eau !

Touché, Ferdinand, le prend à l'épaule.

— Allons, allons, murmure-t-il, il ne faut pas vous laisser abattre : le temps est un grand maître.

— Ecoutez-moi c'marchand de sapin qui joue les consoleurs ! s'emporte l'abdominal homme des neiges. On lui tronche sa mousmée, on y fait sauter ses contrebûches, et tout c'qu'il a pour vous r'monter l'mental, c'est « l'temps est un grand maître ! » Pauv' crêpe, va ! J'ai bien eu raison d'l'embroquer princesse, ta rombiasse, Dugland, car j'sus pas près d'bouillaver après un tel malheur. Mon Sana ! C'qu'on a vécu ! Avec Pinuche, on formait tandem indélébile, tous les trois. Et puis voilà. Jamais je pourrerai rebaiser.

« Ma pauve' Gisèle, vous aurez été mon dernier coup de rapière ; rappelez-vous-z'en bien en f'sant vot' toilette. C'est comme qui direrait mon testament qu'vous allez mett' à ch'val sur vot' bidet ! L'dernier découillage d'un homme de paf, ma poulette ! Son chancre du cygne, comme qui dirait ! Sa tournée d'adieu ! Bon, allez, faut qu'j'm'emporte ailleurs. Bonne continuation à tous ! »

Il se retire en titubant. Comme sa queue continue de pendre hors de son futiau, telle la trompe d'un éléphant masqué, le fils Mouillefroc s'enhardit à lui signaler la chose :

— M'sieur ! M'sieur !

— Quoi-ce, gamin ?

— Votre bite !

Sa Majesté réagit.

— C'est vrai, constate-t-elle, j'ai l'air d'un poste à essence.

Il remet Mam'zelle Turlure dans ses foyers, remonte le pont-levis de sa fermeture Eclair.

La contredanse de Gisèle a chu de sa poche sans qu'il s'en aperçoive. Le mari déchu la ramasse et sourcille, volte vers sa bourgeoise.

Mais elle tient le dessus pour tout jamais, la Gisèle.

— Tu as quelque chose à dire, Petite Bite ? elle le cingle.

Il hoche la tête.

— Non, rien !

Bérurier demeure à deux jets de foutre de là. Il se traîne jusqu'à sa tanière comme l'ours blessé. En marchant, il psalmodie :

— Tonio, mon pote ! T'as pas pu m'faire ça ! C'est un con sevable ! Canner dans un zinc ! Après tous ces dangers féroces dont auquel tu as rechapé (1). J'peux pas y croire, sale salaud ! M'faire ça à moi et à ta vieille ! Une femme si méritante, si digne, dont personne au monde ne sait faire la blanquette de veau mieux qu'elle ! Ah ! misérab', disparaît' en pleine fosse de large, à nous qu'on t'aimait tant ! Faut êt' vermine dans ton genre, bordel !

Les gens se retournent pour voir ce gros homme sanguin et trébucheur pleurer à gros flocons et psalmodier d'inaudibles litanies.

Bon, il arrive chez lui. Sa vieille concierge Carabosse, avec laquelle il est en froid depuis des lustres, est stupéfaite de le voir ainsi dévasté. Malgré la

----

(1) Béru a bien dit « rechapé » (comme un pneu) et non réchappé.

San-Tonio

vendetta rancie sous le harnais, elle ne peut se retenir d'un gourmand :

— Un malheur est arrivé, monsieur Bérurier ?

Le Mastar a senti l'espoir sous-tendu dans la question. Il s'arrête, la visionne trouble à travers ses larmes gélatineuses. Enfin, il murmure calmement :

— Tais ta gueule, sorcière, que sinon je t'encule à t'en faire éclater l'pot av'c mon chibre d'âne !

Il attend la réaction de la vioque, mais elle ne peut que bouche-béer.

Alors il ajoute, d'un ton affable, presque tout à fait gentil :

— Tu m'rappelles un rat crevé qu' j'avais trouvé dans not' grenier d' la ferme. T'as ses yeux, sa moustache et tu pues aussi fort !

Ayant dit, il gravit les marches de pierre.

Chez lui, y a réunion tempestive. Sa grognasse, œuf corse, plus Pinaud, plus M. Blanc, plus Alfred le coiffeur. Ils sont debout, blafards (y compris Jérémie malgré son sénégalisme avancé).

Ils se taisent. Ne se regardent pas. Juste le bout de leurs chaussures.

L'arrivée du Gros conjugue les huit z'yeux sur lui. A son visage tragique, ils savent qu'il sait. Eux saucisses.

Béru se sent veuf de San-Antonio. Orphelin, aussi. Et puis apatride et légèrement excommunié sur les bords. Il est dénué, dénutri, expectoré par l'existence gueusarde. Il va au fauteuil voltaire hérité par Berthe de sa marraine qui était postière à Moncheval-Augallot (Orne), s'y dépose avec harasserie.

On continue de se taire dans le Landerneau. Berthe rompt la première :

— T'as du blanc d'œuf sur ton futal, Sandre !

Voilà ce qu'elle trouve à dire, la vachasse. Juste ça. A un moment aussi calamitesque !

Il regarde son bénouze et répond :

— C'est pas du blanc d'œuf, c'est du foutre.

— Ah bon, elle fait. Parce que le blanc d'œuf, ça part pas.

L'échange ressemble à une pierre lancée dans un puits profond et qui n'en finit pas de ricocher contre les parois, éveillant des échos moyen âgeux de douves.

Alfred intervient :

— Quand la nouvelle est tombée je suis venu immédiatement.

Alexandre-Benoît acquiesce :

— T'as eu raison, merlan. Plus on est de fous plus on rit !

Ce cynisme blesse les sensibilités et les paupières s'embuent sans but.

— Faut se secouer, déclare Berthe ; le temps est un grand maître.

L'expression alerte Béru.

— V's'entendez cette chiasse ambulante, les gars ? Sana disparaît et tout ce qu'è trouve à dire, la grosse seringue, c'est que « l' temps est un grand maître ». Mais caisse y z'ont tous à déconner quand c'est pas l' moment, Seigneur Dieu ?

Puis, à Pinuche :

— Mâme Félicie est au courant ?

— Pas encore. Antoine venait de l'envoyer faire une cure en Roumanie, pour la régénération des cellules ; c'est moi qui lui avais donné l'adresse. Mme Pinaud s'y trouve encore présentement.

— Faut la prévenir, dit le Gravos.

— Hélas, admet Pinaud.

Il est élégant depuis qu'il a fait fortune en trouvant une amélioration de ses ventes pour un pré-électric-shave ricain. Un sénateur amerlock, tu croirais. Glabre, distingué.

C'est alors que Jérémie Blanc, qui n'a encore pas moufté, prend le crachoir.

— Je voudrais vous dire quelque chose, murmure-t-il.

Béru est à ce point accablé qu'il en oublie son racisme foncier. Au contraire, Blanc lui devient sympa. N'est-il pas une « invention » de San-Antonio ? N'est-ce pas le commissaire qui l'a découvert, formé et affûté ? Te se met à le considérer comme un enfant naturel du cher disparu.

— Cause, petit Noirpiot !

— Vous allez probablement prendre ce que je vais dire avec incrédulité, mais j'ai le devoir de vous le révéler. Vous n'ignorez pas que le père de Ramadé, ma femme, est sorcier dans notre village, sur la rive du fleuve Sénégal. Il se trouve actuellement chez nous, à Paris. C'est la première fois qu'il vient en France depuis qu'il a servi dans les tirailleurs sénégalais. Lorsque le flash d'information a annoncé la triste nouvelle, il était assis devant le poste de télé. Vous devinez nos réactions dans la famille ! Des cris, des larmes à n'en plus finir. Mon beau-père nous a demandé ce qui nous arrivait ; on lui a expliqué. Alors il a fait le signe du toucan dans le grand baobab.

— C'est comment cela ? questionne la Bérurière encuriosée.

— Je n'ai pas le droit de reproduire un geste sacré, s'excuse Jérémie.

Et il poursuit :

— Mon beau-père nous a alors déclaré : « Cet homme n'est pas mort ; son goulougou se trouve toujours sur cette terre, près du plafond. »

— Près du plafond ? se permet de risquer César Pinaud.

— Ainsi a parlé l'un des derniers grands sorciers du Sénégal, déclare M. Blanc avec une gravité exceptionnelle.

— Il a tout de même pas la science infusée, bougonne Béru. T'as vu les paves du zinc ? En pleine Atlantique, à deux cents kilomètres de la côte, dans une eau glaciale. Comment t'est-ce aurait-il survivu ? Un crachat pareil, les mecs ! Le big valdingue ! Impossib' !

— Puis-je maintenant vous faire part de mes réflexions, mes chers amis ? sollicite le négro.

— On t'ouït, mec.

— Lorsque le vol Genève-Montréal a brutalement cessé d'émettre, l'avion survolait le Labrador, par conséquent il avait franchi l'Atlantique. Il faudrait donc imaginer qu'il aurait fait demi-tour ?

— Si ses appareils auraient foiré, pourquoi pas ? objecte le Gros.

— Même privé du concours de ses instruments de navigation le pilote pouvait distinguer la mer de la terre.

— Mais peut-être lui était-il impossible de contrôler l'avion ? soupire Pinaud.

— Un D.C. 10 qui n'a plus de possibilité de manœuvre ne parcourt pas plusieurs centaines de kilomètres ! riposte Jérémie.

Alfred qui se passionne pour l'histoire demande au Noirpiot :

— Dites-nous le fond de votre pensée, monsieur Blanc.

Le grand primate pensant hoche sa belle tête crépue. Il ressemble à Sydney Poitier, cézigue. Baraqué comme un médaillé olympique, un regard de feu, pétillant d'intelligence, des ratiches carnassières qui lui mériteraient un contrat d'Email Diamant.

Jérémie porte un jean foncé, un blouson de couleur chocolat qui forme avec sa peau un camaïeu intéressant, un tee-shirt jaune paille. Il sent le nègre lavé et le déodorant corporel de luxe. Le voilà qui se met à arpenter l'apparte des Béru sous le regard convoiteur de la grosse Bertha, laquelle se flanquerait volontiers cet étalon entre les jambons. Elle a tâté d'un peu tout, au cours de son aventureuse vie sexuelle, dame Béru, mais sa collection de négus est assez courte.

— Le fond de ma pensée? fait tout à coup Jérémie Blanc. Le fond de ma pensée, c'est que San-Antonio vit toujours et que ce crash de l'avion n'est pas aussi simple qu'on a l'air de l'admettre.

Béru fait une chose dont onc ne l'eusse cru (ou Lustucru, au choix) capable : il s'arrache à son fauteuil et va donner l'accolade à l'inspecteur Blanc.

— Mec, déclare-t-il, c'est pas la peine d' se tirlipoter la peau des couilles ; j'sens qu't'as raison ; t'es noir, j'en conviens, mais t'as du chou. Allons voir ton beau-dabe !

L'ÉLOGE FUNÈBRE INTERROMPU

C'est fait : Béru adore Jérémie. Ils se sont installés dans la Rolls de Pinaud, à l'arrière. Mme Bérurier a tenu à se placer près de conducteur afin de profiter du tableau de bord. Alfred a décliné la croisière : il a rendez-vous avec une nouvelle shampouineuse qu'il lui faut « essayer », la sienne, connasse étourdie, s'étant laissée mettre en cloque par son ami, faute d'avoir pilulé convenablement.

Chemin faisant, Alexandre-Benoît accomplit son mea culpa :

— Tu voyes, Noirot, j't'ai souvent bousculé et balancé des vannes pas gentils, mais faut pas que tu m'en rigorises. Me croive pas raciss. Les Noirs, j'leur en veux pas ; après tout, c'est eux qu'est mâchurés et pas moi ! S'l'ment, avec Sana, d'puis quèqu' temps, y en avait qu' pour ta pomme. Y f'sait du favorissime, l'grand ! Un' toccata, quoi ! C't'un prince, c't'homme, et y l'a des caprices. J'te trouve vachement bien pour un nègre, réellement. Y a des Blancs qui pourraient prend' du feu.

Jérémie écoute, un très vague sourire sur ses grosses lèvres presque noires. Pinuche pilote lentement, comme s'il drivait un enterrement. Béru, ça lui remet Gisèle en tête et en queue. La manière

qu'elle s'est laissé verger, celle-là ! Sans chichi ni
esbroufe. Une gonzesse tout juste déberlinguée par
son croque-mort ; tellement étroite qu'au départ une
modeste banane pouvait pas être admise ! Et lui,
avec son chibre colosse, il se l'est engouffrée de
première. Faudra qu'il retourne la voir quand « tout
ça » sera réglé. Car la confiance lui est venue,
aveugle, péremptoire. Non, non, San-Antonio n'est
pas mort. Il a raison, le beau-dabe à Jérémie. Le
commissaire va réapparaître. Et alors, ce jour-là, ils
s'exploseront la gueule au pommard ou au gevrey-
chambertin. N'ensuite, il ira tirer Mâme Tanatos.
En présence de son époux qu'il pressent complaisant. Lui donner une leçon de brosse, à ce mal
monté.

Il part d'un principe, Bérurier : ne serait-ce
qu'avec un cure-dent, l'homme à femmes doit pouvoir faire étinceler une gerce. Question d'inventions,
d'heureuses trouvailles. Il y faut la fougue, la
détermination. Lui, il a connu un paraplégique, naze
de tout l'hémisphère sud, qui faisait grimper sa nana
en mayonnaise comme un ingambe. Ça se passait à
l'hôtel des *Flots Bleus,* sur la côte sétoise. La
moukère du gonzier fané des quilles poussait de
telles beuglantes, la nuit, que Béru était allé regarder par le trou de leur serrure. La prestation de
l'époux handicapé l'avait scié ! Au lieu de se narvaler
devant ses obligations maritales, il s'employait à
outrance, le gars. Comme quoi, même sans zézette,
si t'es un vrai julot, tu peux l'expédier dans les azurs,
ta régulière.

O.K., ils parviennent chez les Blanc. Y a concours
de peuple dans le modeste apparte : Ramadé, ses
chiares au complet, Cadillac V 12, la frelote à

Jérémie, Couci-Koussa, un cousin fraîchement débarqué, qui fait partie déjà du corps de balais de la place de l'Opéra, et, enfin, le papa de Ramadé. Singulier personnage en vérité. Pas du tout l'ascète décharné au regard fiévreux qu'on pourrait attendre d'un « sorcier » africain. Plutôt rondouillard, le mec, une barbe à la Ribouldingue, plus beaucoup de pavés dans le clapoir, ce qui subsiste étant à l'état de chicots noirs et branlants, des pommettes qui rougeoiraient si sa peau n'était pareillement noire, des yeux en coquilles d'escarguinches, genre « petits gris ». Il est drapé dans un boubou, et un bonnet de laine blanche lui calotte le dôme.

Présentations. Il leur serre la louche en émettant des rots en comparaison desquels les rugissements d'un lion ne sont que faibles soupirs d'adolecentes masturbées.

— Y cause français pour de bon, ton beau-dabe ? s'inquiète Alexandre-Benoît.

— Il était instituteur avant de prendre sa retraite.

— Donc, on peut y jacter presque d'égal à égal ?

— Presque, assure Jérémie avec humour.

Le Mastar se penche sur le bonhomme, assis en tailleur par terre.

— Moi y en a vouloir vous demander si vous deviner où est Santantonio, grand-père. *It is*-t-il *possible or not ?*

Le sorcier barbapoux se tourne vers son gendre.

— Qu'arrive-t-il à ce sac à merde, Jéjé ? soupire le digne retraité. Il est réellement débile où me prend-il pour tel ?

Afin d'éviter une échauffourée, M. Blanc s'empresse de répercuter dans un dialecte plus conforme aux échanges intellectuels la question du Mammouth.

Lors, le beau-père sorcier caresse son piège à macaronis de sa large main à serrement du jeu de paume très clair.

Au bout d'un peu, il profère, en dialecte des bords du fleuve Niger. Aussitôt, Ramadé va quérir une bouteille d'huile d'olive et une cuvette émaillée. Pendant ce temps, Jérémie cherche dans un tiroir de famille une photographie du commissaire San-Antonio. Le beau-père empare le blaud. Il dispose la cuvette sur ses genoux, débouche la bouteille d'huile et place le portrait au fond de la cuvette. Il rote trois grands coups. Béru, ainsi sollicité, lui donne la réplique. L'autre remet ça. Béru idem. Vibrant dialogue stomacal, riche d'une éloquence du premier degré. Le papa de Ramadé entonne la bouteille d'huile et en biberonne une forte lampée.

Silence complet. Il ferme les yeux. Les Noirs de l'assistance forment un cercle très fermé autour du bonhomme. Le sorcier penche la tête au-dessus de la cuvette. L'huile se met à dégouliner de son nez. Cela fait des éclaboussures de branlette impétueuse dans le fond du récipient. La photo en est constellée. Le vieux dodeline du chef, les paupières toujours closes. Puis il redresse le buste et lève la tête. Il est prostré. Ses lèvres remuent faiblement, comme s'il récitait des incantations silencieuses. Et alors, il se passe une chose inouïse : une légère fumée sort par ses oreilles.

— Je le vois, fait-il en touillant de l'index l'huile épandue sur le cliché. Il est parmi des gens et des valises. Beacoup de gens, beaucoup de valises. Certaines personnes sont mortes, d'autres très mal en point. Ces gens se tiennent serrés les uns contre les autres. Lui, il est debout ! Il va, il vient ! Il...

Là, le père de Ramadé a une secousse et ouvre les yeux. Il rote à en fêler les vitres. C'est si puissant que Béru renonce à lui trouver une rime valable.

Ramadé sert du thé à la menthe. Pinaud demande du muscadet, mais cette denrée occidentale n'existe pas chez les Blancs. Le ci-devant Débris murmure à l'adresse du sorcier :

— Cher monsieur, vous avez affirmé à Jérémie, naguère, que notre ami était toujours vivant et que son goulougou se trouvait près du plafond ; qu'entendiez-vous par cette formule intéressante ?

L'interpellé ôte son bonnet de laine. Son crâne décrépu luit par larges plaques entre des reliquats de mousse noire. Il gratte celles-ci de ses ongles longs comme des pelles à gâteau, replace sa calotte cradoche et déclare :

— Le goulougou, c'est la flamme de la vie qui brûle en chacun de nous. Par le plafond, j'entends le toit du monde, c'est-à-dire le nord.

— Merci, fait Pinaud.

Puis, à Béru et Jérémie :

— Si l'on se fie aux visions de monsieur, Antoine se trouverait dans le Grand Nord, en compagnie des passagers de l'avion et de leur bagages.

— Voilà qui expliquerait le mystère, déclare Jérémie.

— Quel mystère ? demande Béru.

— Celui de l'avion cessant d'émettre au-dessus du Labrador et dont on retrouve l'épave en mer, le lendemain. Dans l'intervalle, il est allé déposer ses passagers et son fret de bagages dans un lieu désolé. Puis il a rebroussé chemin pour se rendre Dieu sait où. Seulement il s'est produit une avarie grave et l'appareil s'est crashé dans l'Atlantique.

— Tu crois donc qu'on l'aurait piraté ? insinue Pinuche.

Un diamant d'au moins quatre carats flamboie à son auriculaire manucuré car il ne se refuse rien, Pépère.

— Je ne vois pas d'autre hypothèse.

— Mais pourquoi le faire évacuer par ses passagers et leurs bagages ?

— J'avoue ne pas comprendre.

L'aimable milliardaire baisse le ton.

— Très franchement, tu le juges fiable, ton beau-père ? ne se produirait-il pas des interférences dans ses visions ?

Le visage de Blanc s'engravit. S'hostilise, même, pourrait-on dire.

— Je ne l'ai jamais pris en flagrant délit d'erreur. Il voit ou ne voit pas, mais quand il voit, il voit juste !

— Je ne voulais pas t'offenser, assure César, tu sais combien nous sommes cartésiens, nous autres, Français ?

— Je sais, répond sèchement M. Blanc. C'est la tare principale des cons.

*
**

Le Vieux possède une importante bibliothèque dans son bureau directorial, peuplée d'ouvrages techniques : code civil, criminologie, expertises en tout genre. De ces *books* solennels, épais et guindés, qu'on ne lit jamais et qui vous font éternuer quand, d'aventure, vous en déplacez un, à cause de la couche de poussière qui s'y est déposée. Un escabeau d'acajou (ou de sapajou) composé de quatre marches permet d'accéder aux rayons supérieurs du meuble.

Achille est juché sur ce tronçon d'escalier. Il tient une liasse de feuillets d'une main qui tremble ; ses lunettes à monture d'écaille s'avancent jusqu'à l'extrémité de son nez. Il lit un texte en trémolant.

Assise face à lui, une gonzesses décolletée jusqu'au nombril, dont le bas de la robe est fendu jusqu'au fémur, l'écoute en s'efforçant de bâiller le moins possible.

Le timbre de la porte retentit. Le Big Dabe s'interrompt.

— Ah ! non ! fait-il, j'ai demandé qu'on me fiche la paix !

Malgré cet accès de mécontement, il crie d'entrer. Paraissent alors Pinaud, Béru et Blanc, en queue lolotte. Devant ce trio, le dirlo rengracie.

— Ah bon, c'est vous autres ! Eh bien vous tombez à pic. Je prépare l'éloge funèbre de San-Antonio. Voilà qui vous intéresse particulièrement, vous, ses féaux. Nous organisons une cérémonie qui aura lieu à sa mémoire dans la cour de la Préfecture. Le ministre y assistera, peut-être même le président qui lui portait une certaine tendresse. On le décorera. Il ne voulait jamais, ce bougre ! Mais à titre posthume, il devra bien se soumettre ! Prise d'armes ! Cité à l'ordre de la natation, je veux dire de la nation. *Marseillaise,* tout le bordel et son train ! Et moi, devant le catafalque. Sur l'estrade. Comme je me tiens présentement. Ecoutez ! Bossuet est un ringardos en comparaison. Vous y êtes ? Pardon, j'oubliais : Zouzou, je vous présente les trois meil-

leurs collaborateurs de ce pauvre San-Antonio. Mlle
Zouzou : une amie. Bon, je commence.

Il s'extrapole les muqueuses et démarre :

— Monsieur le Président, monsieur le Ministre,
messieurs les Directeurs, mesdames, messieurs,
moi-même...

« Aujourd'hui, la Police française tout entière est
en deuil car son représentant le plus représentatif... »

Le dabe se tait, frappé d'indécision aiguë.

— Non, ça cloche : un représentant représentatif,
c'est bancal. Je trouverai un synonyme... Je continue : Aujourd'hui, la Police française tout entière
est en deuil, car son représentant le plus naninanère
n'est plus. Son héros valeureux entre tous a disparu,
*dure et triste fortune, dans une mer sans fond, par une
nuit sans lune,* aurait chanté Hugo. Monsieur le
Président, monsieur le Ministre, messieurs les Directeurs, mesdames, messieurs, moi-même, Rodrigue
est mort ! La voix me manque et le cœur me lâche en
proférant ces trois mots. Celui qui...

Alors, Bérurier coupe le sifflet d'Achille d'un
vibrant :

— Y a gourance, m'sieur l'diréqueur. Sana vit
toujours !

Le Scalpé stoppe sa déclamance, arrache ses
besicles d'un geste théâtral et les brandit en direction
du Gros, plaçant son index entre les deux verres en
guise de nez.

— Taisez-vous, Bérurier ! Je comprends que
votre amitié vous incite à repousser la cruelle
évidence, mais ce n'est pas une raison pour m'interrompre.

— Pourtant, c'est la vérité vraie, boss. Santonio
vit toujours.

— D'où sortez-vous une aussi odieuse baliverne ?

— C'est le beau-père à Blanc qui l'a vu de ses yeux vu, en visions authentiques, m'sieur l' diréqueur. J'peux témoigner : j'y étais. Et le beau-père à Blanc, c'est un sorcier professionnel, licencié comme qui dirait. Pas un charlatan de fête foraine ! Le vrai sorcier, quoi ! De confiance ! Noir, qui plus est ! Comme tous les sorciers en bonnet d'uniforme. Il a r'péré l'commissaire quèqu' part su' une banquise ; donc faudrait voir à envoilier du s'cours, comprenez-vous-t-il ? Une banquise en c'te saison, j'sais pas si vous réalisez, mais ça doit cailler ! On s'fait des couilles en bronze, si j'oserais me permett' d'vant mademoiselle dont, en passant j'vous félicite ! Charogne, elle a du répondant, la Miss ! C'est l'une des plus belles que vous ayeriez amenées ici. Et pourtant y en a défilé ! Ces roberts affûtés au taille-crayon, mazette ! Et ces cuissardes, dites ! Sans causer du regard qui porte au flipper d'entrée d' jeune.

— Foutez le camp ! hurle tout à coup le dirlo. Au lieu d'écouter religieusement mon discours, ce porc inlavé vient dévider des sornettes et des incongruités !

Pinaud croit opportun d'intervenir :

— Monsieur le directeur, si je puis me permettre...

— Rien du tout ! Evacuez ce bureau !

Jérémie lance à voix vibrante :

— Je vous conjure de nous croire, monsieur le directeur, qund nous vous affirmons que le commissaire vit encore.

Alors Achille, pathétique, descend de son escabeau.

— Vivant ! Avec un discours comme celui que je

viens de concocter et que je lirai devant les caméras de télévision en présence du président ! Vivant, au moment où nous mettons sur pied une cérémonie qui fera frissonner la France ! Mais ils sont fous à lier, ces types !

Il brandit ses feuillets d'une main, ses lunettes de l'autre, sa calvitie de la troisième. Il étincelle !

— Messieurs ! enroule-t-il. Ah ! messieurs, vous bafouez la mémoire du plus noble d'entre vous ! Vous jetez sur cet être de légende que j'ai formé, les postillons bacillaires de la duplicité !

Il emphase à angle droit, toutes voiles dehors. Tu dirais Malraux parlant de Jean Moulin au Panthéon. Y a du vibrato, du contre-ré, des relents de Comédie-Française d'avant-guerre dans son verbe.

— Vous êtes des misérables, messieurs ! Au lieu d'ergoter bassement, vous devriez être agenouillés et écouter mon discours les yeux clos. Disparaissez !

« Ces gens me tuent, belle Zouzou ; je défaille. Allons nous allonger sur le divan d'à côté afin que je cherche l'oubli entre vos merveilleux bras, voire vos cuisses sublimes ! »

Le trio est sorti.

Dans l'escalier de pierre, il s'immobilise du fait de César Pinaud, lequel se trouve premier de cordée. Celui-ci vient de se cabrer comme un cheval de livraisons devant la carcasse d'un ivrogne, ce à cause d'une décision péremptoire qui le biche.

— Mes amis, fait-il à Béru et Blanc, puisque le directeur joue les saint Thomas et refuse de nous entendre, nous agirons donc seuls. Dans Sa grande bienveillance, le Seigneur m'a permis de faire fortune en mon âge tardif. Employons cet argent à retrouver San-Antonio. Partons immédiatement pour le nord du Canada. Organisons des recherches. Nous le retrouverons, j'en fais le serment ! D'accord ?

En guise de réponse, le Noir et le violet baisent les joues concaves du généreux milliardaire.

L'instant est fugace mais émouvant comme l'ultime masturbation d'une mémé devant le portrait de Rudolph Valentino.

— On y va ! clame Béru en brandissant son poing qui ressemble à un platane taillé à zéro.

Et ils y vont !

LA-HAUT SUR LA MONTAGNE

Dans ma tronche, l'image passe et repasse inlassablement : celle de l'énorme zinc cahotant sur le sol inégal, brimbalant, ferraillant, avant de parvenir à s'arracher tant bien que mal. Ce pauvre petit visage entr'aperçu derrière le hublot. Marie-Marie dans le ventre du monstre, s'envolant en compagnie des pirates de l'air. J'aurais voulu dégueuler ma vie ! Trop, c'est trop !

Jamais je n'ai éprouvé aussi violemment des pulsions homicides. L'homme aux tempes grises, je voudrais me trouver seul avec lui dans un espace clos. Sans autres armes que mes membres, lesquels sont en fait les plus redoutables de toutes. Pouvoir bondir sur ce salaud ! Le terrasser. Prendre sa tête entre mes genoux comme une bouteille à déboucher, glisser mon médius et mon annulaire dans ses narines et lui arracher l'éteignoir. Ensuite décoller ses étiquettes. Puis briser ses gencives à coups de talon jusqu'à ce que ses croquantes puissent tenir dans le creux de ma main.

Un type s'avance : le chafouin à l'imperméable blanc dont j'ai défoncé les testicules à Genève.

— Ils ont embarqué votre petite copine, hein ? murmure-t-il, apitoyé.

J'ai même pas la force d'opiner.

Il reprend :

— Sacrée aventure, hein ?

Ma prostration ne le décourage point.

— Ça ne ressemble pas aux détournements d'avion habituels, poursuit-il. Que sont-ils venus charger, selon vous ?

— Je l'ignore et je m'en fous, réponds-je enfin.

Il pose une large main fraternelle sur mon épaule.

— Ecoutez, vieux, murmure-t-il, vous m'avez fait des couilles d'un demi-mètre cube chacune, qui ont de la peine à tenir dans mon froc ; mais cependant je compatis à votre détresse.

— Merci.

Il soupire :

— Comment voyez-vous la suite du programme ?

— Je ne vois rien.

— Il va falloir, pourtant !

Du geste, il me désigne les passagers qui se sont agglutinés en cercle autour des véhicules en flammes afin de profiter de la chaleur des brasiers.

— Des femmes, des enfants, des vieillards ! Ils vont crever de froid cette nuit !

— Eh bien ! ils crèveront ! m'emporté-je.

Big burnes hoche la tête.

— Ne déraillez pas, mon vieux. Le monde ne s'est pas arrêté parce qu'ils ont emmené votre mousmé. Même s'ils la tuent ou la violent, il continuera de tourner ! Puisque vous ne pouvez rien pour elle, occupez-vous des autres !

Et il reste là, goguenard derrière ses gros sourcils en bataille, courtaud, le nez légèrement boxeur, le menton herbu avec une fossette très marquée, le regard un peu dur et ironique, enchâssé dans deux espèces de coquilles de peau.

Ses reproches cinglants me fouettent la dignité.

— Vous avez raison, lui dis-je sourdement.

— Où sommes-nous ? qu'il demande pour diverser.

Quelqu'un te pose une question à laquelle tu ne peux répondre, te voilà coupable de ne pas répondre ! Un questionneur a des droits sur toi. Tu vas m'objecter que s'il questionne, c'est parce qu'il ne sait pas non plus, n'empêche que tu trahis quelque part sa confiance. La vie est sotte, hein ? Mal ficelée. Elle pue de la gueule !

— Quelque part dans le Grand Nord, je suppose, fais-je avec un semblant de détermination.

— Pour longtemps ?

— Sûrement pas. Quand l'avion a cessé d'émettre, un plan de recherches s'est fatalement déclenché.

— Il s'est déclenché dans la région où la radio s'est tue, réfléchit le chafouin.

— D'accord, mais ils continueront leurs investigations en ne trouvant aucune épave. Et puis il est vraisemblable que des populations dispersées, genre trappeurs ou employés du génie civil, auront aperçu notre vol. Le temps travaille pour nous.

— Mais pas le froid ! Non plus que la faim !

Ça m'a quelque peu réconforté de faire le point de la situation. Le chafouin est en définitive un mec d'assez bonne compagnie.

— Quel est votre nom ? demandé-je.

— Aloïs Laubergiste ; et vous ?

— Moi aussi, réponds-je ; enchanté.

Il presse la main que je lui tends, sans commenter son éberluage.

— Il conviendrait de confectionner un abri pour la nuit, reprends-je.

— Avec quoi ? Il n'existe pas la moindre brindille aussi loin que porte la vue.

— Il va falloir sortir des valises tout ce qui est vêtement. Qu'on emmitoufle les mômes et les vieux le plus possible. Ensuite nous essaierons d'assembler les bagages pour constituer un pare-vent autour des véhicules en flammes. Même lorsqu'ils cesseront de brûler, comme ils sont métalliques, ils conserveront longtemps la chaleur.

Voilà. On rassemble les bonshommes et on se met au boulot. Les gerces distribuent les hardes. Y a même de grandes âmes qui répartissent des bonbons et des paquets de biscuits aux chiares.

Lorsque la nuit tombe, on est entassés en une énorme grappe, empêtrés dans des hardes peu faites pour affronter les températures polaires : robes du soir, chemises de soie, sous-vêtements féminins, costars plus ou moins légers. Je recommande à mes compagnons d'infortune de se serrer à l'abri des valoches. Se blottir à l'extrême. On s'entre-réchauffe. D'en ce qui me concerne, y a deux nanas pas mal, des Norvégiennes qui me compriment comme deux bandes Velpeau. Tu crois que cette promiscuité me fait goder, toi ? Fume ! J'ai trop le cœur en lambeaux pour frémir de la tête chercheuse ! Des larmes me goulinent le long de la frite à l'évocation de Marie-Marie. Elles gèlent sur mes joues.

Nuit de cauchemar ! Des plaintes, des sanglots !

Des enfants qui crient de faim et de froid. Un ciel immense et clair reste tendu au-dessus de cette tragédie. L'une des petites Norvégiennes qui n'a froid ni aux yeux ni aux miches, malgré les quelque quarante degrés sous zéro, me dodeline la braguette d'une main courageuse. Qu'est-ce qu'elle imagine, l'intrépide ? Que je vais dégainer bitounet du fourreau pour la tirer dans la foule entassée ? Mais ma charmante bite gèlerait avant d'avoir trouvé les trente-sept degrés de sa tanière ! N'autre part, faudrait qu'elle rengorge de la collerette, Mam'zelle Zifolette. Tu peux pas te montrer frivole dans le chagrin et le froid !

Le jour se lève à pas de loup. Des soupirs le saluent ; pas de soulagement mais d'angoisse. Une bonne femme se met à hurler, une vioque, allemande je crois bien, qui vient de découvrir son mari mort à quelques mètres du campement. Elle me chope par la main pour me le montrer. Pauvre cher homme ! Il avait pris quelque distance afin de déféquer. En cours d'exercice, le froid trop intense l'a saisi.

— Il était constipé, n'est-ce pas ? demandé-je à l'épouse éplorée.

— *Ja wohl, mein Herr !*

Le vieux ressemble à ces Père-Lacolique dont on amusait les enfants, jadis. L'humour français en totale débridance ! Ça représentait une petite figure de plâtre ocre. Un vieillard accroupi, le futiau baissé. Tu lui collais dans le trou du cul une minuscule cartouche grosse comme une pierre à briquet, t'y flanquais le feu et la chose proliférait en se tortillant. Il en sortait des longueurs insoupçonnables. Les mômes, ils le trouvaient sublime, le gag. Ils se sentaient fiers de leurs aïeux à la gloire immortelle, qui avaient découvert un gadget pareil ! Quelque part (si je puis dire) ça les sécurisait. Ils étaient de bonne et noble souche ! Le dabe chleuh, il est canné en bédolant. Il a le cigare aux lèvres ! Se tient accroupi, avec un bras en avant pour former trépied. Les yeux ouverts. De marbre, déjà ! Pathétique à force d'être par trop grotesque.

Mémère veut le prendre dans ses bras, mais serret-on sur son cœur le *Penseur* de Rodin en train de chier ? C'est la statue de la défécation qu'elle étreint ! Il aurait été lubrifié de la boyasse, *Herr* Machin, il aurait pu s'en tirer. Un colombin posé en piqué, façon stuka des années 40, vite fait bien fait, la pétrification n'aurait sans doute pas eu le temps de s'opérer. C'est sa constipation chronique qui l'a niqué, Messire Teuton. A septante-cinq balais passés, poser sa pêche par moins quarante, relève de l'héroïsme.

La daronne m'explique qu'il passe des heures aux cagoinsses en temps normal. Il a chaque fois le temps d'y relire *Mein Kampf*. (Son crabe appartenait à la Gestapo, à l'époque gammée de la belle Allemagne.) Cette nuit, privé de lecture, il devait réciter Goethe, probable. Des tirades entières de *Götz von Berlichingen,* manière de se stimuler le gros côlon. Et puis la crevance l'a biché. La mort insidieuse par le froid. Une sorte de volupté, à ce qu'on raconte. Et il est clamsé, la merde au fion, donc sur un triomphe ! Pet à son âme !

Je vais poser une couvrante sur cette statue pour le moins baroque, afin de ne pas effrayer les enfants. Et alors, la véritable panique débute. Ces naufragés du Grand Nord, sans nourriture et transis de froid, se demandent s'ils ont le droit d'espérer. Avec mon pote Aloïs Laubergiste, on s'escrime pour ranimer les énergies. On leur dit que les secours vont nous arriver. Fatalement, on ne permet pas à un avion de ligne international de disparaître sans savoir ce qu'il lui est advenu. Alors il faut attendre.

Tu te rends compte comme ça leur fait une belle jambe ! Attendre. D'autant qu'il m'arrive à flots des arrière-pensées gerbantes tout plein ! Je me dis commako que notre D.C. 10 a fatalement été repéré, puisqu'il rallie des contrées hospitalières (du moins on peut le supposer). Or, les autorités, même si elles savent qu'il est entre les mains de pirates du ciel, ignorent que ceux-ci se sont débarrassés des passagers. Ça, tu vois, c'est complètement neuf dans l'histoire du détournement terroriste. Donc, *ON NE NOUS CHERCHE PAS !*

Quand on a bien jacté afin de revigorer les énergies défaillantes, qu'on a conseillé aux passagers de cueillir sur l'espace gelé tout ce qui pourrait être brûlable, de faire fondre de la glace, puis de la faire chauffer dans tout ce qui pourrait servir de récipient, et de la boire après y avoir mis à fondre des bonbons ; oui, après ces recommandations et bien d'autres, nous nous isolons un instant, le chafouin et ma pomme pour une conférence au sommier (Béru dixit).

Dans les cas graves voire désespérés, t'as toujours des individus qui prennent les choses en main et entreprennent d'assumer les cloportes. Des gus mieux trempés qui se mettent à commander : « Faites ceci, cela, ça encore. » Et les moutons de Panurge se hâtent d'obéir fiévreusement ; font aveuglément confiance parce que eux, les catastrophes les dépassent et qu'ils deviennent malléables et fins paumés quand le destin présente une avarie de machine.

— C'est pas baisant, hein ? murmure Aloïs.

— Pas très, admets-je. A propos, où en sont vos testicules ?

— Toujours douloureux, mais j'ai l'impression qu'ils désenflent.

Les petites Norvégiennes de ma nuit nous rejoignent. En voilà deux qui ne se laissent pas démonter par les événements.

— Alors, les hommes, on fait le point ? demande l'une d'elles en anglais.

— Nous essayons, dis-je.

La plus choucarde déclare :

— Nous sommes géologues, spécialistes des régions arctiques.

Mes yeux plongent à pieds joints dans les siens ! J'aurais pas le cœur déchiqueté par ma séparation d'avec Marie-Marie, je crois que je trouverais le moyen de lui confectionner un bout de fête des sens dans les décombres des véhicules. Elle est châtain très foncé, avec des yeux couleur bouton-d'or. Une peau bronzée, des lèvres voraces, des loloches qui réclament leur pitance sous la couverture écossaise dont elle s'est enveloppée.

— C'est bien, je lui dis, en réponse, indemandée d'ailleurs, à sa déclaration.

— Je crois savoir ce qu'il y avait dans les conteneurs que les hommes ont chargés dans les soutes de l'avion, déclare-t-elle.

Là, elle m'intéresse.

— Sans blague ? lâché-je, avec l'accent du clown Grock.

— Du filliouz 14 expansé, révèle la beauté.

Moi, elle m'aurait dit : de la nougatine, de la laque Elnett ou autres produits de consommation courante, je pigerais, mais le filliouz 14 expansé, excuse-moi, chérie, je t'en fais cadeau !

— Ça consiste en quoi ? avoué-je-mon-ignorance-t-il.

— Un minerai alvéolaire à concentration thermico-dégagée, elle me raconte.

— La vache ! tonitrué-je, ébaubi. Ça alors !

— Dix fois plus efficace que le plutonium employé dans les surrégénérateurs. On n'a découvert que tout récemment son existence.

— Vous m'en direz tant ! Et comment savez-vous que les pirates ont emporté ce minerai ?

— Parce qu'il en reste dans les véhicules incendiés. Des morceaux de roches tarpéiennes qui recèlent le filliouz 14 expansé.

— Bravo ! mesdemoiselles, vous êtes de remarquables enquêteuses.

Elle sourit.

— Nous n'avons aucun mérite à cela, c'est notre travail. De ce fait, je suis donc en mesure de vous dire où nous nous trouvons.

— De plus en plus fort ! Et où sommes-nous ?

— Dans l'île Axel Heiberg, tout à fait dans le Grand Nord canadien.

— Qu'est-ce qui vous le donne à penser ?

— C'est l'unique endroit de la planète où l'on a trouvé un gisement de filliouz 14 expansé. Il a été mis en exploitation voici moins d'une année par des Canadiens assistés de quelques techniciens américains. J'ai l'impression qu'un commando terroriste a attaqué le chantier, neutralisé les gens qui y travaillaient, et s'est emparé du minerai déjà extrait. Il ne peut être traité sur place car il faut des méthodes thermonucléopharingées pour le séparer de la roche dont il est prisonnier. Ces gens ont ramassé les conteneurs remplis de minerai et les ont apportés dans cette région où il était prévu que se poserait l'avion détourné.

Mon admiration pour ces deux greluses est sans bornes ! Tu te rends compte, vicomte ? Des pin-up qui te caressent le mont chauve pendant la nuit et qui, le jour, sont capables de découvrir la genèse de l'affaire ! Comme mon pote Aubain, j'en suis marri ! Depuis le temps que j'annonce que les gonzesses nous dameront l'espion un jour (comme dit Béru). Je prévois le règne de la femme après celui de l'homme et avant celui de l'insecte. L'évolution passera par la femelle avant d'accéder à l'isopode. Ninette précédera le cloporte et la mouche à merde, c'est couru, prévu, réglé !

— O.K., admets-je, voilà une démonstration formidable. Du temps que vous y êtes, admirable amie, vous pouvez nous raconter un peu l'île Axel Heiberg, ou bien vous donnez exclusivement des cours de sciences nat' ?

Elle sourit et ça fait un panache de vapeur devant sa merveilleuse bouche.

— Axel Heiberg fait partie des îles arctiques de la Reine Elizabeth. Elle est grande comme un douzième de la France. A l'ouest elle est dominée par la chaîne Princess Margaret Range qui culmine à plus de deux mille mètres.

Je l'interromps :

— Alors, il y a gourance, mon trognon. En

regardant jusqu'à l'infini, on n'aperçoit pas la moindre montagne.

— Savez-vous pourquoi ?

— Allez-y !

— *PARCE QUE NOUS SOMMES DESSUS !* elle rétorque, la jolie gerce au cul d'une délicatesse extrême.

— Dessus ! je susurre.

— Ces montagnes sont couronnées d'immenses plateaux de glace. Ce qui a permis d'y poser notre D.C. 10. Le chantier d'extraction se situe au pied de cette chaîne montagneuse. Grâce aux engins pourvus de chenilles, les pirates ont pu l'escalader.

Jusque-là, il en a pas cassé une, Aloïs. Il étudie attentivement la géographie des deux Norvégiennes, rêvant à ce qu'il leur ferait si ses roustons n'étaient pas aussi gros que des sacs de riz. Pourtant il a tout suivi car il *take the parole,* comme on dit en anglais.

— Le voilà, notre salut ! déclare le chafouin. Il faut que nous descendions de cette putain de montagne pour gagner le chantier. Même si ces salopards ont bousillé tous ses occupants, il doit y rester des vivres et, mieux encore, des moyens de communication utilisables. En admettant que ces derniers eussent été détruits, les gens qui, depuis les contrées civilisées, s'intéressent au développement des travaux enverront obligatoirement une mission de repérage en ne recevant plus de nouvelles de la base.

Il parle d'or. C'est la sagesse même !

Moi, tu me verrais, debout sur la carcasse noircie d'un des engins, à haranguer la foule des malheureux passagers, tu en aurais des courants d'air dans le slip !

— Mes amis !

Beau départ. Mais faut la voix qui porte ! Pas de couacs ni de flottements. Mâle, quoi ! Et moi, la mâlaisie, ça me connaît.

— Mes amis ! Nous devons assumer notre situation. Quelques passagers possédant des connaissances géologiques ont découvet que nous nous trouvons dans une île de l'extrême Grand Nord canadien. Nous sommes au faîte d'une montagne de deux mille mètres, ce qui vous explique l'absence anormale de toute végétation et l'intensité du froid. Demeurer immobiles ici serait suicidaire. C'est pourquoi il nous faut descendre jusqu'à la base d'où proviennent ces engins calcinés. Pour cela une seule méthode : suivre leurs traces à l'envers. C'est facile : leurs chenilles ont marqué la glace profondément.

« Certains d'entre vous, des personnes âgés et des enfants, ne peuvent se déplacer rapidement ; c'est pourquoi nous allons constituer différents groupes. Je partirai en avant-garde avec quelques compagnons pour essayer de rallier cette base au plus vite et de donner l'alerte. Les autres suivront par sections selon leur état physique. Fermeront la marche les plus handicapés, mais ils seront assistés de quelques personnes dans la force de l'âge. Habillez-vous au maximum et n'emportez pas de bagages qui ne feraient qu'accroître votre fatigue et dont vous seriez contraints de vous débarrasser par la suite. Bourrez seulement vos poches de médicaments, d'alcool sous toutes ses formes et de ce qui peut subsister de denrées alimentaires. Dites-vous que, cette épreuve surmontée, des hélicoptères viendront récupérer les biens que vous abandonnez et auxquels personne ne risque de toucher puisque cette contrée est désertique. Haut les cœurs, mes amis ! Nous nous tirerons de ce mauvais pas, je vous le promets !

J'ai jacté en anglais, si bien qu'il y a des dames suisses, dix couples français et un Belge sourd qui n'ont pas compris. Je laisse à la charité publique le soin de traduire mes rudes et nobles paroles.

LA GROTTE MIRACULEUSE

Il neigeait.

On était vaincu par sa conquête.

Pour la première fois, Sana baissait la tête.

Je vais, trébuchant et remâchant mes tourments.
Des pensées glaciales, pointues comme des stalac-
tites me traversent la caberle. Marie-Marie dans
l'avion, pauvre visage flou derrière le hublot ! M'man
qui doit boire de l'eau en Roumanie, en compagnie
de la dame Pinuche régénérée. Ces étendues infinies
que nous arpentons, mes compagnons de groupe et
moi. Eclaireurs que nous sommes. Eclaireurs sans
loupiote. Plus de flamme, fût-ce au cœur ! On
marche par habitude. Nous sommes quatre : le
chafouin, Selma, Margret et moi. J'avance le premier. Faut assurer mon commandement tacite. Un
dos de chef se doit de rester éloquent. Force et
énergie, vigueur et virilité. Gaffe à ta partie pile,
Antoine ! C'est ta nuque, tes omoplates, ton torse et
ton cul qui t'expriment au cours de cette interminable marche.

Par chiasse, des rafales de neige nous embrasent la
gueule comme des coups de lance-flammes. Elles
brouillent la piste des engins. C'est en tâtonnant du

pied qu'on continue de les identifier sous la couche qui reste ouatée un moment. Plus loin, elle se sera épaissie et durcie et on l'aura dans l'œuf! *Ciao bambino*! Fin des haricots!

J'imagine nos camarades de randonnée, loin derrière, exténués, paumés, aveuglés par le blizzard (oui, j'ai bien dit blizzard). Les imagine, cohorte en détresse, boitillante, trébuchante, vannée. Combien tiennent encore debout, depuis dix heures que nous marchons? Les vieux, les gosses, les mal foutus, les anémiés, les handicapés... Fourbus, affamés, aveuglés, transis! Ah! les salauds qui ont plongé tant d'innocents dans cette barbare infortune! Ah! comme je voudrais leur faire payer à petit feu cet inqualifiable forfait!

Je m'obstine à avancer. Derrière moi, les pas de mes compagnons crissent dans la neige. Je continue de tâter le sol avec mes putains de souliers de ville détrempés pour tenter d'identifier les larges crénelures imprimées dans la glace par les chenilles des engins.

Un lambeau d'espoir: depuis un moment, nous descendons. Le sol s'infléchit et nous découvrons tant bien que mal à travers l'horizon obscurci par la neige, un vaste panorama aux limites rapprochées, mais qu'on pressent immense.

Un choc sourd (comme un pot). Je m'arrête. C'est Aloïs qui vient de tomber. Les deux filles déjà se précipitent pour l'assister. Elles ont une résistance phénoménale, ces sauteuses! Des sportives aguerries! Des intrépides habituées au froid, aux bourrasques, au blizzard.

Le chafouin me coule un regard vitreux.

— Je suis au bout du rouleau, me dit-il faiblement. Avec mes baloches Dunlopilo, je ne peux plus marcher. Je ne vais pas vous faire le coup de l'image d'Epinal, mais vrai, poursuivez sans moi !

— Moi, je vais vous le faire, Aloïs ! réponds-je. Appuyez-vous sur moi. On va ralentir encore l'allure et chercher un coin pour se reposer. Il faut tenir ! Vous l'avez remarqué : nous avons amorcé la descente ; à présent, même si nous perdons les empreintes, ça n'a plus d'importance : nous sommes sur la voie du salut, amigo !

Je le laisse reprendre souffle. La neige ressemble à du grésil. Elle nous fouaille la chair. Mes jambes tremblent comme deux pics pneumatiques qui ne seraient pas synchrones. La faiblesse ! Tu parles qu'on se décalorise à la vitesse grand V, à un régime pareil ! Rien bouffé depuis hier, et quelques trentes bornes parcourues à pincebroque dans la neige et le froid. Merci, papa ; merci, maman, pour les jolies colonies de vacances, que chante mon ami Pierrot !

— Vous y êtes, Aloïs ?

— Si peu !

— Prenez mon bras !

L'une des petites Norvégiennes qui vient d'examiner le flanc de la montagne déclare qu'on devrait trouver un semblant de grotte. A la nature de la roche, elle constate la chose, cette précieuse girl-scout ! Des nières de ce calibre, tu peux m'en expédier encore deux fourgons, je suis preneur !

On repart en clopinant. On cahin-cahate comme la Grande Armée après que Napo a fui Moscou en flammes. Pas chibrante, l'aventure. Je ne sens plus mes pinceaux. J'arque à l'aide de deux blocs de glace ; pas l'idéal, pour un marathon.

A présent, c'est Margret, la plus grande des deux

gerces qui ouvre la marche. Elle longe la paroi pour profiter du relatif abri que celle-ci constitue.

— Je songe aux autres, à l'arrière, balbutie Laubergiste. Ils crèveront tous.

Je ne réponds rien car ce présage funeste me paraît assez fondé.

— Vous auriez dû les laisser sur place, dit-il. A l'abri relatif des carcasses d'engins, ils auraient fait brûler les valises.

— Et après?

A son tour de la boucler. Car, j'ai raison : « Et après? »

— Voilà ! s'écrie soudain notre cheftaine.

Elle est en arrêt devant un trou béant. Cela ressemble à un petit tunnel, comme ceux qui conduisent les fauves de leurs cages à la piste du cirque. Elle y pénètre en se courbant bas. Disparaît.

Un temps.

Elle crie :

— Venez !

Et on va ! C'est long. Je compte vingt et un pas dans le noir. Dur de marcher dans des éboulis de rocher. C'est plein de creux et de bosses où la main de l'homme n'a encore jamais mis les pieds. Qu'à la fin, on parvient dans une vraie grotte circulaire, vaste comme le bureau du président de la République, mais c'est pas meublé pareil.

Selma a une lampe électrique et l'utilise pour nous montrer les lieux. Elle désigne une anfractuosité tout au fond de la grotte.

— Blottissons-nous là-dedans pour récupérer, fait-elle.

Je balise le sol de mon mieux. Le chafouin aux couilles délabrées s'allonge en gémissant. Ici, la température est sensiblement plus clémente. Selma nous tend à chacun un gros comprimé jaune.

— Croquez-le ! nous conseille-t-elle. Ce sont des vitamines ; elles nous tiendront lieu de repas !

On ne peut pas appeler cela du sommeil. C'est plutôt de l'anéantissement. Nous nous sommes mutuellement frotté les pieds à t'en faire gicler des étincelles et la circulation s'est quelque peu rétablie. Ensuite, on s'est couchés en tas, mais tête-bêche, chacun mettant ses pinceaux entre les cuisses d'un autre et lycée de Versailles. Les panards, c'est le point crucial quand il fait froid à morfondre. Moi, j'ai carré mes targettes contre la chatte de Margret (de canard) qui, réciproquement, a entouré mes baloches des siens.

Peu à peu, l'exténuation jouant, on a sombré dans les bras de l'orfèvre. Combien de temps, je ne peux te le préciser. Pour ma part, c'est le tricotin qui m'a réveillé. Une bandaison fantastique, telle qu'au grand jamais je m'en étais enregistré une pareille sur l'échelle de Richter. La trique du siècle ! Et même, faudrait sans doute remonter aux Gaulois pour trouver la même. Une chopine d'éléphant comme en rêvent les malbandants. Du braque supersonique ! En panarovision. Si tant ardent, féroce et tout, qu'il faisait éclater mon bénouze ! Du goume impraticable. Au point de rupture. Ça me faisait mal tellement il tirait de partout ! J'en eusse crié de souffrance. J'osais plus y porter la main, craignant que le moindre contact me l'explose dans la culotte. A en mourir, t'entends ? Ma grosse veine bleue, si elle s'était mise en rapport, devait ressembler au Nil sur les grandes cartes d'Afrique. Certes, j'avais froid, mais ça passait au second plan, te dire ! Ça devenait l'incident mineur, négligeable !

Depuis un moment, la mère Margret devait être réveillée idem car elle me tâtait le Pollux de ses orteils. Elle parvenait pas à faire le tour du propriétaire. Elle devait s'imaginer dans du fantastique, ayant affaire à un monstre antédiluvien, cousin du diplodocus ou je ne sais pas quoi. A la fin, elle a chuchoté :

— Dites-moi que je ne rêve pas !

Je lui ai confirmé. Alors elle s'est dressée, agenouillée à mon côté et ses doigts de mains ont pris le relais de ses doigts de pieds.

— O Seigneur, elle a psalmodié, simplement, parce qu'elle était croyante.

Luthérienne peut-être, mais croyante, ça n'empêche pas.

Et puis, pour affronter la réalité, en femme pratique :

— Qu'allez-vous faire de ça ?

J'étais pile en train de me le demander. Me trouvais dans un embarras singulier. Ça me serait arrivé à Paris, j'appelais le SAMU ! Mais dans cette grotte de l'île Axel Heiberg, tu voyais une solution, toi ?

— Je ne sais pas, ai-je répondu. C'est si énorme, si important...

— Je ne me doutais même pas que ce fût possible a-t-elle assuré.

Elle s'est penchée courageusement sur mon problème. Assistance à personne en danger, elle rechignait pas, la Margret. Ces Scandinaves, on dira ce que je voudrai : qu'ils sont rudes, bien cons comme il faut, n'empêche que pour l'altruisme, ils ne craignent personne. Elle m'a dépolarisé le bénoche et extradé Popaul du kangourou comme une grande. Ça relevait de la chirurgie, quasiment. J'ai vu le moment qu'elle allait devoir me cisailler les hardes, et puis non, ses gestes habiles ont eu raison de l'obstacle. Bientôt, j'ai eu le grand cacatois dressé, vibrant, fouettant l'air froid et dressant haut sa crête. Une meveille.

Elle a allumé un instant la loupiote pour pouvoir l'admirer dans toute son ampleur. Sa potesse, réveillée à son tour, a elle aussi invoqué le Seigneur. Y avait rien d'autre à formuler devant une telle force de nature ! Mon paf, caréné par Farina, avait des allures de prototype ; je l'aurais bien vu sur un podium gainé de velours, au Salon de la Découverte, par exemple, dans la lumière de savants projecteurs.

Les deux gerces ont conciliabulé à mi-voix dans leur jargon de merde. Y a des dialectes, je te jure, qu'on se demande s'ils parviennent réellement à transmettre des idées !

Elles dressaient un plan de secours. Organisaient des manœuvres de première urgence pour me conjurer la bandoche dans les meilleurs délais et conditions. Je regrettais, à cet instant, de ne pas parler le norvégien, bien que je n'aie jamais eu à déplorer cette lacune jusqu'alors. J'étais parvenu à accomplir ma pauvre existence sans connaître ce triste patois. Selon moi, elles discutaient les dimensions de leurs chattes, il s'agissait de deux bonnes copines qui savaient à peu près tout l'une de l'autre. La Selma a dû faire valoir que sa case-bonheur était davantage réceptrice que celle de Margret, qu'elle offrait plus de possiblités, car au bout de l'échange verbal, elle est passée aux actes et a ôté sa jupe et sa culotte,

malgré le froid polaire. Margret, assistante aussi
dévouée que bénévole, m'a préparé pendant ce
décarpillage en m'enduisant le mât de cocagne de
salive.

Quand Selma s'est apportée à quatre pattes pour
se placer à califourchon sur le délit de mon corps
(qui s'apprêtait à devenir le corps du délit), elle
ressemblait à une louve. Le faisceau de la loupiote
l'éclairait superbement. Elle s'est dressée, à genoux
de mon part et d'autre, une paluche manœuvrant
par-derrière pour l'entrée du cortège. N'après quoi,
elle s'est laissée descendre avec une lenteur infinie
autant qu'exquise le long de mon périscope. Y avait
dans ce mouvement une savante précision de grue
géante mettant une poutrelle de fer en place dans
l'armature d'un édifice. Elle me dévalait de plus en
plus vite.

Sa potesse, inquiète, suivait les opérations avec
une attention opiniâtre. Elle questionnait par mono-
syllabes :

— *Gut* ?
— *Ja* !
— Bobo ?
— *Nix* !

Qu'à la fin, elle m'est arrivée à bon port sur les
roustons, la chérie. Là, elle a pris un temps mort
pour se remettre du parcours. Souffler un peu.
Laisser se calmer les profonds frissons qui agitaient
la surface de son ventre plat, comme la brise du soir
fronce l'eau tranquille d'un étang.

Moi, tu sais quoi ? Je contemplais un de mes
pieds, là-bas, derrière le fabuleux michier de la
géologue ; je me disais qu'on a raison de dire « bête
comme ses pieds » ; c'est ce qui subsiste de plus

animal en nous. Pis que la bite, moi je trouve. C'est
con, mesquin, un panard, y a encore de l'herbe des
savanes collée après.

Mais j'ai pas eu le temps de philosopher lurette à
propos de mes pinceaux : Miss Selma a déclenché sa
grande offensive d'hiver. Elle a remonté son contre-
poids à fleur de tête, puis a piqué dans l'Aubisque, la
frime dans le guidon. D'ailleurs, elle me tenait aux
épaules, ce qui renforçait l'illuse. Elle a démarré si
vite qu'elle a pris tout le monde de court. J'en suis
resté pantois, et Margret a pousé un cri de surprise.
Elle a filoché du prose comme une dingue ! En
force ! Malgré notre longue marche épuisante dans
le polaire et notre dénutrition, elle gardait la moelle,
la môme ! Quelle impétuosité ! Quelle fougue étour-
dissante !

Au bout de cinq minutes, elle n'avait toujours pas
baissé de régime et sa copine a eu peur qu'elle me
bâcle en deux coups les miches, sans rien lui laisser à
elle. Je l'ai entendue qui revendiquait d'un petit ton
presque suppliant. Alors la jument folle s'est calmée
un peu. Elle a couru sur son erre, puis m'a désen-
jambé pour laisser sa place à l'autre, en bonne petite
camarade partageuse pour le pire et le meilleur.

Je me suis alors aperçu le combien elle avait été
chaleureusement inspirée de laisser débuter Selma.
Elle était étroite comme une aiguille, Margret !
Prétendre s'encastrer mon goume dans le figneudé
relevait de l'utopie... Elle a eu beau s'escrimer sur
mon moignon, bernique pour l'admission d'urgence ! Lui aurait fallu une césarienne à l'envers,
Margret ! Ou alors qu'on passe nos vacances au Val-
de-Grâce ou à La Pitié, dans des services compé-
tents. Elle s'efforçait en pleurant de déception,

138 MA CAVALE AU CANADA

comme quoi il fallait qu'elle arrive à ses fins (et aux miennes, donc !). Mais zob ! si je puis dire. Elle me recevait zéro virgule deux sur cinq, à tout casser ! Promenait sa moniche sur mon pourtour ! En pure perte ! Si elle avait forcé, on allait à la cata. Elle se déchirait les intimités à pierre fendre !

— N'insistez pas, je lui ai préconisé, sinon vous pourrez plus marcher quand nous repartirons.

Elle a bien pigé que c'était pas du parti pris. Que je faisais pas de préférence mais parlais de raison ; alors bon, elle a rendu sa place à Selma. Gentiment, sa camarade m'a prié de compenser la déconvenue de Margret en lui broutant le parterre du temps qu'elle repartait en fantasia sur mon chibroque.

Ainsi fut fait. Bien fait, même.

Si tu passes par l'île d'Axel Machinchouette, fais un pèlerinage dans notre grotte. Dis-toi que les voûtes naturelles, vierges jusqu'alors, ont réverbéré de bien étranges cris, de très belles et nobles plaintes.

Qui m'aurait dit, Seigneur ! Comme la vie est déconcertante et effroyablement belle. Tu me vois, en plein dénuement moral et physique, tout au bout du rouleau, presque dans l'antichambre de la mort, et voilà que me pousse le chibre le plus infernal qui se soit jamais érigé à l'intersection des deux jambes d'un homme !

Le mot de la fin (et de la faim aussi) c'est le pauvre chafouin qui le prononce, à la fin de nos triangulaires ébats.

— Quand on saccage les couilles des gens, dit-il, c'est honteux de les faire assister ensuite à des séances pareilles !

LE DÉFROQUÉ

— On aurait dû amener ta frangine av'c nous, déclare Béru à M. Blanc.

— Quelle idée ! s'étonne Jérémie.

Le Gros sourit aux anges noirs qui volettent dans son esprit.

— C't' une gamine dont j'm'en ressens pour elle avoue-t-il. Pure malgré qu'é soye noirpiote, entièrement à façonner, mais dont à laquelle je devine du répondant question de la lonché. C'te p'tite gazelle, un' fois qu'elle a appris le béat bas du cul, é d'vient une pile anatomique, j't'en réponds.

Jérémie pousse un grondement qui n'est pas sans rappeler la rupture du barrage de Malpasset, de triste mémoire. Ses énormes mains agrippent les revers du Mastar.

— Si un jour tu touches à ma sœur, je te massacre ! fait-il, ses dents carnassières serrées.

Alexandre-Benoît est déconcerté par cette brusque violence.

— Non, mais t'as pas pris ton huile d'morue, mec ! On peut plus causer, maint'nant ? J' suppositionnais simp'ment. Ta frelote, c'est pas l'immatriculée contraception, que j'suce ! Va bien falloir qu'elle prenne du paf un jour, non ? Qu' ça s' fasse av'c un homme d'grande espérience, c'est ce qu'on peut y souhaiter d' mieux, non ? N'au lieu d's'laisser déberlinguer par un p'tit glandu qui sait pas trop si son chibre lu sert s'l'ment à licebroquer ou à étendre l' linge ! Faudrait pas qu' tu vinsses nous manigancer du raciss à l'envers, Grand', j' supporterais pas ! On en a fait, nous aut', du raciss quand ma Berthe a proposé à ton cousin Couci-Koussa, hier, de v'nir loger chez nous en attendant qu'y trouvasse une chamb' en ville ?

L'objection fait sourire Jérémie Blanc.

— Non, c'est vrai, admet-il.

— Un garçon qui s' pointe de son cocotier sans un laranqué en fouille et qui cherche du turf. Tu croives qu'ma Berthe va y rechigner la bouffe, la dorme, le lavement de ses hardes ? Tu la connais pas, Berthy. Couci-Koussa s'ra traité comm' un seigneur !

— Je sais, répond Jérémie, convaincu.

— Bon, alors prends pas ombrelle si j'te dis qu'ta sister me porte aux sens et qu'j'y enquillerais volontiers quinze p'tits centimètres d'zob à l'essai dans le frifri, histoire qu'é s'fisse une idée de la vie.

Vaincu par cette grossière ingénuité, M. Blanc renonce à la colère. Celle-ci n'est de mise qu'entre gens qui peuvent l'apprécier, la comprendre. Bérurier est un porc à géographie humaine qui ne sait que son corps et ne croit qu'en ses instincts.

Pinaud sort de chez l'épicier en gros de Baie Renard-Clavel City. L'ultime magasin avant la toundra. L'on y vend de tout, y compris des vêtements fourrés. Il vient de s'acheter un équipement de trappeur qui le fait ressembler à une espèce de Jack London qui ne serait pas mort à quarante ans, tandis

que Béru, pareillement équipé, évoque, lui, irrésisti-
blement Davy Croquette (de pomme de terre).

Dans le bar de l'héliport où ils se trouvent, règne
cette chaleur excessive des habitations situées en
pays très froids. Une grosse femme rousse habillée
en homme demande à César ce qu'il souhaite boire.

— Je suppose que vous n'avez pas de vin blanc,
déplore préalablement le milliardaire de la Poule.

— Quelle idée ! riposte la forte personne. Un
petit muscadet sur lie, ça vous botterait ?

— Vous êtes française ! s'exclame l'ex-Débris.

— Si la Bretagne appartient encore à la France,
alors oui, je le suis.

— Je l'eusse parié ! jubile Béru. Vot'élégance, la
manière dont à laquelle vous êtes maquillée, c'est
signé !

— Qu'est-ce que vous venez faire dans le secteur ? demande l'ogresse bretonnante ; la dernière
fois que j'ai entendu parler français ici, c'était sur un
disque de Tino Rossi.

— On cherche un ami.

— Il fait quoi, votre copain ?

— Naufragé.

La mère écarquille les bouffissures à travers
lesquelles elle distingue les choses de la vie.

— Qu'est-ce que vous racontez, les gars ?

Le Mastar dresse un résumé suce seins des événements. Il en balance à la diable, mélangeant le
sorcier sénégalais avec la Swissair, la piraterie
aérienne avec le crash en mer, le Grand Nord
canadien avec un bureau de la P.J., de telle façon
que la ci-devant Bretonne en perd son gaélique.

— Je comprends pas grand-chose à cette histoire,

fait-elle, sinon que, d'après vous, votre ami se trouverait dans les glaces extrêmes, c'est ça ?

— Textuel.

— Et vous espérez le retrouver ?

— On va le retrouver ! assure Alexandre-Benoît.

La grosse vioque flamboyante hoche la tête.

— Venez par ici !

Elle conduit le Gros à l'autre extrémité du local où il y a un bureau de fer et quelques classeurs. Lui désigne une vaste carte punaisée sur la cloison de bois. Elle présente ladite carte à son compatriote :

— Le Canada ! annonce-t-elle gravement.

— Et alors ? dit le Mastodonte.

— Regardez : Montréal est plus près de Paris que de la pointe nord du pays.

— Et alors ? continue d'imperturber Grasdube.

La daronne, ça lui fauche l'énergie.

— A partir de là, voyez-vous, poursuit-elle néanmoins en promenant sa main calleuse sur la carte, c'est plus que des étendues désertiques et glacées. Sur des milliers de kilomètres ! Et vous espérez retrouver quelqu'un dans cette immensité ? Vous avez la foi !

— Un peu, admet Sa Majesté, mais surtout, on aime notre pote.

C'est répondu avec tant de simplicité, ça révèle tant de tendresse que la Bretonne en a illico les larmes aux châsses.

— Qu'est-ce qui vous amenés jusqu'à Baie Renard-Clavel City ?

— On a vu que c'était l' patelin le plus au nord, et qu'on pouvevait y louer un coléoptère longues distances, ce dont on a r'tenu par téléphone, explique Béru.

— Et en décollant de Baie Renard-Clavel City, vous allez faire quoi ?

— Regarder en dessous d'nous !

La matrone pousse un cri assez semblable à un hennissement de jument en couches.

— Il est complètement pincecorné, ce type ! Des milliers de kilomètres, je me tue à vous dire, bordel à cul ! Vous allez les survoler en détail ? Mais visez cette putain de carte, bon Dieu ! Ces baies, ces îles, ces étendues de taïga, de toundra, de rochers, de glaces, de lacs, de...

Il l'interrompt :

— Vous avez un jules, dites-moi, la mère ?

Surprise, elle se tait et regarde le gros dégueulasse.

— Il est mort voilà deux ans.

— Dites-moi pas qu'vous restez seulabre av'c une poitrine et un dargeot de ce gabarit ! Ça s'rait un' offense à la race humaine. Moi qui raffole des gros roberts, j'peux vous dire qu' si vous m'accordereriez un quart d'heure j' me paye un' séance de goinffrage qui rest'ra dans toutes les mémoires !

Elle rigole, mais il y a une lueur nostalgique dans sa prunelle diluée.

— Lui, alors, il est bien franchouillard ! s'exclame la cabaretière.

Gênée, elle rompt avec Béru pour rallier la table de ses compagnons d'équipée.

— Vous aussi, vous croyez aux mouches ? leur demande-t-elle. Vous allez survoler un peu de territoire au hasard en espérant repérer votre ami ! C'est la première fois de ma garce de vie que j'entends une balourdise de ce niveau !

Jérémie qui sait que la grosse matrone a raison, murmure :

— Croyez-vous que si nous étions demeurés à Paris nous aurions eu davantage de chances de réussir ?

Le ton plus que l'objection émeut la bonne grosse.

— Jefferson est le meilleur pilote d'hélico de la province, mais quand vous allez lui raconter que vous recherchez un ami « quelque part dans le Grand Nord », il va tellement rigoler que ça fera sauter les boutons de ses bretelles. Ecoutez, les scouts de France, j'ai un conseil à vous donner. Je ne suis pas certaine qu'il soit bon, mais je suis sûre qu'il n'est pas mauvais : allez trouver le père Lendeuillé. C'est un type comme il n'en existe pas deux. Un ermite, un sage. Vous m'avez parlé de sorcier, tout à l'heure, eh bien, lui aussi doit l'être, à sa manière. Il voit les choses qui sont derrière les choses, comme qui dirait. D'avoir passé la seconde moitié de sa vie dans la forêt, à pister du gibier et à réfléchir, ça lui a aiguisé l'esprit, à cet homme.

« Prenez la jeep, sous le hangar, et empruntez le chemin qui passe devant la colonne d'essence. Roulez sur dix kilomètres, jusqu'à ce que vous aperceviez une grosse cabane de rondins avec plein de chiens teigneux autour. Faites gaffe à vos miches. Et surtout n'envoyez pas de pierres aux cadors, sinon le vieux vous chasserait à coups de fusil. C'est en flattant ses bestioles que vous entrerez dans ses bonnes grâces ! »

Elle réfléchit encore un petit bout et déclare :

— Vous ne devriez pas y aller à trois, ça l'indisposerait. Je crois que monsieur (elle touche l'épaule de

Jérémie), devrait s'y rendre seul : il adore les Noirs car il a été missionnaire en Afrique, jadis.

— Ah ! c't'un cureton ! s'exclame Béru.

— C'est pourquoi je l'appelle *père,* mon gros. Mais il a quitté les ordres voici très longtemps, ou plutôt les ordres l'ont quitté parce qu'il avait fait une grosse tête à un cardinal africain.

— Merci du conseil, déclare Jérémie, je vais rendre visite à ce saint homme irascible.

— Vous n'auriez pas une seconde bouteille de cet excellent muscadet ? implore César Pinaud.

— Vous ne boirez pas toute ma réserve, promet la tenancière.

Béru, lui, songeur depuis un moment, déclare péremptoirement :

— V'savez pas, ma poule ? Du temps qu'Pépère écluserera sa potion magique, j'ai bien envie d'vous faire faire un p'tit voiliage d'agrément autour d'ma queue. Des nichemars et un joufflu tels que j'voye, c'est dommage d'y laisser perd'.

La grosse roucoule, mi-gênée, mi-émoustillée :

— C'est un vrai obsédé, ce type !

— Plus encore qu'vous croiliez, ricane l'Enflure. Si vous voudriez m'indiquer l'ch'min d'vos appartements, belle princesse, vous risquez d'paumer l'contrôle de vot self en moins de jouge.

M. Blanc entend de loin un bruit de meute. Il ralentit. Le chemin, une piste, plutôt, tracée à travers la forêt, décrit une courbe autour d'un petit lac aux eaux d'un gris plombé prises par le gel. La maison de rondins s'inscrit dans un bout de clairière.

Ma cabane au Canada ! C'est bon, de temps à autre, d'être confronté à des chromos ; rassurant ! Qu'à force de baguenauder dans le cosmique on a besoin de se réchauffer aux idées reçues.

Des chiens de tout poil (si je puis dire) tourniquent autour de la construction : des forts, des petits, des jaunes, des noirs, des blancs, des qu'ont des crocs infernaux, des qu'ont les yeux rouges, des qu'ont les yeux vairons, des à queue, des sans queue, des qu'ont les oreilles droites et des qui les ont pendantes. Et tout ça aboie à vous en déchirer les tympans. Les gentils de nature suivent l'exemple des féroces, comme chez les humains.

Bien que prévenu, Jérémie se sent tout intimidé. Il ne pensait pas que les chiens fussent aussi nombreux, ni aussi rébarbatifs. Lui, d'ordinaire entretient de bons rapports avec la gent canine, comme disent les écrivains qu'ont du talent à se chier dans le froc ! Malgré son odeur de Noir que les clébards occidentaux dénoncent à grandes gueulées, il sait leur parler, les calmer de son calme, les séduire par sa gentillesse. Mais là ! ô putain du ciel ! ils sont trop nombreux. Combien ? Aussi dur à dénombrer qu'une couvée de poussins.

Alors il stoppe la jeep à quelques mètres de l'entrée et klaxonne. La lourde s'ouvre et un curieux type s'inscrit dans l'encadrement. Un géant à la tignasse blanche qui ressemble au regretté Lee Marvin. Il porte un pantalon de velours et quinze pulls superposés, tellement en haillons qu'il les lui faut tous pour en reconstituer un et qu'on ne voie plus sa peau. Il toise Jérémie d'un air pas heureux, puis, constatant sa négritude, un vague sourire troue sa barbe profuse.

— Salut, mon gars ! lance-t-il. Qu'est-ce que tu fous dans ce pays maudit ?

— J'aimerais vous parler, répond M. Blanchouillard.

— Comment sais-tu que j'existe ?

— Par la patronne du bar de l'héliport.

— Ah ! la Marie-Dondon !

Il s'avance vers le véhicule en apaisant du geste et de la voix les ardeurs belliqueuses de sa meute.

Le père Lendeuillé ouvre lui-même la portière à l'arrivant. Puis lui tend une main qui pourrait servir de store à un hublot d'avion.

— D'où viens-tu, fiston ?

— De Paris !

— Ne me dis pas que tu es né au Parc Monceau !

— J'ai vu le jour sur les rives du fleuve Sénégal.

— Alors, tu es musulman ?

— Non, mon père, catholique.

— Catholique-paganiste ! rigole le grand vieillard, je connais !

— Est-ce important ? demande Jérémie avec innocence.

L'autre lui claque le dos.

— Ce qui est important, c'est de laisser sa chance à Dieu, fiston. La place du pauvre, comme aux tables d'autrefois.

Il l'entraîne dans sa cabane. Jérémie marche le fion serré à cause des dix-huit museaux mécontents qui se collent à ses jambes et à son figneddé. A l'intérieur de la masure, une chienne qui vient de mettre bas allaite ses chiots. Un poêle de fonte rafistolé, des caisses, un amas de peaux, des bidons de toutes sortes, un tableau représentant Jésus en plein chemin de croix, un placard sans porte débordant de toutes sortes de denrées plus ou moins alimentaires. Et puis un fauteuil et deux tabourets. Jérémie prend conscience de ce pauvre capharnaüm. Quelque chose le surprend qu'il ne sait pas définir d'emblée, mais ça y est, ça lui vient : la musique ! La grande. Dans son bled, on est davantage porté sur le tam-tam que sur la *Cinquième* mais il est suffisamment cultivé, musicalement, pour identifier du Bach !

Les flots d'harmonie sortent d'un énorme radio-cassette fixé au mur par deux grosses chevilles de bois. Le père Lendeuillé surprend son regard et va stopper la cassette.

— Tu veux un coup de rhum, fiston ? C'est une marotte que j'ai rapportée des Antilles.

Jérémie comprend qu'il désobligerait son hôte en refusant. Le père lui verse un demi-verre d'un liquide ambré dont rien que l'odeur chavire l'estomac de M. Blanc qui n'aime pas l'alcool. Ils trinquent en force, à en briser les godets.

— Vas-y, fiston, je t'écoute.

Le vieux ramasse un chiot qui a abandonné sa mamelle vide et le tient contre soi, dans la touffeur des pulls superposés.

Alors, mis en confiance et avec beaucoup de clarté, M. Blanc narre par le menu les événements récents. Il n'a pas honte de rapporter les paroles du beau-père sorcier. Il exprime sa conviction que leur ami San-Antonio vit encore et qu'il est en péril, quelque part dans un lieu escarpé du Grand Nord. Il fait part de ses propres déductions. La voix est grave, le débit sobre, l'éloquence assurée. Le père Lendeuillé écoute en reversant une giclée de rhum dans son glass avant que celui-ci ne soit vide. De temps à autre, il rote, c'est sa seule ponctuation sonore.

A la fin, Jérémie se tait. Le vieillard va chercher un deuxième flacon de rhum dans le placard fourre-tout. M. Blanc en profite pour vider le contenu de son verre dans une botte opportune qui se trouve à son côté. Le père Lendeuillé reprend sa place dans le fauteuil, débouche la nouvelle bouteille avec ses dents.

— Tu as de la chance, fiston, déclare-t-il. A te voir, on comprend tout de suite que le Seigneur t'a à la bonne. Ta gueule est celle d'un « protégé ».

Jérémie sourit d'un bonheur spontané, simple et vrai.

— Sais-tu pourquoi tu as de la chance, fiston ? reprend l'ancien missionnaire.

— Non, avoue Jérémie.

— Tu as de la chance parce que, bien que vivant en ermite — ou probablement à cause de cela —, j'écoute la radio à longueur de journée.

— Vraiment ? fait le Noirpiot parce qu'il ne sait quoi dire de mieux, et que c'est toujours ça.

— Cette histoire d'avion, je l'ai suivie attentivement. J'existe loin de tout, mais je continue de m'intéresser au sort de mes semblables, fiston.

— Par charité chrétienne, mon père ? demande poliment Jérémie.

— Non, fiston, par simple curiosité. Ils sont si cons et démunis, et cependant si vaniteux, tous, que leurs heurs et malheurs ne peuvent me laisser indifférent. Pour t'en revenir au vol de la Swissair, dans un bulletin d'informations, on annonce qu'il a cessé d'émettre alors qu'il survolait le Labrador et que des recherches sont entreprises. Et puis, plusieurs heures plus tard, on déclare être toujours sans nouvelles de l'avion. Les recherches se poursuivent. On envisage même que l'appareil désemparé se soit englouti dans quelque baie ou quelque lac. Tard dans la nuit, un très vague communiqué déclare que des ouvriers travaillant à un barrage dans la terre de Baffin auraient entendu le ronron d'un avion, mais le plafond bas ne leur a pas permis de le distinguer. Le lendemain, des vedettes côtières repèrent l'épave au large de Terre-Neuve. L'avion est formellement identifié.

Jérémie se retient de faire remarquer au vieillard que tout cela, il vient de le lui dire lui-même dans son exposé, à la différence près qu'il n'était pas au courant du témoignage des « barragistes ». Le bon père Lendeuillé continue :

— Dix minutes avant que tu ne viennes me voir, fiston, on a signalé aux nouvelles que le mauvais temps sévissait sur l'île Axel Heiberg, la plus septentrionale du Canada, interrompant toute liaison avec le groupe des spécialistes qui sont en train d'y extraire ce nouveau minerai dont j'ai oublié le nom mais qui va révolutionner la technique nucléaire.

Il se tait, l'ancien missionnaire aux quinze pulls dépenaillés et aux dix-neuf chiens enférocés, se sert un nouveau gorgeon de tord-boyaux.

— Je ne t'en redonne plus : tu le jettes, fait le bon vieillard. Et dans mes bottes encore ! Tu ne chies pas la honte, fiston !

A cet instant crucial, M. Blanc regrette d'être noir

et de ne pouvoir rougir autant qu'il le souhaiterait. Mais le père Lendeuillé ne s'attarde pas sur ces vétilles.

— On raisonne ? propose-t-il.

Jérémie opine (grosse comme ça !).

— Fiston, pourquoi un avion cesserait-il d'émettre, mais continuerait-il de voler ? Parce que des forbans en ont pris le contrôle, non ?

— Exact, approuve l'inspecteur Blanc.

— Pourquoi des pirates de l'air s'empareraient-ils d'un long-courrier au-dessus du Nord Canada ? Généralement, ils agissent ainsi pour exercer un chantage et opèrent à distance raisonnable d'une terre susceptible de les accueillir, O.K. ? Or, ce genre de pays n'existe pas sur notre continent. Conclusion, il s'agit d'autre chose. T'es bien d'accord, fiston ? D'autre chose !

— Tout à fait, assure vivement Jérémie.

— Là, on va phosphorer dans la fantaisie la plus délirante, mais nous vivons dans un monde où tout existe, où tout se produit, où rien n'est impossible. Supposons que des aventuriers à la solde d'une nation désireuse de s'approprier le minerai de merde dont je te parle (du machinchouette 14 je crois bien, un truc de ce tonneau !) montent une folle opération. Dans un premier temps, ils expédient sur place un commando qui rallie Axel Heiberg avec un zinc privé et qui nettoie la place. Une équipe de mercenaires en armes contre de braves techniciens, ça fait place nette en peu de temps. Le hic, ensuite, c'est pour transporter le minerai. Un petit jet n'y suffit pas. Alors...

— Oui, j'ai compris, assure M. Blanc. Un second

commando s'empare d'un vol régulier, en l'occurrence un D.C. 10, commence par neutraliser la radio
et se fait conduire dans votre fameuse île. Il a la
possibilité de s'y poser ?

— Mon pauvre gars, il s'y trouve des étendues de
glace à t'en flanquer le vertige, plates comme la
main ! Le commando n° 2 vide les soutes du long-
courrier, des bagages qui les emplissent, tandis que
le commando n° 1, lui, amène le minerai, lequel doit
se trouver dans des conteneurs, car il n'est pas
concevable qu'il soit traité sur place.

— Après quoi, l'avion repart, en laissant les
passagers sur la banquise ?

— Qu'en feraient-ils puisque le chantage n'est pas
leur objectif ? Oh ! ils en auront probablement gardé
quelques-uns, pour disposer d'une monnaie
d'échange en cas de grabuge.

M. Blanc réfléchit à perdre haleine.

— Deux objections, murmure-t-il.

— Vas-y, fiston !

— Le carburant. Ce n'est pas sur votre île désolée
qu'ils auront pu se ravitailler !

— Qu'en sais-tu ? Il y a fatalement une rotation
d'avions pour assurer la liaison avec les travailleurs.
Il leur faut tout : matériel, nourriture, kérosène. Ta
seconde objection ?

— Mon ami San-Antonio, répond doucement
Jérémie. Il n'est pas homme à subir un détournement d'avion sans réagir !

— Et qui te dit qu'il n'a pas réagi ?

— S'il avait réagi, il serait mort. Or, mon beau-
père le voit en vie.

Lendeuillé sourit avec tendresse et passe sa large pogne dans la chevelure à ressort de M. Blanc.

— Tu obtiendras tout parce que tu as la foi, fiston, assure le défroqué. Le Seigneur ne se lasse pas des hommes comme toi !

MERCI D'ÊTRE VELU !

— Qu'est-ce y dit ? demande Bérurier qui, bien qu'étant persuadé du contraire, n'entend pas l'anglais.

— Que nous sommes des enculés ! traduit M. Blanc.

— Et si j'y filais un kilo avec os dans la gueule, on d'viendrerait quoi-ce ?

— Des morts, répond Jérémie, car il perdrait connaissance et l'hélico chuterait comme une merde d'oiseau.

Convaincu par la justesse de ce raisonnement sans faille, le Gros grommeluche :

— Et pourquoi c'te tronche de paf nous traite-t-il-t-elle d'enculés ?

— Il dit que ce que nous faisons est fou !

— Et pourquoi qu'il a accepté, si c'est si dingue ? Parce que Mister Pinuche y a filé un paquet d'osier si monumental que ce nœud volant va pouvoir s'monter toute une compagnie de coléoptères en r'v'nant.

L'autre continue de maugréer, voire de vitupérer.

— Qu'est-ce y dit ? renouvelle Bérurier, engoncé dans ses fourrures, mais qui a tenu à conserver son vieux feutre de combat.

— Il dit qu'en admettant qu'on puisse atteindre l'île d'Axel Heiberg, si on n'y trouve pas de carburant, on ne pourra pas en revenir.

Sa Majesté hausse les épaules.

— Ce gazier me court : y veut l'beurre et l'argent du beurre, c'est pas corrèque, mec Dis-le-lui-le d'ma part ! On en est loin t'encore ?

Jérémie pose la question au pilote, lequel balance une rebufferie.

— Qu'est-ce y dit ?

— Il dit que si on est pressés, on n'a qu'à y aller à pied.

Là, le Gravos s'emporte. Très loin, dans les colères congestives, opiniâtres et vasculaires.

— Tu sais qu'on va au grabuge, Noirpiot ! Ce tordu, pilote pas pilote, j'vas y faire bouffer ses dents. Moi qu'on m'avait assuré les Canadiens si braves mecs, merci bien !

— Il n'est pas canadien, mais américain !

— Ah bon, tout s'esplique. Ces gonziers-là, on les croive sympas, mais y a pas plus pot de merde ! Je te jure que j'y mettrai une toise quand on sera su'la terre ferme. Se laisser chambrer par un gus qui se trimbale une zézette d'enfant de troupe dans le calbute, c't'inadmissable.

— Qu'est-ce qui te donne à penser qu'il soit démuni sexuellement ?

— J'sais c'qu'j'cause, mec !

Il remâche encore des rancœurs puis, tout de go :

— T'sais qu'j'ai voulu m'faire la taulière de l'aréoport ? Eh ben, mon vieux : impossib' !

— Elle n'a pas voulu ?

Le Gravos s'indigne :

— Pas voulu ! Non, mais tu me connais pas ! Y a

une chose dont y faut qu'tu suces un'fois pour
toutes, Jéjé, c'est que quand Alexandre-Benoît jette
son révolu sur une gonzesse et déballe sa marchandise, ces dames se foutent à la renverse, pointe à la
ligne !

Le Modeste hausse les épaules.

— On n'a pas pu, voilà la vérité. La Marie-
Dondon a beau êt' forte question gabarit, elle a la
chatte pas plus large qu'une pâquerette ; c't'une
malformance génitale. Tout d'suite qu'elle a avisé
mon braque, elle a été catégorique : « Alors là, mon
bonhomme, tu peux remballer l'outil. Même av'c un
pot d'vaseline et des démonte-pneus, je serais inca-
pable de t'en assumer cinq centimètres ! J'sus étroite
comme les gorges du Fier. » « Mais alors, j'l'ai
déplorée, tu peux jamais trouver chaussure pour
prend' ton pied ? » « Rarement. Depuis mon défunt,
je n'ai trouvé que Jefferson, le pilote, pour m'envoyer à dame. »

Et Bérurier jubile en désignant le driver d'hélico
qui porte un gros blouson de cuir fourré sur lequel
on a peint un aigle aux ailes déployées.

— Alors tu comprenderas, Jéjé, que ce gui-
gnolo-là n'a pas le droit d'pavoiser, malgré son
bestiau dans l'dos !

**

Et justement, ô ironie, à plusieurs centaines de
kilomètres de là, celui qui motive tout ce déploiement d'énergie, San-Antonio le Fabuleux (en espagnol *El Fabuloso*) évoque une chatte étroite, tout
comme son compère Béru. En marchand dans la

neige crissante, il regarde le mignon, l'exquis, le faramineux petit prose de Margret.

En songeant à Marie-Marie !

Et c'est comme ça, l'existence ; oui, aussi fétide qu'on te la raconte en ces pages graveleuses. Pas autrement ! Et s'il évoque une chatte ondulant à un mètre de lui, le fameux, le fumeux, c'est parce qu'il lui faut coûte que coûte fixer sa pensée pour ne pas la laisser dériver dans l'océan du désespoir. La fuite est une fatigue. Le renoncement, un flirt avec la mort. Garder à tout prix des idées rayonnantes, des idées chaleureuses.

Voilà, il évoque la frigounette exquise de Margret, l'Antoine, celle plus désinvolte et un tantisoit vorace de Selma. Il marche derrière sa bite comblée, en soutenant le chafouin en péril.

Lorsque nous sommes sortis de la grotte, nous avons constaté qu'il ne neigeait plus. La nuit était si claire qu'elle ressemblait à un jour sans soleil. On a tous regardé nos montres. A peu de chose près, elles étaient unanimes à proclamer trois heures vingt. On s'est remis en marche, malgré les protestations d'Aloïs qui voulait qu'on le laisse là, à l'abri. Je lui ai sorti la théorie comme quoi un homme en marche était supérieur à un homme couché. Je lui ai également fait valoir que la bourrasque s'était dissipée et qu'on finirait par retrouver la zone d'extraction du filliouz 14 expansé. Il n'avait qu'à s'appuyer sur mon bras, comme la jeune épousée au sortir de l'église.

Il soufflait fort et grommelait des « Toi, alors, pour avoir la santé, on peut dire que tu as la santé ! Enfiler ces filles alors qu'on crève de froid et de faim, franchement tu devrais léguer tes burnes à la science. »

— Justement, ai-je opportunisé, pour que la science puisse les étudier à microscope reposé, il faut que je les sauve ! Et les tiennes avec !

— Ne parle pas des miennes, salaud ! Après ce que tu leur as fait !

Il s'était mis à me tutoyer ; de m'avoir vu baiser avait aboli les frontières bienséantes. Moi, j'étais tracassé de n'avoir aperçu, à notre réveil, aucun des passagers d'arrière-garde, ni aucune trace de leur passage. J'essayais de me remémorer la route ardue que nous avions parcourue : nulle part, avant d'atteindre la gotte, je n'avais découvert d'endroit pouvant convenir à une halte. Ils devaient être morts gelés, les malheureux ; mais à quoi bon glisser dans le désespoir ?

Alors je m'accrochais (si je puis dire) à la toison de Margret. Elle devait être d'un joli blond seyant, mais je n'avais pas eu l'opportunité de m'en assurer formellement à la lumière frugale et fugace de la loupiote.

Nous avons arqué trois heures. Descendre est plus douloureux que monter. Tu as l'impression que tes cannes s'enfoncent dans ton buste et que tu deviens gentiment nain au fur et à mesure que tu te déplaces.

Le vrai jour s'est levé enfin. D'un coup, d'un seul, comme quand on ouvre les voilages masquant une baie vitrée ; tu constates alors que la lumière qui précédait ce geste n'était pas la vraie lumière, mais un projet seulement.

Margret qui marchait en tête s'est arrêtée pile. Elle a crié :

— *Look !* en pointant le doigt en direction de la vallée.

Nous nous sommes aperçus alors que cette dernière était toute proche. Quelques trois ou quatre kilomètres nous en séparaient. Une espèce de joie ardente m'a mordu le ventre. Je tremblais et des sanglots me tordaient la gorge. Ma bonne étoile, une fois de plus ! Mais les autres ?

J'ai dit au chafouin :

— Tu vois bien, tête de con, qu'il faut avancer ! L'inertie, c'est la mort !

Il a répondu :

— Je t'emmerde !

Mais il pleurait comme un gosse. Son bras a lâché le mien pour s'appuyer sur mon épaule. Je sentais qu'il avait envie de m'embrasser, grosses couilles. Les deux gonzesses restaient calmos. Ces Scandinaves femelles ne réagissaient humainement qu'en dérouillant un chibraque dans la moniche. Là, elles se départissaient un brin ! Sinon, pis que des majors britanniques à leur club, ces pétasses !

Nous nous sommes mis à presser le pas. Les roches effritées glissaient sous nos pieds, malgré la couche de neige.

Une plombe plus tard, on se trouvait sur du plat. Une plaine morne comme un film de Marguerite Duraille. Des lichens, des touffes de ceci-cela, des roches, des étendues de glace. Pas la joie. Fallait-il prendre à gauche, à droite, ou continuer tout droit ?

Selma a déclaré :

— On extrait le filliouz 14 expansé de rochers ; donc le filon se trouve à flanc de montagne.

Bien vu. Restait plus que deux possibilités : droite ou gauche. Cette fois, c'est Aloïs qui y a mis du sien.

Il s'était avancé dans la plaine pour considérer notre point d'arrivée, et a déclaré :

— Nous devons déblayer la neige pour retrouver la trace des engins !

Pas plus con que ça. L'œuf de Christophe Colomb !

On s'est mis au tapin. Sans outils, je te recommande. Givrés de bas en haut comme nous étions ! D'autant que la neige fraîchement tombée avait durci. Oh ! la sinécure, Arthur !

J'ai pris une roche plate pour touiller. J'ai mis tant d'ardeur au boulot que je n'avais plus froid et qu'en peu de temps je me suis trouvé en nage.

— Là ! j'ai exulté en désignant la droite.

On s'est remis à marcher.

— Qu'est-ce y dit ?

— Il dit qu'on va tomber en panne d'essence, traduit M. Blanc.

— Bientôt ?

— Il n'a plus qu'une demi-heure d'autonomie.

— C'est toujours ça.

Pinaud, qui avait dormi pendant le plus clair du long trajet réprime un bâillement de sa main gantée de fourrure.

— Pourquoi ne va-t-il pas vers ces baraquements ? s'informe paisiblement le commanditaire de l'expédition.

— Quels baraquements ? demande M. Blanc.

La Pine brandit son index en direction d'une chaîne montagneuse.

— Ceux que j'aperçois là-bas !

Jérémie sonde l'horizon et n'y distingue que la masse imposante de la montagne.

— Je ne vois pas de baraquement !

— Il est encore dans les vapes, Pépère, gouaille l'Enflure. Il a du sirop de dorme dans les châsses !

— Mais pas du tout. C'est vous qui êtes aveugles, proteste l'Ephémère. Je distingue une carrière, et des baraquements. Il y en a... cinq ! Un grand et quatre plus petits. Et aussi une longue antenne de radio.

Bérurier mange l'espace de ses énormes lotos injectés de vin.

— T'es louftingue, César ! Y a ballepeau !

Mais Pinuchet s'anime :

— Dites au pilote de foncer dans cette direction, voilà que nous nous en éloignons.

— La pilote, ronchonne Béru, il les a à la caille biscotte son réservoir d'tisane sonne le creux.

— Justement, c'est de la folie ! crie Pinaud. *Please, my dear Jefferson, go to the right quickly !*

Jérémie vient au secours de César pour enjoindre au sous-membré. Lui explique que son ami « voit » un camp sur la droite. L'autre mirade et entrave que pouic. Alors il ne prend pas en considération. Mais César Pinaud se fâche. Il explique que, dans les airs, il a une acuité visuelle deux fois supérieure à celle d'un homme doté d'une excellente vue. Ils tiennent ce don de famille. Son papa était guetteur à bord d'une saucisse (1) pendant la quatorze-dix-huit. M.

---

(1) Saucisse : nom familier donné aux ballons captifs servant à observer les mouvements de l'ennemi. Mais les boches se sont mis à cartonner les ballons et ça a été le déshonneur des frères Montgolfier.

San-A.

Blanc parlemente avec le pilote. Fait valoir que s'il ne reste plus que vingt minutes d'autonomie, après tout, pourquoi ne pas faire confiance à Pinaud ?

Jefferson finit par céder, pestant contre le vioque qu'il estime plus gâteux que le doyen d'un asile gériatique, et que qu'est-ce qu'il lui a pris d'accepter une « course » aussi folle, misère de Dieu ! Des fous, tous plus avachis des méninges l'un que l'autre !

L'hélico continue de mouliner l'air glacial pendant une dizaine de minutes. Et puis, le gars Jefferson, avec son aigle déplumé dans le dos et sa nuque de rouquin, pousse un juron. Il vient de mater au loin à la jumelle et, croyez-en le diable, mais c'est vrai, qu'il y a un camp tout là-bas ! Il est abasourdi. Où il est allé se chercher une vue d'une telle amplitude, le vieux bougre ? Il ressemble à un condor déplumé, il est tout cloaqueux, glauque de partout et paraît gâtouillard à déféquer sous soi, et il distingue l'indiscernable. Seul hic, va-t-il avoir suffisamment de coco pour gagner le camp ? Il surveille le cadran de la jauge.

— Quand il s'allumera, déclare-t-il, je devrai impérieusement me poser.

— Qu'est-ce y dit ? s'inquiète Béru.

Jérémie, tendu, chasse la question comme une volée de mouches convoitant une tarte aux fraises.

Le zinc approche des baraquements. Tout est désert alentour. Nulle trace de vie.

Pinaud en fait la remarque. Il existe de puissantes machines dont les mâchoires de requin sont prêtes à mordre la montagne déjà grevée d'une large saignée, mais onc ne les actionne. De la fumée sort d'une cheminée. Quelques véhicules se trouvent groupés sous un hangar. Le vieux Pinuche assure qu'il distingue des barils surmontés de pompes : du hérosène, probable ?

La neige (faut pas rater le cliché), met une sorte de linceul sur le camp.

— Hurrah ! lance Jefferson.

Le voyant rouge du carburant commence de palpiter, mais ils sont presque parvenus au camp !

*
**

— Cette fois, je suis vidé, m'assure le chafouin. Filez sans moi. Si vous dénichez ce foutu camp, vous m'enverrez chercher, peut-être que je vivrai encore, avec un peu de bol !

Pas la peine de l'exhorter davantage, il est vraiment rincé, l'amigo ; et pas seulement lui, mais Selma vient de flancher à son tour. Faut dire qu'il est près de deux plombes de l'après-midi. On a marché pendant onze heures sans pratiquement nous arrêter, le ventre complètement vide, juste on s'est mis un peu de neige à fondre dans la clape pour s'hydrater de temps à autre.

— Très bien, dis-je, nous allons vous laisser. Prenez mon pardessus et blotissez-vous contre ces rochers. N'oubliez pas de boire, surtout.

Le gars Aloïs soupire :

— J'ai déjà vu des gens avoir la santé, mais comme toi, jamais ! Tu es hors série, mon gars ! On dirait que plus tu marches, plus tu as de forces !

— Je fais semblant ! ricané-je.

— Peut-être, mais faut pouvoir. Ecoute quelque chose, l'ami.

Il m'attire à l'écart des oreilles féminines, bien que

les deux Norvégiennes ne pigent apparemment pas le français.

— Si j'ai bien compris, tu es un flic, n'est-ce pas ? chuchote-t-il.

— Un peu, oui. Pourquoi ?

— Moi aussi.

— Pardon ?

— Enfin, disons que je travaille dans cette branche. J'appartiens aux services de sécurité canadiens. J'étais chargé d'assurer celle du général Boniface Chapedelin, à Bruxelles.

Dis, il me scie, cézigo !

— Je crois que là, t'as pas gagné le canard ! ricané-je.

— Non, reconnaît Aloïs. Quand l'attentat s'est produit, je n'ai pas pu intervenir. Du moins ai-je eu une piste.

— Quelle piste ?

— Si tu permets, ça ne concerne que mes supérieurs.

— Si toi, tu me permets, je te fais remarquer que je ne te demandais rien, mon pote !

— Alors ne commence pas. Simplement, si tu arrives à trouver ce campement fantôme ou tout autre lieu où il y aurait une radio, préviens en priorité les autorités canadiennes que la vie du Premier ministre est en danger. Annonce-leur ça de ma part. Mon numéro de code est B.H. 141. Je peux compter sur toi ?

— Si tu me charges de cette petite commission, c'est que tu es déjà convaincu que oui !

Il acquiesce. Je lui serre la louche.

— Si t'as trop froid, risque-toi à une petite baise

avec Selma, conseillé-je. Comme tu as pu le voir, elle raffole de ce genre de sport.

— T'oublies mes couilles grosses comme des citrouilles !

— Abondance de biens ne nuit pas ! plaisanté-je.

Mais ma boutade ne le fait pas pouffer, alors je biche Margret par la taille et on continue la route tous les deux. Juste on se retourne de temps à autre, par politesse, histoire d'adresser des baisers à nos compagnons fourbus.

*
**

— Y a quéqu'un ? lance le Mammouth en poussant la lourde.

Il avise une espèce de dortoir, avec six lits de fer bien faits. Des placards individuels, une grande table commune flanquée de tabourets, des posters sur les murs représentant des nanas dépoilées. Parmi elles y a une hyper-obèse à qui ont pourrait faire l'amour entre ses plis ! Béru admire ces dames, s'attarde sur des blondes marilynmonroènes, des Noires style panthère qui, penchées en avant, te regardent à l'envers entre leurs jambes écartées, et puis des gros plans de sexes féminins ouverts à deux mains par leurs aimables propriétaires aux ongles carmin ou rose pâle.

Silence.

— Non, y a personne ! constate le Gros, se causant à lui-même personnellement.

Jérémie qui sort d'un autre baraquement lui crie :

— Il n'y a personne !

Et Jefferson, le pilote, avec son aigle à la gomme dans le dos, hurle sur le seuil d'un troisième :

— *Nobody*.

Les trois gus ont l'air de tourner une nouvelle mouture de *Il était une fois dans l'Ouest d'Eden*. Manque plus que le trappeur Pinaud. Justement, le voici-voilà, Messire le très fortuné. Lui, c'est du principal bâtiment qu'il émerge. D'une allure molle, flottante. Il fait deux pauvres pas dans la neige fraîche et s'écroule, évanoui.

Alors, les deux autres se précipitent et s'agenouillent, comme autour du Jésus de la crèche, les trois rois mages. Que, justement, avec Jérémie, l'illuse est totale. Pinuche est pâle, pincé, pas évanoui en plein, mais dans les vapes, avec la frime d'un opéré de frais qui passe par le sas de la réanimation.

Le cher vioque a abdiqué sa superbe et se montre égrotant, flatulent, pauvret.

— On dirait qu'il veut causer ! note Béru. Hein qu'tu veux causer, Césarpion ?

Le fossilisé bat des cils.

— J'l'avais d'viné : y veut causer ! Et qu'est-ce que tu veux dire, ma pauv' Pine ?

Œillée désespérée de Pinaud pour marquer son éperduance.

— Quéqu'un t'a dérouillé ? insiste le Gros.

Regard négatif.

— Mais y a un sale turbin dans c'te boutique ?

Affirmatif.

— Quoi-ce ?

Mutisme.

— J'vas voir, décide Goliath.

— Non ! N'y va pas ! lance Jérémie, alarmé par l'expression de l'Ancêtre.

Bérurier le Vaillant stoppe.

— Ne le bousculons pas, plaide M. Blanc ; il a l'air d'aller mieux et va bientôt pouvoir nous dire.

Effectivement, Pinaud tente de remuer les lèvres tandis qu'une plainte nasale essaie de s'organiser en cohérence.

— Il y a du danger, Pinaud ? questionne M. Blanc.

— Heinmrrr ! répond l'excentré.

Il produit un effort éperdu.

— Aaaaaaz ! il dit.

— Répète un peu qu'on voye ! lui enjoint Béru.

— Aaaz !

— Du gaz ! s'exclame Jérémie.

Battements de cils heureux du commotionné. Soulagé. Le message est passé !

Le Noirpiot traduit cette fois-ci pour Jefferson. Le pilote au rapace déteint paraît incrédule. Il répond que c'est de la foutaise et qu'il va y aller voir, merde, assez de ces simagrées ! Ça lui apprendra à convoyer des vieillards et des ahuris à l'extrémité du monde. Pourquoi pas dans le cosmos du temps qu'ils y étaient, ces trois navetons !

Au moment où il saisit la poignée de la lourde, Pinaud que l'altruisme survolte s'arrache un « Non on on ! » qui stopperait une tire de formule I lancée plein pot dans la ligne droite des tribunes. Dès lors, il retrouve l'usage de la parabole, l'Ancêtre.

— Ils sont tous morts ! dit-il d'une voix enrouée jusqu'à la trame.

Béru, pas si con que vous en avez l'air, contourne le bâtiment et se met à mater à travers les doubles vitrages des rares fenêtres.

Il gueule :

— La vache ! C'est vrai qu'y sont scrafés ! Ce

travail, ma doué ! Un... deux... six... dix... quatorze... dix-sept ! Dix-sept gus écroulagas ! Y en a
qu'sont affalés su' la tab' : la plus part. D'aut'
qu'sont tombés d'leur chaise. Y d'vaient conférer !
Et pis on leur a injectionné un gaz tout c'qu'a
d'mauvais, kif les nazis dans les écrémoires. J'espère qu'la Pine a pas eu l'temps d'en respirer un
fagot, av'c sa foutue manie d'toujours renifler,
Mister Goutte-au-Pif !

Jérémie se prend la tête à deux mains.

— Mon Dieu, dit-il, le père Lendeuillé avait
pressenti la vérité !

Et il met Jefferson au courant de la situation.

Pinaud se refait un bout de santé. Le gaz utilisé
depuis un certain temps avait dû s'évaporer partiel-
lement et perdre de son efficacité. Mais néanmoins
Baderne-Baderne se racle la gargane et glaviote
comme un vieux tubar de jadis dans un sana des
Carpates.

Tandis qu'il se remet, ses compagnons explorent
le camp. Ils constatent plusieurs faits importants :
tout d'abord qu'on a saccagé le poste émetteur de
radio, ensuite que de lourds engins à chenilles ont
disparu (il subsiste leurs traces sur le sol des hangars)
de même que des barils de carburant (sur le panneau
qui les comptabilise, on peut constater que les deux
tiers du stock sont absents). Mais de San-Antonio
nulle trace, non plus que de passagers hypothétique-
ment débarqués. Exceptés les gazés de la baraque
qui sert de P.C. pour les réunions de travail, il n'y a
âme qui vive dans le camp, sinon un gros chat
ronronneur blotti dans l'un des lits. La cantine est
solidement approvisionnée et comporte des réserves
de vivres qui permettraient de nourrir la Grande

Armée (à l'aller, vu qu'au retour elle était moins nombreuse).

Jérémie consulte ses deux compagnons et les trois décident de partir à la recherche d'éventuels robinsons des glaces ; seulement, quand ils informent Jefferson de leur décision, l'aiglé leur tire un bras d'honneur.

— Ecoute, négro, déclare-t-il au brave Jérémie, j'ai suffisamment rigolé comme ça. Moi, je fais mon plein et je pars pour les îles de la Reine Elizabeth, après avoir balancé un message radio pour indiquer ce qui s'est passé ici. D'ailleurs, il est grand temps que je donne l'alerte. J'aurais dû commencer par là. Mon appareil de bord n'a pas une portée considérable, mais j'arriverai bien à accrocher une radio qui me relaiera.

— Qu'est-ce y dit ? s'inquiète Béru.

M. Blanc traduit.

— J'l'eusse eu parié, déclare le Gros. Ce gus, c't'un enviandé.

— Propose-lui dix mille dollars, fait le pauvre Pinuche.

Mais Jefferson répond que les dollars c'est pas toute la vie et qu'ils n'ont jamais fait bander un mort. Lui, il repart, point à la ligne, et ceux qui veulent demeurer sur place sont libres !

Ça s'opère bizarrement.

Elle marchait. Lentement, certes, mais quoi, bien que titubante, elle avançait. Et puis la voilà qui s'arrête, toute dodelinante. Elle est blafarde, les lèvres vidées de sang. Ses orbites se sont élargies et forment deux immenses cavités ovales dans le sens de la hauteur.

— Je pense que je vais mourir, chuchote Margret.

J'ai que l'opportunité de la saisir pour la faire s'allonger dans la neige. Elle reste prostrée, son regard bleu perdu dans le ciel du Nord. C'est vrai qu'elle paraît entrer en agonie, cette petite (toute petite) chatte ! Elle s'est dépassée au-delà des extrêmes limites. Comme ils disent dans certains beaux livres, mieux écrits mais plus chiants que celui-là : elle a trop puisé dans ses réserves. Elle est allée aussi loin qu'elle a pu, parce qu'il n'y avait rien de mieux à faire, mais l'inexorable se produit : elle est à bout. Accepte sa fin. Se meurt !

Je m'allonge à son côté, la serre contre moi. Je lui murmure :

— Nous allons nous reposer, petite fille. Le temps qu'il faudra. Ensuite nous donnerons un ultime coup de collier et nous arriverons au camp, je te le jure !

Elle n'a plus la possibilité de réagir. Nous restons enlacés. Mes propres forces (les ultimes) me lâchent également. Un engourdissement doucereux me pénètre. C'est une sorte de lente et suave paralysie. Un sommeil cosmique. Je me minéralise. Plus rien n'a d'importance. L'existence, c'est comme une ronde d'enfants autour d'un feu de broussailles, aperçue de très haut. Il y a longtemps.

Le radio de la base du Grand Stanké sortit sur le pas de la porte et cria :

— Sergent ! Vous pouvez venir tout de suite, je suis en train de capter un drôle de message.

L'interpellé qui faisait manœuvrer une escouade sur le terre-plein, ordonna le « Rompez » et s'avança à grandes enjambées en direction de la salle des communications. C'était un long échassier dans un pantalon bouffant du haut qui pouvait lui permettre d'exister un mois sans avoir à poser son grimpant pour se rendre aux tartisses. Il avait le teint brique, le nez crochu, le menton en portemanteau et le regard pincé.

— Que se passe-t-il, Red ?

— Un pilote d'hélico qui vient de se poser dans un camp de l'île Axel Heiberg déclare que tous ses occupants sont morts asphyxiés par un gaz.

— Qu'est-ce que c'est que cette connerie, Red ? Un charlot qui fait joujou avec une radio d'amateur ?

— Il a annoncé ses coordonnées. Il s'agit d'un appareil de Baie Renard-Clavel City, le pilote se nomme Sammy Jefferson. Tout semble O.K.

— Passez-moi ce tordu !... Ici sergent Alex Mortimer, de Grand Stanké, qu'est-ce que vous nous vendez comme salades, mon vieux ?

A l'autre bout de l'espace, une voix hargneuse se mit à gueuler plus fort que le sergent, assurant que Jefferson en avait plein le cul de ce bigntz. Il avait accepté une course insensée, la pire de sa carrière de pilote, à la demande d'un trio de *French men* bourrés de fric mais totalement givrés. Il se pointait à Axel Heiberg avec un réservoir dans lequel on n'aurait pas trouvé une cuiller à thé de carburant ; et parvenu au chantier d'extraction d'il ne savait quel minerai à la gomme, il tombait sur une hécatombe de mecs gazés, de quoi remplir un cimetière. La radio était détruite et il appelait avec celle de son appareil. Alors lui, il allait refaire son plein grâce aux réserves emmagasinées dans ce foutu camp et repartir vite fait, avec ou sans les Français.

Red, le radio, toucha la manche du sergent et chuchota :

— Il est exact que l'émetteur d'Axel Heiberg ne fonctionne plus depuis deux jours, sergent.

Mortimer opina.

— Ecoutez, vieux, fit-il à Jefferson, je répercute votre message aux autorités. En attendant vous allez rester sur place.

— Vous pouvez vous l'arrondir ! gronda l'aiglé de frais. J'ai déjà donné !

— Non, mon vieux, je ne me l'arrondirai pas ! hurla le sergent qui était un tantisoit hypocondriaque sur le pourtour. Quand on se pointe dans un endroit truffé de macchabées, on attend la venue des autorités, même un demeuré sait cela. Si vous filez avant leur arrivée, vous risquez de sales ennuis.

Il coupa délibérément le contact, le silence lui paraissant plus persuasif que tout ce qu'il pourrait ajouter.

***

Béru était, comme toujours, partisan de la manière forte et souhaitait démolir le portrait de Jefferson, alléguant que la nature avait déjà fait le plus gros ; la sagesse de Pinaud le retint sur cette pente néfaste.

Furax à la fin de sa liaison radio, Jefferson avait bouclaré son appareil, il était allé ensuite chercher des provises à la cambuse : conserves et bourbon avant de s'enfermer dans l'une des baraques. Maintenant, il haïssait les Français au point de ne plus pouvoir les regarder. Jérémie vint toquer à la porte, prétextant qu'il voulait lui parler, mais le rouquin lui déclara que si quelqu'un s'avisait de vouloir entrer de force, il le fendrait en deux avec la hache d'incendie fixée à la cloison, comme un Suisse fit avec Charles le Téméraire. Pour tromper l'attente, il décapsula la bouteille de Four Roses et se mit à picoler comme un sauvage.

Pinaud, complètement récupéré, marchait hors du camp, courbé en deux, ce qui le faisait paraître plus âgé. Avec sa veste de fourrure qui lui arrivait aux genoux, il ressemblait à un vénérable loup qui aurait décidé d'apprendre à marcher sur ses pattes arrière avant de crever.

Béru le considérait, maussade, en biberonnant lui aussi du bourbon.

— Quand je pense que Sana est probablement sur cette île et qu'c't'emmanché d'pilote refuse qu'on va à sa recherche !

— Nous allons y aller tout de même, déclara M. Blanc.

— T'sais piloter un coléoptère, toi ?

— Non, mais conduire une jeep, oui. Et il y en a deux sous le hangar.

Pinaud revint comme il sortait l'un des véhicules après y avoir placé un jerrican de secours, des vivres et de l'alcool. Non seulement il comprit le dessein de ses amis mais il dit :

— Ils sont partis par là !

M. Blanc pilotait. Pinaud se tenait debout,

agrippé au pare-brise, car le véhicule était décapoté.
Son regard de lynx sondait l'horizon. Béru démolis-
sait posément sa boutanche de raide (afin de se
réchauffer, prétendait-il, car il craignait d'avoir
chopé un coup de froid).

L'auto tout-terrain cabriolait sur les caillasses et
faisait des ripettes sur les plaques de neige glacée. Ils
parlaient peu. La peur de l'irréparable les mordait
au ventre. Ils sentaient que le commissaire se
trouvait sur cette terre hostile mais, justement, elle
l'était trop pour qu'ils espèrent le retrouver vivant.

A un moment donné, Jérémie se mit à chialer en
conduisant. Ses larmes brouillaient sa vue. Il balbu-
tia, pour soi plus que pour ses collègues :

— Je ne le sens plus !

Il avait l'abominable impression que tout contact
venait de se rompre entre lui et San-Antonio, un peu
comme lorsque tu te prends en flagrant délit d'oubli
après la mort d'un être cher.

Pinaud pleurait également, mais apparemment
c'était à cause du froid tranchant.

Soudain, il torcha ses yeux d'un revers de manche,
ce qui ne fit qu'aggraver son problo car il s'était
foutu des poils de loup dans les lotos.

— Il me semble avoir aperçu quelque chose !
assura l'homme au regard d'aigle.

— Quoi ?

— Un tas de vêtements. Mais c'est peut-être
parce que je me suggestionne.

Jérémie força l'allure. Béru en lâcha sa boutanche
dont une partie du contenu se répandit sur sa
braguette en délire.

— Une qui m'taillerait un' p'tite pipe en c'moment, j'peux y assurer l'ivresse, ricana le Débonnaire.

Mais cette boutade, bien qu'excellente et classée de force 4 sur l'échelle de Vermot, n'obtint aucun succès.

La Vieillasse a repris son attitude de vigie, cramponné au pare-brise. Il plisse ses paupières fanées, force sa vue de surdoué.

— Oui, oui ! C'est bien des corps que je distingue !

La distance diminue. A présent, les trois amis peuvent regarder à l'unisson.

— Un homme et une femme enlacés ! annonce la Pine.

— N'en c'cas, c'est fatal'ment Sana ! affirme Alexandre-Benoît.

Ils atteignent l'objectif. Deux corps raides. Jérémie saute de la jeep pour se ruer sur le couple. Il pousse un rugissement en reconnaissant le commissaire. Il palpe.

— Mort ! hurle-t-il.

Le calme vient de Béru :

— Attends qu'on voye, Négus !

Il s'agenouille devant son ami. Noue sa main au cou du « Fabulos » pour essayer de trouver la veine jugulaire. Ne sent plus rien. Alors il frotte sa grosse patte dégantée sur son genou afin de la réchauffer et de recouvrer ainsi un peu de son sens tactile. Puis la glisse sous les vêtements du commissaire. Il ferme les yeux pour se concentrer pleinement, ne pas risquer de confondre les battements de son propre cœur avec ceux, hypothétiques, du cœur san-antonien.

Les deux autres se taisent, fous d'anxiété. On perçoit une voix d'outre-tombe, celle de Pinaud qui prie :

— Seigneur, s'il est encore en vie, je Vous ferai bâtir une chapelle. Où Vous la voudrez, Vous n'aurez qu'à me le dire.

Béru soupire :

— J'croive qu'c'est bon, les mecs.

Il défait sa veste de fourrure et la pose sur le commissaire, puis il verse un filet de gnole entre ses lèvres.

De son côté, Jérémie palpe la fille qu'il ne peut se retenir d'admirer. Elle est superbe. Pile comme il en rêve, les soirs de mal endormance, quand Ramadé a ses conneries et qu'il doit faire ballon de zob.

— Pour elle, c'est fini, soupire le Noir, et ça l'est depuis pas mal de temps car elle est raide.

Pinaud se signe. En pleine ferveur mystique, décidément.

— Paix à son âme qui devait être charmante, murmure-t-il. Mais maintenant il faut que nous sauvions Antoine coûte que coûte. Il est impossible que nous ayons accompli tout ce chemin pour arriver trop tard !

VIVRE, D'ACCORD,
MAIS POUR QUOI FAIRE?

Paraît qu'ils m'ont rattrapé de justesse. Que j'étais déjà avec un pied dans le cosmos et un autre sur une peau de banane. Que je suis resté plusieurs jours inconscient, à délirer vachement. A causer de Marie-Marie, de Félicie, de mes trois mousquetaires tant aimés.

Je voyais des choses, j'en prévoyais d'autres. D'abord, ils ont dû me dégeler à la lampe à souder, ou presque. Par la suite, le doc de Montréal où je me trouve présentement rapatrié par avion sanitaire, m'a expliqué que le froid avait risqué de me tuer, mais que, d'un autre côté, il m'avait gardé en hibernation, tout ça. Des trucs vaseux que seuls les toubibs osent prétendre et que tu fais semblant de croire!

Et je te renoue avec moi-même au moment où, après des soins, des transports, des manipulations extrêmes, je reviens dans le circuit, la tronche cloaqueuse, la vie incertaine, encore un peu beaucoup dans les ailleurs mystérieux qu'on peut appeler les limbes.

Une gonzesse coiffée à l'ananas, avec des lunettes

et un accent québecois pour série canadienne télévi-
sée, est penchée sur moi. Elle dit :

— D'crrrois bien qu'reprrrrend conscince !

Alors l'obscurité s'étale sur ma couche, biscotte le
légendaire trio se penche sur mon augusterie renais-
sante. Trois merveilleux personnages : Portos
(Béru), Athos en négatif (M. Blanc), Aramis dans
« Cinquante ans après » (Pinaud).

Les chéris ont leurs chères faces baignées de
chères larmes. Ils balbutient de concert (ou de
conserve) :

— Sana !

Et c'est un instant plus fort que la Déclaration des
Droits de l'Homme, plus intense que quand la petite
secrétaire de « La Production en folie », film porno
d'une haute tenue esthétique, parvient à s'en laisser
carrer une dans le frifri, une autre dans l'œil de
bronze, une troisième dans le clapoir et une quatrième entre les loloches. Oui, le moment est
superbe, rond, plein, rayonnant comme un soleil
d'Austerlitz redoré à la feuille et frotté à la peau de
chamois.

Je tente de parler. Chuchote :

— Vous !

Et comme effectivement c'est eux, ils affirment
que c'est bien eux.

Après quoi, le coup classique :

— Où suis-je ?

— A l'hôpital de Montréal.

— C'est grave ?

Question sottement égoïste s'il en est. Moi, moi,
MOI ! Toujours et partout, en tout lieu, à tout
moment. Moi ! MOUA !

— Just' les orteils des doigts d'pied un peu gelés, mais ça va reviendre.

Ça, c'est Alexandre-Benoît.

— Plus une génuflexion de poitrine, poursuit-il. Mais comme t'es aux antibrotiques, ça va passer !

Je laisse s'affermir mon entendement. Des bribes de la tragédie me reviennent. C'est flou comme l'enregistrement d'une vidéo de magasin. Si tu veux confondre un voleur avec la bande, t'as le bonjour, vu que ça ressemble à un congrès d'ectoplasmes dans le brouillard.

— Et les autres ?

Un silence crispé, peureux.

Pile à ce moment tendu, la porte s'ouvre. Une odeur de lotion coûteuse me rafale les naseaux. Un monsieur portant une pelisse à col d'astrakan, un chapeau de feutre style Sacha Guitry et des gants de pécari noir s'approche.

— Le voilà, mon rescapé ! Mon héros de légende ! Unique dans les annales : j'aurai prononcé son éloge funèbre de son vivant. Et en présence du président de la République. Il en avait la larme à l'œil, le cher grand homme, si magnanime, si intensément complet, dont la sagesse est exemplaire et qui est le phare de l'Europe !

Je reconnais le Vieux. Lui, au Canada !

Il vient s'asseoir familièrement sur ma jambe droite, avance sa main fraîchement dégantée en direction de mon oreille qu'il napoléone entre le pouce et l'index.

— Ah ! San-Antonio ! Quelle aventure ! Quelle épopée ! L'univers ne parle plus que de ça ! Que de vous ! Savez-vous combien il y a de médias dans le couloir, devant votre porte ? Quatorze ! Je les ai comptés. Télé, radio, presse écrite ! Vous avez la vedette ! Dame, LE seul rescapé du vol 1018. Vous seul vivant, Antoine, mon tout petit, mon chérubin coiffé des lauriers de la chance. Vous tout seul ! Rien que vous ! Ils ont bien retrouvé une vieille dame encore vivante sur le lieu d'atterrissage, qui n'avait pas voulu quitter la dépouille de son époux mort en déféquant, mais elle n'a pas survécu longtemps, bien qu'elle se fût emmitouflée dans toutes les fringues abandonnées par les passagers !

« UN rescapé sur près de deux cents personnes ! Et il faut que ce soit vous ! Grâce à votre équipe d'inspecteurs que j'avais chargés de vous retrouver, donc grâce à moi, car je sentais bien que vous viviez toujours, Antoine, mon loulou tout petit que j'adore. C'est à mon cœur défendant que j'ai prononcé ce discours funèbre dans la cour de la Préfecture. N'empêche qu'il avait du jus ! La vache ! Ça reniflait tous azimuts ! »

Je le laisse baderner à sa guise. Tout ce que je garde de sa bavasse insipide, c'est que *tout le monde* a laissé sa vie dans l'aventure. Je revois des visages : mes jolies Norvégiennes, le chafouin, d'autres...

Merde ! Aloïs !

— Monsieur le directeur, articulé-je, le Premier ministre canadien vit-il toujours ?

Le dirluche regarde les frimes hostiles des trois officiers de police, lesquels sont outrés de le voir s'approprier le mérite de leur folle expédition.

— Il délire ? murmure Achille.

La petite infirmière qui continue d'être présente, bien qu'à l'écart, intervient :

— D'pinse pas qu'délire ! L'a l'airrr d'voirrrr récupairrrrer !

Je confirme :

— Je ne délire pas, patron. J'ai un message de la plus haute importance à transmettre aux services de sécurité d'ici. Usez de votre autorité pour leur dire que les jours du Premier ministre sont en danger. Qu'ils adoptent immédiatement un dispositif d'exception. Cet avertissement leur est donné par un de leurs agents qui se trouvait parmi les passagers. Il se faisait appeler Aloïs Laubergiste, mais son chiffre de code est B.H. 141. L'affaire est liée à l'assassinat du général Boniface Chapedelin à Bruxelles. Faites vite !

Le Dabe fonce en bousculant mes potes.

— Tu parles qu'il va tirer encore les marrons du feu, ce croquant, déclare Jérémie avec dégoût. Quand je pense qu'il n'a pas voulu nous entendre quand nous lui avons demandé d'organiser des recherches pour te retrouver !

Je fais un geste fataliste.

— Quelle importance, fils ? Y aura toujours les uns et les autres, les cons et les autres, les gentils et les autres, les minables et les autres, nous et les autres !

Béru me prend la main.

— N'en tout cas, Marie-Marie te tient à cœur, mec, ce dont ça me touche profondément. Dans tes délireries, tu f'sais qu'd'l'appeler, comme quoi tu voulais l'épouser, qu't'étais fou d'elle et d'autres jolies choses poétales et sentimentiques. J'croive qu'on va êt' d'noces avant lulure, hein ?

— Auparavant, il faudra la récupérer, soupiré-je.

— Fastoche : l'est à Genève où qu'é s'occupe d'son organiss.

— Hélas non, fais-je, elle a pris l'avion avec moi pour Montréal.

Jérémie crie :

— Elle était parmi les passagers ?

— Oui, et les pirates l'ont emmenée avec eux après le transfert du chargement.

Pinaud coiffe sa bouche de sa main comme pour réprimer un bâillement ou un mauvais rot.

Bérurier balbutie :

— Elle est repartie av'c les détourneurs ?

— Hélas oui, je ne sais à quelles fins, sans doute pour s'en servir de monnaie d'échange éventuellement.

Il est blanc, pour la toute première fois depuis sa première communion, le Mammouth.

— Elle était dans l'avion ! ânonne-t-il.

Il a une espèce de hoquet à répétition. Son beau regard plus limpide que le côte-du-Rhône nouveau, se retourne et ça fait comme les vignettes tournicotantes des appareils à sous. Mais ce ne sont ni les prunes, ni les cerises, ni les citrons qui apparaissent. Seulement du blanc. Un blanc laiteux, avec des filaments bleus et d'autres rouges. Il fléchit sur ses genoux et sa grosse tronche perd l'inséparable feutre qui la rend unique au monde.

Bérurier s'est évanoui, comme une gentille demoiselle de la noblesse, au siècle dernier, lorsque ses parents découvraient qu'elle se faisait mettre en levrette par le palefrenier.

— Pauvre cher ami, fais-je. Il ignorait que Marie-Marie était de cet effroyable voyage.

Les deux autres baissent la tête. La gentille infirmière va chercher des collègues costauds pour manipuler le Mastar.

Moi, brusquement, voilà ma rate, mon foie, mon gésier et jusqu'à mon testicule droit (celui que je préfère) qui m'affluent dans le corgnolon.

— Y a du suif ? je parviens à balbutialer, appréhendant le pire du pire.

— Ecoute, mon petit, reste calme, fait le suave César Pinaud, nous allons essayer de t'expliquer.

Ils ont « essayé ». Y sont parvenus.

C'était si terrible que je n'ai pas proféré un mot, pas un son. Je regardais par la fenêtre, des bâtiments enneigés entre de grands arbres sombres.

C'est Pinaud qui a entrepris le récit, M. Blanc qui l'a terminé. Comme c'était sans espoir, ils n'ont pas voulu m'en laisser une miette, pas que je cascade dans la désespérance. Le malheur, ça s'avale d'un trait courageux, comme une potion dégueulasse. Jérémie m'a expliqué qu'il n'y avait pas de doute sur l'identité de l'avion. C'était bien le D.C. 10 de la merveilleuse compagnie Swissair (classée la meilleure du monde à ce que je me suis laissé dire (1)), dont on avait repêché des restes. Des morceaux importants, plus deux cadavres : celui d'un steward que les bandits avaient emmené aussi, et celui d'un gonzier de leur équipe. Des experts étudiaient les épaves pour tenter de définir les causes de l'accident. On pensait que les pirates devaient posséder des grenades pour perpétrer leur fantastique coup de main, et que l'une d'elles avaient dû exploser accidentellement pendant le vol de retour. A l'aide de sonars, on avait situé le gros de l'avion au fond de l'océan, à plus de trois mille mètres de profondeur !

_____

(1) Par un Suisse, ce qui te prouve que c'est vrai !

On n'espérait pas pouvoir récupérer le minerai dans ces conditions.

Et moi, figé, glacé, à demi mort cérébralement, j'imagine ma tendre Marie-Marie engloutie au fond des abysses, toujours liée à son siège si ça se trouve, avec ses cheveux faisant des algues sombres dans la carlingue inondée. Je la revois à la tribune de Genève, parlant des autres, parlant des hommes, parlant des pauvres, et ce avec des accents qui enthousiasmaient l'auditoire. Et moi, sombre con, de l'arracher à sa mission humanitaire, la douce et merveilleuse chérie, pour l'embarquer, presque de force, la conduire vers le plus terrifiant des trépas !

Ils se sont tus.

Une plainte de loup qu'on châtre sans anesthésie nous parvient à travers la cloison : celle de Béru qui pleure sa nièce.

— Il aurait mieux valu que vous arriviez trop tard, les gars, murmuré-je enfin. Si l'on ne m'avait pas récupéré, je n'aurais jamais su cette terrible chose, lapalissé-je connement, car le chagrin est une ivresse comme les autres qui incite aux niaiseries les plus lamentables.

Pinaud proteste :

— Et ta chère maman serait morte de chagrin. Et notre vie à tous les trois ressemblerait à un dimanche après-midi à Saint-André-le-Gaz ! Ce qui est arrivé est horrible, mon petit Antoine, mais il reste les gens qui t'aiment, d'autres à aider, du bien à faire, des crapules à neutraliser !

La porte se rouvre sur le Majestueux, plus dindonnesque que toujours et jamais, dans toute la planture de son orgueil incommensurable.

— Voilà qui est fait, annonce le Vieux. Les autorités les plus hautes se sont confondues en congratulations, les instances les plus suprêmes organisent un dîner en mon honneur et je vais être reçu par le Premier ministre soi-même.

« A propos, San-Antonio, vous savez que vous êtes titulaire de la Légion d'honneur ? Si, si, si ! Vous avez été décoré à titre posthume ; mais que vous soyez toujours vivant ne change rien au fait d'armes qui vous a valu cette distinction, donc, vous restez chevalier, mon petit. Félicitations ! Ah ! je vous préviens que nos homologues canadiens vont venir enregistrer vos déclarations. Je compte sur vous pour souligner notre constante efficacité, mon cher ! Nos services sur la brèche, vingt-cinq heures sur vingt-quatre ! Mon esprit d'organisation, ma détermination, ma main de fer sous un gant de velours... »

Je ferme les yeux. Il faut absolument que je contienne ma peine. Papa, quand j'étais moujingue, m'assurait sans cesse « qu'un homme ça ne pleure pas ». Et il m'avait gratifié d'un sobriquet, mon vieux : il m'appelait « *l'homme* ». Quand il rentrait chez nous, le soir, il me demandait : « Alors, *l'homme,* tu as fait tes devoirs, appris tes leçons ? Tu as eu des notes aujourd'hui à l'école ? »

Ç'aurait été chouette qu'il vive vieux, mon dabe. On aurait eu des choses à se dire, de plus en plus, à mesure que le temps aurait passé. Et puis non, tu vois, il est mort. Et « son absence vive » comme dit mon génial Attali, m'aura tenu lieu de père.

Le Vieux cesse de débloquer quand il s'aperçoit que j'ai les yeux clos et la tête tournée du côté du mur.

— Qu'a-t-il ? demande le Déplumé à M. Blanc. Un malaise ?

— Vous devriez le laisser, déclare Jérémie, je crois que vous le faites chier !

LA QUESTION DES TONNEAUX

Ils sont venus un peu plus tard. Ils étaient deux. Quand ils ont pénétré dans ma chambre, une grappe humaine s'est formée dans l'encadrement de la lourde. Des flashes ont crépité, un projo volant a inondé la pièce d'une lumière cruelle. Ça jactait comme dans une volière bondée de cacatoès. Et puis les deux arrivants ont repoussé la porte en criant :

— Messieurs ! Je vous en prie ! S'il vous plaît ! S'il vous plaît !

Ensuite, ouf ! un relatif silence s'est établi.

Les deux types se ressemblaient un peu. Ils étaient l'un et l'autre assez bien balancés. Le plus âgé (la quarantaine) s'amorçait un durillon de comptoir, le plus jeune portait un collier de barbe qui n'était pas de la même couleur que ses cheveux.

— Lieutenant Laburne, s'est-il présenté, et voici mon adjoint, l'inspecteur Creuse.

On s'est serré la louche sans y mettre beaucoup de détermination. Pour une fois, dans l'administration, c'était le moins âgé qui faisait chef. Sympa. Toujours les birbes premiers de cordée, merde à force !

Ils ont pris les deux chaises et les ont placées à ma droite. Ça tombait bien, il n'y en avait que deux !

Et alors le lieutenant Laburne m'a parlé d'Aloïs Laubergiste. Il voulait savoir comment nous nous étions connus, pourquoi nous avions lié connaissance et ce qu'il m'avait révélé très exactement à propos du général Chapedelin et du Premier ministre. Moi, routier incomparable de cette profession démesurée, j'ai vite pigé que ce qui les chicanait le plus dans l'aventure, c'était Genève. Ils pigeaient mal ce qu'Aloïs, préposé à la sécurité du général canadien à Bruxelles, venait branler en Suisse au surlendemain de la mort fâcheuse dudit général.

— Vous dites qu'il assistait à une conférence sur le paupérisme dans le monde ? a repris Laburne lorsque je me suis tu.

— Exactement !

Tiens, voilà encore un adverbe de bonne venue et qui t'évite bien des couilles : *exactement*. Le nombre de mots oiseux économisés grâce à lui ! Pas besoin d'en balancer une tartinée. Un mec te développe son argutie, tu laisses filer le bouchon et, quand il parvient à bout de course, tu y vas de ton « exactement » salvateur (Dali).

— Et vous y assistiez aussi, vous, commissaire des services spéciaux français ?

Un futé, l'homme au collier de poils. Il voulait en savoir davantage sur les Français qui bougent.

— J'avais une raison particulière de me rendre à cette conférence : ma fiancée y participait et je venais la chercher pour partir au Canada avec moi.

— En touriste ?

Je suis l'homme des décisions rapides : une rétine

limpide dans une orbite saine, Sana ! Mon regard
candide planté dans celui de Laburne, j'ai répondu :

— Dans mon métier, il est quelques fois nécessaire de faire son voyage de noces avant le mariage
plutôt qu'après !

Il a baissé la voix :

— Et cette jeune fille est hélas ! décédée dans
l'aventure ?

— Hélas ! ai-je répété en écho.

Mon cœur saignait, comme écrit si bellement M.
Robbe-Grillet de l'Académie des Rosiers Grimpants
de Puteaux et banlieue ! Je revoyais la chère fri-
mousse derrière le hublot opalescent ! Ce regard en
forme de trait sombre qui devait me chercher et qui
n'eut que le temps de m'accrocher pour un suprême
adieu.

— Comment s'appelait-elle ?

Là, ils me pompaient l'atmosphère avec une
pompe à merde modèle 1933, les Zig et Puce des
services secrets.

— Dites, les gars, ai-je croassé, vous me les
gonflez un tantisoit avec cet interrogatoire.

C'est l'auxiliaire de Laburne qui s'est décidé à
prendre la raquette pour un retour de volée.

— Vous êtes l'unique survivant de ce vol,
commissaire, il est normal que nous cherchions à
apprendre de vous le maximum d'éléments. Votre
réputation atteste que si quelqu'un peut comprendre
nos questions, c'est surtout un homme comme vous !

Et toc ! Pas mal emmanché ! Compétent, le grossissant. Trop de farineux, certes, mais ses méninges
n'étaient pas encore noyées dans la graisse !

J'ai joué le jeu ; presque entièrement, à savoir que
je leur ai celé simplement les raisons qui m'avaient

incité à prendre l'avion pour Montréal. Je pouvais
pas leur bonnir que moi aussi je m'intéressais à
l'assassinat du général Chapedelin et que j'avais une
piste grâce à l'esprit civique de Justin Petipeux,
fermier à Goguenars, Ardèche. Notre cuisine
interne n'appartient qu'à nous. Avant de mettre nos
billes en commun avec les confrères étrangers, faut
conclure des alliances prélavables (comme dit Béru).
Je leur ai seulement avoué la vérité sur mon
comportement dans l'avion, ma découverte de
l'arme dans les chiches, la manière dont j'ai prévenu
le commandant. Et eux, ça les a fait tiquer moche
que le chef pilote n'ait pas prévenu immédiatement la
terre de cet incident. Moi aussi, ça me turluqueutait,
mais mon avis était que les pirates disposaient d'un
système pour rompre la liaison radio depuis leur
siège, avant toute intervention. En me voyant
gagner le poste de pilotage, ils ont fait gaffe que ça
pouvait virer au caca, et ont interrompu les émis-
sions de l'appareil avec le sol, ce qui expliquerait que
le premier acte de l'homme aux tempes grises ait été
de flinguer le radio ; probable qu'il devait faire du
suif.

J'ai développé le récit, tout bien. Quand j'en suis
venu au départ de l'avion, ils ont eu, ensemble, la
même question :

— Pourquoi ont-ils embarqué votre fiancée ?

J'ai haussé les épaules.

— Je suppose qu'ils voulaient s'assurer d'un otage
en cas de besoin et ils l'ont choisie, elle, pour me
punir d'avoir tenté de contrecarrer leurs projets.

— Mouais, fait l'empoilé, pas extrêmement
convaincu.

— Mouais, répète le durillonneur, pratiquement sceptique.

— Dites, fais-je, a-t-on des précisions sur le crash de l'avion ?

L'inspecteur consulte son chef mal-aimé du regard ; autant répondre à la loyale puisque c'est écrit dans tous les journaux, comme les mots *Port Salut,* sur du port-salut.

— Des pêcheurs de Saint-Pierre-et-Miquelon ont perçu une explosion à haute altitude, mais le plafond étant bas, ils n'ont rien vu. D'autres cadavres ont été repêchés : ceux du commandant de bord et du deuxième pilote, plus celui d'un second pirate ou d'un passager qui aurait été probablement embarqué en même temps que votre fiancée. En collationnant la liste des occupants de l'avion retrouvés morts de froid à Axel Heiberg, et en la comparant avec celle du départ, on constate qu'il manque dix personnes parmi lesquelles figurent votre fiancée, un steward de la Swissair, les deux pilotes, les six autres étant les pirates et des passagers éventuels.

— Aucun cadavre de femme ?

— Non, commissaire.

— Une explosion, donc il y avait une bombe à bord ?

Elle devait se trouver dans la région des *first,* car c'est uniquement l'avant de l'appareil qui a été récupéré, le reste a coulé ; lesté du minerai, ça n'a pas dû être long !

Je frissonne.

Marie-Marie attachée à son siège. L'avion éclate. Anéantissement ! Elle n'a pas dû souffrir à cause de la dépressurisation instantanée. Peut-être même ne s'est-elle rendu compte de rien ? Mais existe-t-il des trépas suffisamment rapides pour que l'esprit humain, si fulgurant, n'ait pas la possibilité de les enregistrer ? La mort hideuse ne lui est-elle pas apparue, à ma chère chérie, en un flash que la relativité du temps décompose, élargit, étale dans un infini monstrueux qui équivaut au plus lent des ralentis cinématographiques ?

Je dois chialer car ils paraissent gênés, les cowboys du sirop d'érable ! Le chef au collier a même une sorte de tape bourrue sur ma main.

— On va vous laisser, fait-il, le médecin pense que vous en avez pour cinq à six jours de soins attentifs avant de pouvoir sortir. Nous repasserons vous voir demain.

Le zig au ventre naissant ajouta :

— On aurait bien aimé, auparavant, éclaircir la question des barils.

— Oh ! oui, fait Barbenrond. Commissaire, depuis le poste de pilotage où l'on vous avait ligoté, vous nous dites avoir vu arriver les engins de neige ?

— Effectivement, réadverbé-je.

— Outre les conteneurs dans lesquels se trouvait le minerai, ils apportaient des barils de kérosène destinés à réapprovisionner les réservoirs du D.C. 10 ; seriez-vous en mesure de formuler une estimation quant au nombre de ces barils ?

Je réfléchis, ou plus exacte ient me remémore la caravane chenillarde surgie des glaces. Je revois le chargement. L'un des véhicules contenait les gros barils métalliques aux reflets de poissons morts. Ils s'y trouvaient arrimés avec des sangles. Combien pouvait-il y en avoir ? Une cinquantaine ? Peut-être davantage ? Je vois très bien à quoi ils veulent en venir, les deux poulets. Ils étudient la nouvelle

autonomie dont disposait l'avion, après ce réappro-
visionnement.

— Impossible de vous accorder quelque précision, dis-je, j'étais dans le poste de pilotage et les
barils ont été conduits près des ailes puisqu'elles
servent également de réservoir.

Ils reniflent ma mauvaise foi et s'emportent,
maussades, en me réitérant qu'ils reviendront me
voir le lendemain.

Un peu plus tard, le Vieux fait un come-back sur
la pointe des pieds, ombre rasante, silhouette savonnée et furtive, prompt suppositoire paré pour les
plus sombres explorations intestines ou intestinales.

— San-Antonio, fait-il en déposant son illustre
fessier sur ma modeste couche, vous savez ce que je
vais vous demander ?

— Oui, monsieur le directeur, je le sais.

— Dites !

— Vous voulez que j'enquête à propos de l'affaire Chapedelin ; ça vous agace que je joue trop
longtemps le miraculé ; vous me préférez dans le rôle
beaucoup plus avantageux de Sherlock Holmes.

Il pose sa main douce d'archevêque manucuré sur
la mienne, plus énergique, d'homme d'action.

— Vous m'avez compris ! Nos gentils cousins
québécois prennent, vis-à-vis de mes services, des
airs d'en avoir deux que j'apprécie modérément. Il
me serait agréable que nous leur livrions la solution
de l'énigme, clés en main ! Puisque vous voici sur
place, avec votre fine équipe, prenez le problème à
bras le corps et faites des étincelles.

— Entendu, monsieur le directeur. Mais pour
agir, il me faut sortir d'ici au plus vite !

— J'y ai déjà songé : une ambulance privée vous

attend dans la cour. J'ai prétendu que je vous faisais rapatrier en France par avion sanitaire. Ils ont protesté un peu, pour la forme, alléguant que votre état de santé, nani nanère. Mais moi, je suis certain qu'avec quelques grogs bien chauds et un peu d'aspirine vous serez en mesure de redevenir performant. Je me trompe ?

— Je ne pense pas, monsieur le directeur.

— A la bonne heure ! Je vous connais bien, Antoine ! D'ailleurs ne vous ai-je pas fait ?

Il soupire :

— Je suis ravi de vous retrouver vivant, naturellement, mais quand je repense à mon discours, mon cher petit ! Je vous le donnerai à lire. Je vous jure que le président avait des larmes au bord des cils. Et lui, ce n'est pas son style, les chougneries ! Vous l'avez vu pleurer en 88, quand Chirac lui a présenté sa démission ? Et quand il a nommé Rocard Premier ministre, a-t-il versé la moindre larme, Antoine ? Non, n'est-ce pas ?

— Vous savez combien contient un baril de produit pétrolier, monsieur le directeur ?

Cette contre-question le déconcerte.

— Je... heu... Un baril, dites-vous ? Non, pourquoi ?

— Il contient cent cinquante-neuf litres, monsieur le directeur.

— Ah bien ! Je suis enchanté de l'apprendre. Je...

Il quitte mon lit pour aller consulter ma feuille de température fixée au pied d'icelui.

— Ah ! vous tapez tout de même un bon 39, Antoine. Et mais oui : 39, 2, c'est un peu de température, ça. Je vous administrerai carrément deux aspirines. Bon, vous vous préparez ?

— Soixante fois cent cinquante-neuf, cela fait combien, monsieur le directeur ?

De plus en plus déconcerté, le Vieux s'abîme dans un calcul mental au-dessus de ses moyens.

— Voyons, marmonne le Vénérable, zéro ne multiplie pas, je l'abaisse ; six fois neuf cinquante-quatre, je pose quatre et je retiens... C'est si important que cela, San-Antonio ?

— Capital, monsieur le directeur.

Avec un soupir, il tire son agenda Hermès, tout en peau de saurien massacré, ainsi que son Parker en or, et fait le calcul.

— Neuf mille cinq cent quarante litres, mon ami, ça vous va ?

— Un pet, dis-je, un bond, un saut à cloche-pied.

— Pardon ? Voulez-vous que je sonne l'infirmière, Antoine ? s'affole Achille.

— Savez-vous combien contiennent les réservoirs d'un D.C. 10, patron ?

— J'ai dû l'oublier, San-Antonio. Mais on demandera le renseignement chez Douglas dès que vous irez mieux ! Maintenant, je vais faire monter les infirmiers pour vous transbahuter jusqu'à l'ambulance affrétée par mes soins. Elle est très jolie, vous verrez ! Blanche, avec des raies rouges et une feuille d'érable peinte sur les portières ; je suis convaincu qu'elle vous plaira.

— Je crois me rappeler, dis-je, que le plein d'un D.C. 10 représente un peu moins de cent quarante mille litres.

— You youille ! Vous m'en direz tant ! Il ne fait pas bon s'arrêter à la pompe ! Bon, voilà les infirmiers. Je vous en conjure, Antoine, pour les médias qui emplissent le couloir, ayez l'air davantage

éprouvé physiquement! Grabataire, carrément! Fin
de parcours, si vous voyez le topo? Vous devez
sembler *out,* shooté à mort. C'est un moribond que
j'emballe, vu?

— Patron, murmuré-je, si le plein d'un D.C. 10
est de cent quarante mille litres, quel trajet peut-il
espérer accomplir avec neuf mille cinq cents?

— Ah ça! je vous le demande! Alors là, c'est
dérisoire! Bon, doucement, messieurs, il est fragile.
Attendez, je vais mettre ses vêtements sur le bran-
card. Certes, ils se trouvent dans un état pitoyable
eux aussi, mais bien nettoyés et repassés, ils peuvent
encore faire plaisir à quelque clochard; parce que
pour ce qui concerne ce pauvre malheureux, hein?
Bon, n'épiloguons pas trop devant lui : il a encore sa
connaissance! Pas beaucoup, mais il perçoit encore
un peu les choses. En route!

Ils me trimbalent par d'opulents couloirs. Ça
flashe à tout berzingue, j'en ai les carreaux carbonisés. Pas dur de chiquer au moribond avec un régime
pareil. Je ferme les châsses, m'oublie, me ratatine.

Dans le hall, la vive lumière me fait rallumer mes
fanaux; dès lors, j'avise une immense carte du
Canada sur le mur qu'elle décore pimpantement.

— Attendez! balbutié-je.

Mes cornacs s'immobilisent.

Je fais signe au vioque d'approcher son esgourde
de ma bouche.

— Monsieur le directeur, fais-je, jetez un œil à
cette carte et vous comprendrez qu'il était impossible à l'avion d'aller d'Axel Heiberg, là-haut, tout au
nord, jusqu'à Terre-Neuve où on l'a retrouvé. Il lui a
fallu reprendre du combustible en cours de route;
c'est évident!

L'ÉVIDENCE MÊME

Il n'était pas long le trajet de l'hosto à l'hôtel où nous jouissons de chambres communicantes ; pourtant il m'a épuisé. M'est avis que ma santé en a pris un vieux coup, dans les nordures canadoches. Une mouche ferait du jumping sur mon pif, je n'aurais pas la force de la chasser. Le Vieux, qui plastronne, déclare :

— Je vais devoir vous abandonner, messieurs, pour assister au dîner que le Premier ministre donne en mon honneur. Antoine, je suis certain qu'une nuit de repos vous requinquera et que, dès demain, vous allez pouvoir vous mettre au travail.

Un ordre !

J'opine.

Il saisit le montant sud de mon plumard, s'y appuie des deux mains comme au pupitre d'une tribune et trémole :

— Il était la vaillance même ! Il était le courage personnifié ! Il était l'honneur de la police et, j'oserai ajouter, quelque part, il était également celui de la France !

Il secoue la tête avec désolation.

— Vous auriez entendu votre éloge funèbre, Antoine, vous vous le seriez rappelé toute votre vie !

Je me suis réellement surpassé. Et puis, voilà : vous existez toujours !

Soupir profond et long des tendres violons...

— Quel dommage qu'un tel discours ait perdu sa raison d'être, Antoine ! Quand nous rentrerons, je vous montrerai des photos de la cérémonie. Rien que pour le visage du président. Lui toujours compassé, survolant toutes les situations... Des larmes ! Oh, entendons-nous : pas à torrent ! Ce n'était ni l'Arc ni le Drac en crue ; mais enfin, il y avait pleurs. Ou alors il bâillait. Tiens, c'est vrai, je n'avais pas envisagé cette possibilité ; peut-être bâillait-il ? Mais je m'égare, il est trop bien élevé pour ça. Il sait se prémunir contre l'ennui en montrant toujours une face désabusée. Quand il rit, c'est à regret ; presque douloureusement. La vérité, c'est que les gens l'emmerdent, cet homme ! Il a trop composé avec eux pour se hisser là où il est. Ils lui auront servi d'escabeau. Vous vivriez heureux avec un escabeau, vous ? Bon, je vais me changer. J'aurais dû amener Mlle Zouzou ; seulement je suis parti comme un fou en apprenant qu'on vous avait retrouvé. Je ne l'ai même pas prévenue, cette chère âme. Une personne d'un grand agrément, naturellement rousse, avec un léger fumet et des trouvailles tactiles d'une subtilité asiatique. Je l'ai abandonnée comme un sauvage, les jambes à quatre-vingt-dix degrés sur un canapé. Mais il faut que je vous quitte ! Bon appétit, messieurs !

Et sur cette réplique marquant la fracassante entrée de Ruy Blas, il exécute son éblouissante sortie.

— Ce personnage me déprime, soupire Pinaud. Quand je songe aux années que nous lui avons

consacrées, des idées de retraite légèrement antici-
pée me taraudent.

— Main'nant qu't'es riche comme Prépuce, caisse
y t'en empêche ? objecte Béru.

— Les liens indéfectibles qui nous unissent,
répond le tendre bonhomme.

— Sana, m'interpelle le Gros, tu t'sens pas d'attaque pour descend' jaffer à la salle à manger,
j'superpose ?

— Non plus que pour manger, balbutié-je.

— Faut pas qu'tu vas t'laisser quimper, mon
drôlet. J'sus certain qu'un steack large comme un cul
d'caissière et une boutanche d'pommard facili-
t'raient ta rinsertion.

— Je fais un blocage, Gros.

Jérémie va consulter l'annuaire du bigophone et
se met à composer un long numéro. Ça tougnasse
dans les éthers, qu'à la fin on décroche.

— Ramadé ? il murmure, extasié.

N'ensuite, il dit le reste dans leur patois des bords
du fleuve Sénégal, là où la terre est ocre, où les
arbres ont des senteurs bizarres et où les petits
cochons noirs fouissent dans la fange pestilentielle.

Il jacte vite, guttural, tout en me regardant.

— Alaboumé alabouma ? il demande. Daca daca,
Ramadé ?

Elle lui explique des choses, et moi je devine de
quoi il retourne, bien que je ne pige pas ce dialecte.
Comme dans les cas graves, il demande à sa fille de
sorcier une recette miracle de chez eux pour me
rafistoler.

Quand il raccroche, il déclare :

— Je descends un moment.

— On jaffe quand t'es-ce ? s'inquiète le Monstrueux.

— Commandez un repas en chambre pour ne pas
quitter le grand ! recommande M. Blanc.

— Goude aïedi, maille lorde ! On prend quoi-ce
pour toi ?

— Une viande, une salade et du Coca.

Béru le regarde sortir avec commisération.

— Des mecs qu'on a été vacciner et dont on leur a
appris à lire ! A quoi ça a servi qu'Duros il s'décar-
casse, j'vous jure ! Du Coca av'c sa bidoche !

Je somnole. Et voici que tonton Béru, oublieux de
la disparition tragique de sa nièce, se met à chanter
Les Matelassiers. Il a beaucoup bu pour oublier. Et
maintenant, c'est gagné : il a oublié ! Ainsi, deux
bouteilles de picrate peuvent avoir raison du chagrin ! Souviens-toi bien de ça, l'artiste, tu en auras
besoin un jour.

Jérémie se penche sur mon grabat de luxe.

— Comment te sens-tu ?

— Beaucoup mieux ; que m'as-tu administré ?

— A quoi bon te le dire, tu ferais encore la fine
bouche !

— Ça puait le sauvage dans la salle de bains
pendant que tu préparais ta potion magique.

— Parce que je faisais brûler des poils de chien
blanc.

— J'ai avalé des poils de chien !

— Réduits en cendres, Antoine, rassure-toi.
Mélangés à du jus d'écorce de citron et à du foie de
lapin haché menu. D'autres ingrédients entrent
encore dans la composition du remède, tels que...

— Non ! Je t'en supplie, n'ajoute rien.

Je quitte mon lit. Le plancher est stable. Des fragrances de morue frite flottent encore dans la chambre. Pinaud étudie une carte du Canada. Un silence craquant s'établit, brusquement interrompu par un long pet, assez mélodieux, je dois en convenir, de Béru. Tu dirais qu'un contrebassiste accorde son instrument. Le genre de vent grave, avec des résonances profondes qui ne donnent pas à craindre quelque dérapage malencontreux.

— Mes chéris, fais-je, nous allons dresser le point de la situation.

Le Gros brandit une main monstrueuse de chourineur, en replie les doigts et déclare :

— Le voilà, l'poing de la situation. J'vas r'trouver le gus qu'a tué Marie-Marie et j'lu désosserai la gueule just' av'c ce poing et mon Opinel. Y s'ra plus qu'un tas d' bidoche encore vivante sur lequel je pisserai... N'ensute j'irai chercher une grosse poivrière et j'y moulinerai su' l'hamburgeur avant d'l'y enfoncer dans l'train. Et pis...

— Tu lui feras ce que tu voudras, mais auparavant il faut le retrouver !

— Car tu penses qu'il est en vie, Antoine ? demande M. Blanc.

Je m'approche de la carte et dépose mon doigt sur l'île Axel Heiberg.

— Q and l'avion a redécollé d'ici, il disposait d'une heure de carburant environ, peut-être de deux si l'on admet que ses réservoirs n'étaient pas vides lorsqu'il s'est posé. On a retrouvé ses débris ici. (Mon second index va se noyer dans l'Atlantique, au niveau de Terre-Neuve, ce qui représente près de quatre heures de vol.) Il est donc absolument certain qu'il s'est ravitaillé dans l'intervalle.

— On ne l'a signalé nulle part, argumente Pinaud.

— Parce qu'il se sera approvisionné clandestinement. Je sens un monumental coup, les gars. Mo-nu-men-tal !

— Livre-nous le fond de ta pensée, Antoine, fait gravement la Vieillasse.

Béru tend son index à César.

— Tire-moi le doigt, Pinoche !

L'autre s'exécute machinalement et alors le Monstrueux largue une hyper-louise. Le genre de pet qui décoiffe. La salve pour peloton d'exécution.

— Bien joué ! s'applaudit-il. J'eusse pu faire encore mieux, mais j't'nais à garder une margelle d'sécurité, vu qu'j'ai pas d'bénoche d'rechange.

Jérémie va ouvrir la fenêtre aux doubles carreaux. L'air pincé de Montréal se plante dans ma chambre comme une hache dans une bûche.

— Y va nous faire crever d'froid, c'négro d'mes deux ! gronde Sa Majesté.

A quoi M. Blanc rétorque qu'il préfère mourir de froid plutôt que d'asphyxie.

Ce pauvre incident épongé, je pars dans ma démonstration.

— Engageons-nous dans l'hypothèse qu'une nation étrangère convoite ce nouveau minerai et qu'elle décide de s'approprier les premiers résultats de son extraction. Il lui est impossible d'organiser elle-même une action. Ce serait aller au-devant des pires ennuis diplomatiques et créer une énorme tension internationale. Par contre, elle peut commanditer un groupe de desperados et lui assurer des crédits illimités. Ce dernier est constitué, et un homme de main hautement organisé prend la

direction des opérations. Un commando se charge
de neutraliser le chantier d'Axel Heiberg, tandis
qu'un second détournera un avion de ligne pour aller
récupérer la marchandise dans le Grand Nord.
Outre le minerai, les hommes du chantier apportent
du carburant, mais en quantité négligeable. L'avion
repart, laissant sur place les passagers et la plus
grande partie de l'équipage. Avant de redécoller,
ces bandits sans foi ni loi abattent leurs complices
esquimaux dont ils ne veulent pas s'encombrer et
dont, par la suite, les témoignages pourraient être
dangereux.

« Ils parcourent une distance qui n'excède pas
quinze cents à deux mille kilomètres, selon moi, et
se posent à nouveau dans un lieu préparé pour les
recevoir. Là, ils débarquent la presque totalité du
minerai, font le plein des réservoirs, et l'avion
redécolle avec seulement à son bord, outre les deux
pilotes, les otages qu'ils ont emmenés et quelques
pirates sacrifiés, mais qui l'ignorent bien entendu. Ils
ont dû faire croire à ces derniers qu'ils devaient
convoyer l'appareil dans quelque pays complaisant
d'Afrique ou du Moyen-Orient. En réalité, sachant
bien que le D.C. 10 de la Swissair ne va pas pouvoir
vagabonder impunément à travers le monde, ils y
ont placé une bombe réglée pour le faire exploser
au-dessus de l'Atlantique. Ainsi, les recherches
prendront fin automatiquement et ils seront tran-
quilles. Je suppose que c'est dans la perspective de
cette destruction finale de l'avion qu'ils nous ont
abandonnés dans les glaces d'Axel Heiberg. Si j'ose
dire, ils nous ont laissé notre chance, sachant qu'ils
ne risquaient rien de nos éventuels témoignages

puisque l'opération se soldait par leur anéantissement et celui de leur butin.

« Comprenez la fantastique et diabolique astuce :
ces gens font croire à leur désintégration mais un
autre vol les a embarqués, ainsi que la marchandise,
vers une contrée où ils sont à l'abri. Ce qui revient à
dire qu'ils ont pleinement réussi leur coup. Ils y ont
mis le prix, fait couler beaucoup de sang, mais *ils ont
gagné !* »

Le Mastar se lève et embarde. Il a dû en écluser
un wagon-citerne pour en arriver à ce déséquilibre.

— Y z'ont gagné mon cul, mec ! L'monde est pas
assez grand pour qu'y m'échapperont ! Où que ça
soye qu'ils fussent, j'les retrouverai et leur f'rai
payer la vie d'ma gisquette d'nièce ! J'y jure !

Et il s'écroule sur la moquette, terrassé par
l'alcool et le malheur.

— Il en a de bonnes, ce gros goret, murmure
M. Blanc. Si les choses se sont déroulées comme tu
le dis nous ne retrouverons jamais ces types !

César Pinaud soulève sa bouteille de muscadet du
seau à glace où elle prend un bain de siège complaisant. Il considère les ultimes centilitres qu'elle
contient, puis les verse dans son glass, ce qui ne
l'emplit qu'au tiers. Il s'empresse de déguster avant
que le breuvage ne chauffe au creux de sa paume.

— Question ! annonce l'aimable milliardaire.

— Envoie !

— L'assassinat du général Chapedelin est sans le
moindre rapport avec cette affaire de minerai, n'est-
ce pas ?

— Certainement, confirmé-je.

— C'est donc tout à fait par hasard que cet agent

chargé de sa protection et que tu appelles « le chafouin » se trouvait dans ton avion ?

— Sans doute.

La Vieillasse (rajeunie par la fortune), sort son étui à cigarettes en or massif, frappé à ses initiales. Il y puise une cousue de l'espèce « Gauloise » la plus commune, qui n'en revient pas d'habiter pareil logis, la visse entre ses lèvres minces et l'allume au moyen d'un nouveau briquet, également en or, dont la flamme est mesurée et n'évoque plus, à l'instar du précédent, une savane en feu !

— Vois-tu, mon petit, me dit-il, ce métier de fous m'a enseigné deux choses essentielles. La première c'est que les hasards les plus extravagants *peuvent* se produire, et deuxièmement, que le hasard, ça n'existe pas. J'entends, dans notre profession. On a tué le général canadien à Bruxelles. Le surlende-main, son ange gardien se trouve à Genève, au congrès des œuvres caritatives où tu te rends toi-même. Ensuite, il prend *ton* avion ! Moi, que veux-tu, ce genre de coïncidence me reste en travers de la gorge.

Il a son pâle sourire de vieux mouton frileux. Exhale une bouffée de fumaga, et son regard, pareil à celui d'un shar-pei, ce chien chinois plein de plis qui ressemble à un lit défait ou à un appareil photo à soufflet, se perd dans l'infini.

Dehors, il neige (1). Les bruits de la circulation en sont feutrés. On entend le chuintement de pneus dans la bouillasse. Les paroles du père Pinuche me

_____

(1) Evidemment qu'il neige *dehors,* pauvre con !

Note de la Directrice littéraire

survoltent, mine de rien. C'est la raison, ce mec. La jugeotte, le bon sens de nos provinces françaises.

— Alors ? demandé-je menuement, du ton d'un adolescent dont une amie de sa mère dégage la braguette pour lui déguster la puberté au chalumeau.

— Il faut oublier les pirates pour l'instant, Antoine. Leur plan était si minutieusement préparé que vouloir les rattraper relèverait de l'utopie. Par contre, nous devons nous mobiliser pour retrouver les gens de la Lotus jaune dont t'a parlé le fermier ardéchois. Ils sont peut-être encore à Montréal ; et avec des intentions douteuses. Si nous parvenions à leur mettre la main dessus, peut-être apprendrions-nous des choses capitales ?

Je ne réponds rien, histoire de mieux savourer le miel de ses paroles. Jérémie a des acquiescements rapides. Lui aussi est d'accord.

— Tu nous as dit avoir retrouvé le nom du propriétaire de la Lotus ?

— Très facilement, par le service des cartes grises des Alpes-Maritimes.

— Comment s'appelle-t-il ?

— Théodore Spiel, expert en philatélie, domicilié à Saint-Paul-de-Vence, récité-je, car je possède *aussi* une mémoire d'éléphant.

M. Blanc va prendre l'annuaire des téléphones de Montréal et cherche la rubrique « Hôtels ».

— Il y en a un sacré paquet, dit-il, mais nous avons le temps.

Je me sens tout à fait *cool*. Je dors.

Je rêve. Te dire de quoi ce serait tirer à la ligne, or c'est pas mon genre. Je suis assez « abondant » comme ça ! Quand j'en vois, leurs polars font cent soixante pages imprimées gros et blanchies à s'en foutre de la gueule du monde ! Alors tartiner sur des rêves... Sauf s'ils sont prémonitoires ou bien très salingues. La féerie du cul, t'as pas le droit de la laisser perdre.

Je perçois les ronflements de mes deux lascars de toujours. Ceux de Bérurier, style turbines de paquebot, ceux de Pinuche, flûtés, quasi mélodieux : soupirs et suçotements. Et j'entends aussi la voix grave de M. Blanc qui escamote à peine les « r » pour un négro.

— Allô, l'*Hôtel du Saint-Laurent et de Madame de Sévigné Réunis* ? Je voudrais parler à M. Théodore Spiel, je vous prie.

— ...., lui répond-on.

— Vous n'avez aucun client de ce nom-là ? Pardonnez-moi.

Clingggg !

Grr, grrr, grrr, grrr ; grrrr, grrr, grrr...

— Allô, le *Tenacity Hotel* ? Je voudrais...

Et, en contrepoint, je rêve. Je suis dans un ascenseur à ciel ouvert, qui monte, monte, monte sans jamais marquer de halte, me découvrant un panorama de plus en plus vaste de glaces, avec des phoques morts à perte de vue...

Merde, voilà que je te raconte mon songe...

D'abord, il ne faut plus que j'emploie le mot *merde,* y en a trop dans mes zœuvres. Ça les rabaisse, on m'a dit. C'est superflu. Scoriant, quoi ! J'ai pas besoin de ça pour être drôle. Ça malodore mon génie. Moi, c'était par humilité profonde. Bien montrer que mes *books* sont pas destinés aux endroits huppés. Mais enfin, je ne veux pas gêner non plus, hein ? La merde, y en a plein la vie, plein

les trottoirs. Alors, d'en trouver également dans des
livres, évidemment, ça fait beaucoup. Bon,
entendu : je démerde ma prose. La rends toute
proprette, *clean* de partout, poncée à Pilate. Faut
jamais fait chier le client, c'est toujours lui qui a
raison, ce con !

Le temps passe, l'homme trépasse, comme répétait ma grand-mère. A force de passer et trépasser,
on finira par en mourir, tu verras ce que je te dis ! Tu
les considères immortels, n'empêche qu'ils décanil-
lent tous en douce. Un jour l'un, un jour l'autre, sur
la pointe des pieds, sans dire au revoir, pas jeter un
froid. On les funèbre, les enterre ou incinère, les
oublie. Qu'au bout d'un rien de temps, on se
rappelle seulement plus qu'ils ont existé.

Un clingggg de plus. Le dernier. Suivi de rien.

— Tu dors, Antoine ? demande Jérémie, penché
sur moi.

Faut vraiment être un enfoiré de Noirpiot pour
demander à un dormeur s'il dort ! Tu parles, le beau
sommeil, où il va gicler, merde ! Non, pas merde !
Plus merde ! Ça m'a échappé, excuse.

Et, comme me voilà réveillé, je lui réponds que
non, je dors pas.

— J'ai fait tous les hôtels mentionnés dans l'annuaire : pas de Théodore Spiel, assure mon ami,
plus sombre que jamais. Il a dû descendre ailleurs ;
chez des amis peut-être.

— Probable.

— Comment le savoir ?

— En téléphonant chez lui, à Saint-Paul-de-
Vence, réponds-je.

Et je bâille à en décrocher le soutien-gorge de ta
bergère !

— Tu es fou ! insurge M. Blanc.

— Oui, conviens-je, c'est ce qui fait mon charme. Vois-tu, le Suédois, ce genre de folie, je la pratique volontiers depuis le jour où, après avoir remué toute la France pour retrouver un faussaire, je me suis rendu compte qu'il était dans l'annuaire.

M. Blanc esquisse une moue incertaine. Un type de premier ordre, Jérémie. Tendre et rigoriste à la fois. Intelligent avec, néanmoins, plein de grigris dans sa vie. Dévoué, courageux, drôle.

Il réempare le bignou pour tuber aux renseignements internationaux. Les choses vont rondo. Tu vis une époque où le progrès transforme notre planète en une sorte de paquebot à bord duquel tout le monde est le voisin de tout le monde. Tout est aisément accessible, rapide, performant.

Il griffonne sur le bloc de papier frappé du sigle de notre hôtel. Théodore Spiel, mas des Horizons, Saint-Paul-de-Vence. Téléphone 93...

Il épelle posément. Tu dirais un étudiant de faculté, appliqué.

— Voilà ! fait-il en raccrochant. Et maintenant ?

— Continue !

Il va pour me poser une question, mais comprenant que c'est une sorte de petit défi que je lui lance, il compose le numéro du mas des Horizons. Depuis ma couche, je perçois l'appel, là-bas, au bout de la chère France. Deux fois, six fois, dix fois...

— Dans le cul ! soupiré-je.

Jérémie consulte sa Swatch de droite. (Il en porte une à chaque poignet, la gauche réglée sur l'heure locale, la droite sur l'heure de France, ainsi est-il toujours en liaison morale avec sa tribu !)

— Il est quatre heures du matin, là-bas ! argutie-t-il.

Je crois que c'est à la dix-neuvième sonnerie qu'on décroche. Une voix ensommeillée jusqu'à l'ahurissement, asthmate :

— Oui, quoi, qu'est-ce que c'est ?

Voix d'homme, de vieillard autant que j'en puisse juger à distance, marquée d'un accent étranger assez fort.

Et mon négus plonge. Il y va à la tranquillos, de son bel organe bien timbré :

— Pardonnez-moi de vous importuner en pleine nuit, monsieur. Je suis Jérémie Blanc de Montréal. Je vous appelle du Canada. Il est indispensable que je joigne d'urgence M. Spiel ; or il m'a donné un numéro de téléphone qui doit être erroné car personne ne répond ; pourriez-vous me le confirmer ou me communiquer le bon, je vous prie ?

Bien parlé, posé, propre, en ordre ! Un gazier qui te virgule ce blabla sur ce ton, tu marches sans te poser de question.

— Je suis le père de Théodore, fait le vieux.

— Très honoré, monsieur.

— Je sais pourquoi son téléphone de Montréal ne répond pas : depuis hier, ou ce matin, je m'y perds avec ce décalage horaire, Théo se trouve à Québec.

— Ah ! voilà... Vous avez ses coordonnées là-bas ?

— Non, mais je crois qu'il est descendu dans un hôtel réputé : *Château* quelque chose...

— *Château Frontenac ?*

— Exactement !

— Merci infiniment pour le renseignement, monsieur Spiel ; vous savez si votre fils doit séjourner longtemps à Québec ?

— Quelques jours, m'a-t-il dit.

— Voilà qui est parfait ; mille excuses pour vous avoir réveillé en pleine nuit.

Le Noirpiot raccroche. Lève ses deux bras en « V » comme un footballeur venant de marquer un but.

— Qu'est-ce que je te disais, Jérémie ?

Ses longs bras d'allégresse retombent. Il devient grave.

— Tu trouves normal, toi, qu'un homme aux desseins pernicieux tienne son vieux père au courant de ses déplacements ?

— Tout à fait normal, grand échassier du fleuve Sénégal. Une crapule, tout comme un flic, peut avoir une vie familiale. D'ailleurs j'ai idée que cet homme se tient en dehors de l'action. Ce n'est pas un chef non plus. Il doit jouer un rôle parallèle...

— Alors, que faisons-nous ?

— Tu le demandes ?

JE CONFINE

La neige tombe à gros flacons, comme le dit si
ingénument Béru. La lumière de nos phares se perd
dans des tourbillons cotonneux. Les balais d'essuie-
glace, surmenés, font un bruit agaçant et peu de
boulot. Temps à autre, la grosse limousine que nous
avons affrétée, grâce aux libéralités pinulciennes,
décrit une légère embardée, vite récupérée par le
chauffeur. Nous sommes comme dans un salon
roulant : velours et acajou. Il y a même un bar —
hélas vide — et un minuscule poste de télé —
heureusement — débranché.

Notre chauffeur drive à une allure soutenue,
compte tenu de la nature du véhicule et des intempé-
ries. On double avec lenteur de lourds convois de
camions dont les remorques chassent sur la neige.
Les voitures des ponts et chaussées, gyrophares en
action, dégagent l'autoroute tant mal que bien.

Au bout d'une plombe de trajet, César fait
coulisser la vitre nous séparant du *driver* pour
solliciter une halte-pipi imposée par le muscadet.

Docile, quelques kilomètres plus loin, l'homme se
range sur un vaste terre-plein brillamment illuminé,
où se dressent un motel avec restaurant et une
station d'essence.

— J' boirerais volontiers un p'tit què'que chose, déclare Bérurier.

Je lui réponds que je n'ai pas envie de plonger dans le froid pour aller affronter des routiers maussades autour d'un comptoir. Je vais mieux, d'accord, mais je n'ai pas récupéré totalement ma santé de jeune fille. M. Blanc partage mon point de vue. Nous sommes bien dans la confortable touffeur de la limousine. Isolés d'un monde pas bandant. On pense, on se poursuit dans une atmosphère indécise d'antichambre. Mais bon, Bérurier, tu l'empêcheras jamais de s'arroser les muqueuses quand il y a de l'alcool à « promiscuité ».

— Une p'tite bibine su' l' pouce m'arrangera la gueule de bois dont la morue qu' j'ai briffée est la cause, affirme-t-il. Un shampooing d' la glotte, y a qu' ça !

Il descend patouiller dans la neige à la suite de César Pinaud. Notre chauffeur nous demande poliment si la fumée de sa cigarette nous « nuit ». C'est un bon gros rubicond, avec une tronche absolument ronde et de grands yeux clairs. On lui répond que, du moment que la vitre de séparation est tirée, il peut se carboniser la santé à sa guise.

Alors on retombe dans notre torpeur, M. Blanc et moi.

Au bout d'un instant, il soupire :

— Tu penses à elle ?

— Evidemment, réponds-je. Te rends-tu compte, Jérémie, que je l'ai délibérément entraînée vers la mort !

— Nous ne commandons pas au destin, Antoine, c'est lui qui décide. Nous ne sommes que ses instruments inconscients.

— Je pense aussi à tout ce que j'avais promis à Marie-Marie sans le lui donner jamais ! J'aurai joué à l'homme et à la souris avec elle, pendant toute sa courte vie. Le vilain jeu de l'amour pas tenu, de l'amour mirage... Elle a grandi dans l'espoir que nous deux cela allait exister pour de bon. Elle est devenue femme. Alors la désillusion s'est opérée. Elle a tenté de fuir. D'abord en épousant un petit toubib à la con, mais ce fut un mariage blanc, le mec étant zingué du calbute ; ensuite en se lançant dans une croisade en faveur de l'enfance malheureuse. Sa manière de devenir maman sans homme ! Fumier de moi-même ! Lâche ! Egoïste ! Jouisseur ! Ma maman, ma bite, mon métier ! Sainte Trinité de mon existence de salaud !

— Ne t'accable pas, Antoine. Chacun vit comme il le peut ; ce n'est pas facile. Laisse-moi te dire, moi qui commence à te bien connaître, que tu es un type mieux que pas mal !

Il pose sa main ombre sur la mienne qui disparaît dans le noir. Sa peau est froide. Toujours, les Noirpiots !

Je mate en direction du bar, mais les vitres embuées nous en cachent l'intérieur. Alors la somnolence du chagrin me rebiche. Mon esprit musarde dans la désœuvrance de mes méninges en relâchement.

Je suis réveillé en sursaut par une bourrasque de neige.

— Montez, madm'selle, si vous voudrez vous en donner la peine ! M'sieur Pinaud va mett' vot' sac dans l' coff' ; n'est-ce pas, m'sieur Pinaud ? J' vous présente deux amis. Ayez pas peur du grand négus :

il a d' grandes dents mais n'a jamais bouffé personne, pas vrai, m'sieur Jérémie ?

« L' grand pensif dont il se vautre comme un pacha, c'est M'sieur Sanatonio, qui s' croive l' plus intelligent d'ent' nous, n'est-ce pas, m'sieur Sanatonio ? Tenez posez-vous là, mon p'tit cœur, entre moi et Pinaud. »

Nous voyons pénétrer dans le salon mobile une petite jeune fille a la mine délurée, vêtue peu chaudement d'un jean, d'un pull et d'une doudoune brûlée par des incandescences de cigarettes. Elle a un minois rigolard et elle est coiffée très court. Regard noisette, nez à la retroussette agrémenté de taches de rousseur.

— C'te p'tite pêche fait du stop, nous commente le Gros. Un routier dégueulasse l'avait prise d'puis Montréal et voulait qu'elle lui chopine l' gouvernail d' profondeur du temps qu'il conduisait ; mais elle a refusé, pas risquer un accident, av'c c't' neige ! V's êtes bien, ma gosse ? A l'aise, Blaise ? Banco ! D'où c'est-il qu'vous v'nez ? Saint-Jérôme ? Et vous allez à Québec pour faire quoi ? Voir votre grand-mère malade ? Kif l'P'tit Chaperon Rouquinos ? V's'y portez une galette et un p'tit pot de beurre aussi ? (Il rit fort.) Vous pouviez pas mieux tomber qu'av'c nous aut', ma gosse. On est les moustiquaires de France, chacun d'nous a ses avantages : M'sieur Pinaud est l'plus riche, M'sieur Sanatonio l'plus mieux élevé, M'sieur Blanc l'plus nègre, et c'est moi qu'j'ai la plus grosse queue, à titre indicatif.

« L'était encore au bar du motel quand on est partis, vot' routier abjec ? Non ? Dommage, j'y aurais fait une tronche gros comme sa calandre. Moi, des mecs qui prennent une jeune fille en stop

soi-disant pour leur rend' service, et qui cherchent à
s'faire essorer l'intime, j'révulse. Faire grimper une
gosse à son bord et tenter d'la grimper à son tour,
j'dis non ! Vous v's'app'lez comment t'est-ce ? Louisiana ? C'est joli, ça. Pas banal ! Et en dehors, d'aller
voir vot' grand-mère, vous branlez quoi dans la vie ?
Assistante médicale ? Bravo !

« Faites-vous pas d'mouron si vous trouveriez
qu'a comme une odeur : c'est M'sieur Jérémie qui
fouette un peu l'Noirpiot, en tout bien tout honneur,
vu qu'y s'brique l'fion comme un sou neuf ! Mais les
Noirs, y schlinguent toujours un peu la ménagerie en
sueur. Si vous auriez sommeil, vous pouvez poser
vot' mignonne tronche su' mon épaule, c'est rem-
bourré. (Il rit très fort.) J'avais b'soin d'une bibine,
une jolie rencontre telle qu'vous, ça r'met les idées
en place. C't'à vous ce gonflement ou si c'est vot'
pull qui fait des plis ? Vous permettez qu'j'véri-
fiasse ?

« Charogne ! Ah ! les frères Karamazov,
comment qu'y z'ont d'la tenue, Lulu ! On m'avait
prév'nu qu' c'était beau, l' Canada, mais à c'point,
j'pouvais pas conc'voir ! Et pas un pour faire chier
l'autre, hein ! Y jouent en double !

« Moi, voiliez-vous, général'ment d'ordinaire
j'm'intéresse aux femmes rembourrées. J'raffole les
vieilles salingues qu'ont l' frifri en démolition à force
d'avoir morflé du braque. Av'c elles, on sait où on
va. Pas d' pimbêcheries ni d' temps perdu. C'est tout
d' sute la grosse algarade du mat'las. E' z'ont plus l'
cœur à simagrer. E' savent qu'é jouent la montre.
Qu'y fait ramoner large, en déguster plein l'pot,
d'entrée d'jeu, avant qu' ça r'tombe. Moi, elles me
régalent toujours, les vachasses ! J'les calce cosaque,

sans présentations. Je timore jamais ! Ça rent' ou ça
rent' pas ! La littérature de poils, j'la laisse aux
mondains comme M'sieur Sanatonio qui fait semblant d'assoupir d'vant vous, mais que, n'empêche,
il a bel et bien vos cannes ent' les siennes, si jeune
Mabuse. Pour vous avouer, j'f'rais volontiers une
exception en vot' faveur.

« Donnez vot' menotte... Elle est encore glacée
d'avoir eu froid. Mettez-la là qu'é s'réchauffe. Une
main gelée, pour la récupérer rapidos, y a qu'une
braguette d'homme, j'ai remarqué. L' vrai chauffage
central du mec, quoi ! Non, non, laissez-la-z'y !
C'qu'v' sentez bouger, c'est pas un teckel à poils ras
que je planque dans mon bénouze, mais ma camarade Coquette toujours à l'affût d'la mode. Si ça
vous amus'rait d'faire l'tour du propriétaire, gênez-
vous pas ! Belle bébête, hein ? Oh ! v's'êtes pas
gentille d'vous en aller des doigts comme ça. Ça
meublait l'voiliage. Comment ? Qu'est-ce que vous
dites ? Qu'j'sus aussi dégueu qu'le routier d't'à
l'heure ? alors là, v's'êtes méchante, Louisiane.
Dégueulasse, j'l'aye jamais été et l'serai jamais.
Français, oui, j'ad'mets, dégueulasse, non ! Faut
savoir écouter la différence, comme y disent.

« Oh ! bon, v'préférez v's'asseoir ent' le Noir et
Sana ? Radasse, va ! Traîne-miches ! Ça s'fait dra-
guer par l'premier routier v'nu et ça vient vous
insulter alors qu'on l'a empêchée d'périr d'froid.
Morue ! On m'avait prév'nu qu'les Canadiennes
étaient salopes, mais à c'point, si j'eusse pu m'gaf-
fer ! J'sus là, à m'retenir d'loufer par discrétion, et ça
va tortiller son cul cont' çui d'un négro que, plus
sombre, même l'encr' de Chine y arrive pas ! »

Il tire un pet roulé, en se plaçant un peu en biais pour dégager la ligne.

— Y a des situations, dans l'éguesistance, qu' je peux pas les résumer plus clairement ! affirme l'ulcéré.

Et il s'endort.

La nuit est avancée pour son âge lorsque nous atteignons Québec. Néanmoins, le *Château Fronte-nac* brille de tous ses feux car il s'y est donné un grand raout et les derniers invités, blindés sur les bords, s'attardent inutilement en débloquant. Le réceptionniste de nuit nous déniche tant bien que mal, deux chambres à deux lits, vu que l'établissement est presque complet. Pinaud et Béru emménagent (à deux) dans une carrée du troisième, alors que M. Blanc et ma pomme, nous nous partageons une piaule du quatrième.

— Je vais vous faire conduire chez votre grand-mère par le chauffeur, dis-je à la gentille Louisiane.

Elle a des yeux couleur « tout de suite », la môme, qui scintillent joliment à la lumière du hall.

— Elle ferait une crise cardiaque si je débarquais à pareille heure ! assure-t-elle. Elle a le cœur fragile. Vous croyez qu'on me laisserait attendre le petit jour dans l'un des salons de l'hôtel ?

— Hum, c'est pas le genre des palaces, ma petite fille. Je pense que vous auriez meilleur compte de partager notre chambre, en tout bien tout honneur. On trouvera sûrement le moyen de vous confectionner un lit de fortune.

Elle accepte avec empressement. Pas bégueule, la mère ! Son berlingue, si toutefois elle l'a encore, n'a pas l'air d'être placé en tête de ses préoccupations. Bon, on s'installe. Bien sûr, Béru grommelle des insanités à propos de sa stoppeuse. Il aime pas qu'on le prend pour un con, Bébé rose. Il sort les petits culs du feu et c'est d'autres qui les emplâtrent, merci bien : toujours les mêmes qui s'la font tirer !

Nous le larguons à son étage et poursuivons notre élévation. Louisiana, dans la limousine pénombreuse, j'avais pas pu constater l'à quel point elle est roulée impec ! Charmante, gracieuse, avec d'adorables fossettes, des duvets blonds exquis, des regards à la fois puérils et magnétiques de petite fille curieuse. On aménage une couche d'appoint sur la moquette, en utilisant les coussins des fauteuils, le dessus-de-lit et une couvrante de renfort dénichée dans un placard.

Pendant qu'on lui bricole ce nid douillet, M'mzelle opère ses ablutions dans la salle de bains. Jérémie et moi, nous nous efforçons de n'y pas prêter attention afin de conserver nos manières civiles. On se prépare au bivouac vaillamment. Moi, j'ai tellement le chagrin atroce de Marie-Marie que je me sens rayé des cadres du radada à vie !

Au bout d'un temps assez long, la mignonnette réapparaît, nue comme une huître dans sa coquille. Superbe ! Je te raconte pas, ça me ferait goder malgré tout ! Des seins de madone, des hanches de violoncelle, un triangle où tu t'engloutirais plus facilement que dans celui des Bermudes ! Et une peau satinée ! Des genoux parfaits, ce qui est rarissime chez les femmes. Généralement, elles clochent par les rotules !

La gosseline fredonne. L'impudeur poussée à ce point rejoint l'innocence. Et alors, tu sais quoi, Eloi ?

Au lieu de s'allonger sur le lit que nous venons de lui construire si savamment, elle se glisse dans le vrai.

— J'espère que je ne vous ai pas trop fait attendre ? murmure-t-elle.

On vacille un peu des claouis, Jérémie et moi. On est pris au dépourvu. Lard ou cochon ? Les regards que nous échangeons ressemblent aux S.O.S. du *Titanic,* en plus pressants.

— Je prends la salle de bains ! finit par bégayer M. Blanc.

Je t'imite pas son bégaiement par écrit, car ça fait toujours con : tu te crois dans du George Sand, et même pas dans un feuilleton de *La Veillée des Chaumières* d'avant la 14-18.

Lui faut pas longuet pour se détartrer les nougats et rendre *clean* les noix de coco lui tenant lieu de burnes. Bon, à ma pomme ! Je me bâcle en quatre minutes vingt.

Lorsque je ressors, je trouve le grand déjà endormi sur le lit de (bonne) fortune. Tu penses, cézigue, l'hérédité l'emporte ! Coucher par terre, il allait pas rater l'occase. Retour aux sources ! Par contre, la Louisiana est dressée sur un coude, superbe dans la clarté ocre de la lampe de chevet, les seins à l'air, l'un de ses fameux genoux (elle en possède deux) sorti de sous le drap. Visiblement, elle m'attend. Mieux : m'espère. Pire : me convoite !

Faut que je me mette à jour avec elle.

— Ecoute, petite, chuchoté-je. Ma fiancée que j'adore vient de disparaître dans un accident d'avion et je me sens absolument inapte pour une partie de trous.

Elle a une moue compatissante.

— C'est terrible, murmure-t-elle. Mais votre vie à vous continue.

— Pour le moment, elle est au point mort.

Insensiblement, elle a dégagé toute sa jambe des couvertures et revoilà son triangle de panne à (septième) ciel ouvert ! Tantale, je déteste. C'est pas digne, comprends-tu ?

« Très bien, me fais-je en aparté, elle m'excite. Je lui saute dessus. La fourre princesse. Grimpe au fade… Metz ensuite, Antoine ? Plus saumâtre sera le réveil et plus molle la chute ! »

Mes yeux tombent (sans dommage) sur le poste téléphonique. Le recours ! La branche à quoi s'accrocher. Saisir le combiné et le tenir fortement. Je consulte mon carnet qui a survécu à l'odyssée. Compose des chiffres sur les touches du cadran. Ça serait des touches de piano, je recomposais une valse de Chopin !

En France, il doit être environ 9 plombes du matin.

— Ici Police judiciaire de Nice, j'écoute.

Une bouffée d'ail malgré le ton un peu rogue. Le gazier qui me répond s'est farci des tomates à la provençale au dîner hier soir, et il lui subsiste des exhalaisons.

— Le commissaire Laviani, je vous prie.

— De la part ?

La Louisiana, c'est une obstinée.

Pendant que j'exprime, assis au bord du lit, elle frotte sa tête linottière contre le peignoir de bain dans lequel je suis drapé. Ses mains m'enserrent la taille voluptueusement. M'est avis qu'elle doit championner, question baizouille. C'est le style de gisquette à faire étinceler son partenaire dans la simplicité, tout résidant dans l'ardeur qu'elle apporte.

— De la part ? s'impatiente mon correspondant.

— Commissaire San-Antonio.

— Quittez pas !

« On ne peut payer l'amour qu'avec l'amour », m'affirmait un vieux Calabrais. L'amour de Marie-Marie, je ne puis le sanctifier qu'en lui étant fidèle. Adieu la bête ! Tout dans le cœur ! Mon âme dans les bras, tel un gamin qu'on évacue du lieu d'un sinistre, je courrai le placer en lieu sûr, hors des funestes atteintes !

— Ecoute, Louisiana, je conçois que cette promiscuité, ajoutée à la fatigue, te mette les nerfs en effervescence. Sois gentille, va turluter le chinois de Jérémie. Tu te rends compte d'un réveil exquis ? Sans bruit tu t'agenouilles devant lui, tu lui extrapoles la membrane et le fais monter en mayonnaise.

— C'est toi qui me plais ! riposte-t-elle.

— Je te dis que je suis hors circuit, petite... Allô ! Alphonse ?

J'ai Laviani en ligne. Tout proche. Le Corsico est pimpant, je devine sa couenne bleue rasée de frais, son regard d'aigle, affligé d'un mignon strabisme convergent, plus coincé que d'ordinaire.

— C'est toi, Antoine ? Ben dis donc, il t'en arrive des fumantes ! Ce que je suis heureux que tu te sois arraché à cette sale affaire ! D'où appelles-tu ?

— Québec ! J'ai besoin de toi.

— Tu es sûr que Québec relève des Alpes-Maritimes ?

Mais je ne suis pas tellement partant pour la débloque.

— Ecoute-moi, Alphonse, Théodore Spiel, expert en philatélie, demeurant à Saint-Paul-de-Vence, ça te dit quelque chose ?

— Pourquoi me poses-tu cette question ?

— Parce que ce type m'intéresse.

Il répond sourdement :

— Moi aussi !

— Alors, je t'écoute.

— Explique-toi d'abord.

— Ce serait trop long et le temps presse, mais tu ne perds rien pour attendre. Sache que ce mec est dans le même hôtel que moi en ce moment et qu'il me paraît tremper dans une sombre béchamel.

— C'est un pourri à qui j'aimerais arracher la tête, assure mon confrère.

— Qu'est-ce qu'il t'a fait ?

— Il nous prend pour des cons.

— Peut-être a-t-il ses raisons, ricané-je inopportunément.

Mais Laviani n'a pas de susceptibilité mal placée.

— C'est un mec tout-terrain, affirme-t-il. On le soupçonne de toucher à tout : la came, le trafic des bagnoles de luxe volées, le blanchiment du fric illégal, les faux talbins, tout, je te dis ! Un touche-à-tout de génie. Le Jean Cocteau du crime. Impossible de le coincer. Il a un passeport helvétique, bien qu'il soit un mec étrange venu d'ailleurs. Sa véritable identité, c'est le jeu des Sept Erreurs ! Une charade ! Un rébus inextricable. Dix fois on a failli le coincer, dix fois il s'en est sorti avec les excuses de nos services ! Il a des protections en or massif !

— Côté canadien, quelque chose de particulier à signaler ?

— Je n'ai rien appris, mais avec cette charogne ambulante ça ne veut rien dire.

— A quoi ressemble-t-il ?

— Comment ! Tu me dis que vous êtes dans le même hôtel et tu ne le connais pas ?

— Je viens d'arriver.

— La quarantaine. Beau gosse. Bronzé, élégant, le regard ensorceleur. Il couche les gonzesses sur son passage comme un moissonneur les épis de blé. Bagnoles sport. Golf. Yachting ! Tu vois le genre ?

— Je vois. Alphonse, tu vas me rendre un service.

Ça y est ! L'impulsion ! un phénomène purement san-antoniesque. Des décisions prises sans l'ombre d'une réflexion, tout à trac. Ça m'arrive d'où ? L'inspiration ?

— De quoi s'agite-t-il ? demande Laviani avec humour ; car je ne suis pas le seul à en avoir dans la police.

— Tu as déjà eu affaire personnellement à Spiel ?

— Je l'ai rencontré plusieurs fois, en effet.

— Donc, il te connaît ?

— Comme le houblon.

— Parfait. Tu vas l'appeler à l'hôtel *Château Frontenac* où nous résidons, voici le numéro.

Il prend note.

— Et je lui dis quoi ?

— Que sa Lotus qui se trouve au parking de l'aéroport de Genève vient d'être dynamitée, et que le autorités helvétiques cherchent à le joindre.

— Il ne va pas piger que j'aie son numéro au Canada.

— Dis-lui que tu as su qu'il se trouvait à Québec par un monsieur de sa villa, je crois qu'il s'agit de son dabe, mais reste évasif. Au besoin, s'il te pose trop de questions, coupe la communication.

Je consulte ma montre.

— Appelle-le d'ici une demi-heure, j'ai certaines dispositions à prendre.

Voilà. Entièrement récupéré, ton Antoine. Paré pour l'action.

Je me resaboule vite fait. Jérémie en écrase avec application. La petite Louisiana, déconfite, est assise en tailleuse (en aucun cas elle ne saurait passer pour un tailleur dans la posture où elle se tient et qui révèle le centre géographique de ses charmes) sur le lit, le dos au montant. Elle me considère avec curiosité.

— Vous êtes de la police ?

— Dans les grandes lignes.

— Française ?

— Oui, mais depuis Jacques Cartier nous marchons main dans la main avec la police canadienne.

— Où allez-vous ?

Voilà qu'elle s'est remise à me voussoyer : la considération.

— Si on te le demande, réponds que je ne t'ai rien précisé.

Je sors.

L'immense hôtel, solennel, avec ses boiseries, ses tentures opulentes, ses grandes fenêtres, donne, à cette heure nuiteuse, un sentiment de solitude compassée. Désert et silence ! Seul bruit : le léger cliquetis de l'ascenseur qui me descend.

Dans le hall, c'est le Sahara. Les lumières ont été placées en position « nuit », c'est-à-dire qu'il en subsiste un cinquième environ. Le comptoir de la réception est vide. J'explore les lieux et découvre le central téléphonique. Un préposé dort, renversé dans un fauteuil, la bouche ouverte. C'est un homme chauve, au crâne carré. Ses mains potelées d'honnête homme sont croisées sur son ventre. Près de lui, se trouve une bière entamée et les restes d'un sandwich pain de mie au jambon-moutarde.

J'ouvre la porte vitrée, doucement, mais ça le fait sursauter néanmoins.

— Pardonnez-moi, murmuré-je.

Il me visite la frite et ses yeux s'agrandissent.

— Saperlipopette (1) ! dit-il, n'êtes-vous pas celui que les journaux et la télé appellent « Le rescapé d'Axel Heiberg » ?

— Si fait. Bravo, vous êtes bougrement physionomiste.

Il l'admet avec un brave sourire.

— Je vous croyais à l'hôpital de Montréal ? s'étonne-t-il.

— J'en suis sorti, lui apprends-je, n'au cas où il en douterait. Vous connaissez ma profession ?

— Il paraît que vous seriez un as de la Police française ?

— Oh ! un as, n'exagérons rien, disons simplement que je constitue son meilleur élément.

Je lui montre ma carte. Il la regarde avec dévotion, se retient de la baiser comme il le ferait d'une image pieuse, et soupire.

— On vous aime beaucoup au Québec.

— Et moi, je vénère le Québec. C'est l'un des ultimes bastions de la langue française. Vous permettez ?

Du doigt, je consulte la liste des clients. En regard des noms figure le numéro de leur chambre.

_____

(1) Interjection familièrement employée au Québec pour marquer la surprise.

Spiel! Suite 627-28.

— Vous vous prénommez bien Albert ? fais-je au standardiste.

— Non : Cyprien.

— Mande pardon, je confondais avec le mari de ma pédicure. Eh bien, Cyprien, vous voyez ce nom ?

Il regarde, lit « Spiel » opine.

— D'ici cinq minutes, cet homme va recevoir un appel de France.

— Comment le savez-vous ?

— Allons au plus pressé, ami : je sais tout ! Y compris survivre à un détournement d'avion.

Légère tape amicale à sa nuque.

— Lorsque cet homme aura reçu la communication dont je vous parle, il est probable qu'il composera un ou plusieurs appels depuis sa suite.

— Vous croyez ?

— Cyprien, mon grand, je t'ai dit que je savais tout ! Ou presque, car il y a un détail que j'ignore. Est-il possible d'écouter ici, les communications passées depuis une chambre ?

Ça paraît presque l'indigner, une telle question.

— Oh ! non, vous n'y pensez pas !

Je ressors ma carte de police et la lui montre de nouveau. Faut que ça devienne obsessionnel, comprends-tu ? Magique ! Sinon, l'homme oublie à l'instant.

— Si je te disais, Cyprien, que des choses terribles risquent de se produire dans l'hypothèse où je n'interviendrai pas d'urgence, tu me croirais, n'est-ce pas ? Prends ton temps, regarde-moi au fond des yeux, comme notre bon Giscard regardait la France au point de lui flanquer une conjonctivite, et réponds à ma question.

— Oui, je vous crois, fervente le digne Québécois.

— Alors débranche les lignes 627-28 de manière à ce que M. Spiel soit obligé de passer par toi pour obtenir une communication. Il va s'étonner. Tu lui répondras alors que le service des téléphones profite de la nuit pour améliorer le réseau de l'hôtel, mais que la ligne du standard reste en service et qu'il suffit de passer par elle.

Visiblement, je le subjugue, ce chéri.

Il étend la main vers son tableau constellé de trous et de petits clapets, abaisse deux de ces derniers.

— Cyprien, dis-je. Je pense que, par ce simple geste, tu viens de faire beaucoup pour ton pays.

Le plus fort c'est que je suis sincère. Mes pressentiments, tu connais ?

Quand je franchis l'arceau de sécurité pour foncer dans mes impulsiveries, c'est que mon lutin intérieur a pris le relais. Que ma personnalité est en pilotage automatique.

— Vous croyez ? souffle mon nouvel ami, gagné à ma cause jusqu'aux sphincters.

Pour toute réponse, je le prends par l'épaule.

— On m'avait prévenu que les Québécois étaient sympas ; mais sympas à ce point, je crois rêver.

Et alors, pile, le turlu turlute. Cyprien dégoupille la valve d'admission pour se laisser beurrer le tympan. Il écoute et me vote un clin d'œil admiratif.

— Ne quittez pas !

Branche une fiche au 628 (la partie roupillette de la suite).

— Un appel téléphonique en provenance de France, monsieur Spiel.

Il m'interroge du regard pour me demander s'il

doit conserver l'écoute. J'opine. Pudique, il me tend le combiné.

Théodore possède une belle voix de basse noble (à moins qu'elle ne soit l'effet du sommeil).

— Ici Théodore Spiel, fait-il.

Il prononce « Chpiel ». Mon confrère niçois (ô niçois qui bien y pense) déclare, la voix extrêmement professionnelle :

— Ici le commissaire Laviani, de la Police judiciaire de Nice.

Stupeur du pseudo philatéliste qui déverse des points de suspension, entrecoupés de points d'interrogation comme s'il en pleuvait.

— Comment avez-vous eu mon adresse ? finit-il par béer.

— Par un monsieur de votre villa, âgé m'a-t-il paru. Je suis chargé de vous prévenir, de la part de la police genevoise, que votre voiture que vous aviez laissée au parking de l'aéroport a été plastiquée.

— Ma Lotus ! il s'écrie, le Spiel.

T'as beau être plein d'osier, quand tu es amoureux des tires sport, ça t'arrache le cœur et les couilles d'apprendre qu'on t'a nazé ton beau jouet.

— Il n'en reste qu'une plaque d'immatriculation, appuie méchamment Laviani, pas mécontent de faire chier ce vilain retors. C'est grâce à elle que nous avons pu découvrir que vous étiez le propriétaire de la voiture. Dites-moi, j'ai l'impression que vous avez des ennemis un peu partout, Spiel !

Silence.

— On est sûr que l'attentat s'est exercé sur ma voiture, ou bien a-t-elle été sinistrée lors d'une explosion plus généralisée ?

Un phraseur ! Il porte et parle beau. Cherche ses mots, les veut de qualité.

— Non, non, Spiel, c'est bien votre Lotus qu'on a pulvérisée !

Laviani aussi trouve des mots éloquents.

— Des voyous, fait Théo, la voix éteinte.

— Je souhaite pour vous que vous ayez raison, déclare Laviani. Vous rentrez bientôt ?

— D'ici deux ou trois jours.

— Faites attention à vos os, mon cher ! Numérotez-les, on ne sait jamais, des fois que vous subissiez le sort de la Lotus !

Et Laviani raccroche. Bravo ! Il mérite la note maximale. L'autre doit les avoir au caca maintenant. Se perdre en sinistres conjectures. De toute façon, il va réagir dans les minutes qui viennent ! C'est humain. Il ne peut se recoucher et pioncer après une telle nouvelle.

J'attends, crispé, l'œil sur la vaste cadran du merveilleux palace. « Le *Château Frontenac* » : célebrissimo. Cyprien tortille ses larges meules sur son siège.

— Vous croyez qu'il ?

— Oui, Cyprien. Il va te sonner avant que tu aies eu le temps de lire la magnifique *Encyclopédie du Canada* que vient d'éditer mon ami Alain Stanké.

Drinng !

C'est bien Spiel.

Déjà !

Je flanque une bourrade à Cyprien. Il se marre silencieusement. On s'adore déjà, les deux.

Le Théodore, il renaude mochement. Invective que qu'est-ce que c'est que ce travail, on ne peut plus composer un téléphone depuis sa chambre, maintenant ? Le plus réputé hôtel du continent américain ! On se moque, ou bien ?

Mon Cyprien, de plus en plus parfait, récite son compliment : des travaux de réfection nocturnes au central pour que les clients soients mieux servis, plus complètement comblés. On les effectue de nuit afin de moins perturber les usagers, mais il peut obtenir n'importe quel numéro dans le monde grâce aux trois lignes privées de l'hôtel qui, elles, demeurent en service.

Ça calme le nergumène. Il veut dare-dare le huit cents, cent quatre-vingt-huit, mille trois cent trente-trois. Et que ça saute !

— A votre service, monsieur Spiel !

Je fais signe à mon pote Cyprien de composer. Pendant qu'il pianote, je plonge dans l'annuaire téléphonique répertorié par numéros. Celui que Spiel vient de réclamer correspond à un service neurologique de l'hôpital Sainte-Folasse de Québec. Une dame décroche. Spiel lui réclame le docteur Electre Hochok de toute urgerie. Mon sentiment c'est que la préposée de nuit va l'envoyer ramasser des pelosses avec son petit panier d'osier, mais point du tout. Juste elle s'informe de la part de qui est-ce.

— Docteur Théo Dhor ! répond Théodore.

Et bon, le voici en contact auditif avec le médecin demandé, lequel est une doctoresse, comme son prénom pouvait le donner à penser. Et ça donne ceci :

— Pourquoi m'appelez-vous ?

Au lieu de répondre, le zig à la Lotus demande :

— C'est toujours prévu pour tout à l'heure ?

— Nous sommes en pleins préparatifs. Pourquoi ?

— Je n'irai pas vous rejoindre.

— Sans vous l'opération est impossible, vous le savez bien.

— On vient de me téléphoner d'Europe pour m'annoncer qu'on a plastiqué ma voiture dans le parking de l'aéroport de Genève.

Tu crois que la toubibesse Electre Hochok ça lui fait pisser du poivre en grains, cette nouvelle ? Calmos, elle répond :

— Et après ?

— Comment, après ! Vous ne comprenez donc pas que quelqu'un veut me nuire ?

— Ça change quoi, dans le cas présent ? Ne seriez-vous pas en train de perdre les pédales, Théo ? Que des vilains vous cherchent noise en Europe ne peut modifier votre mission au Canada. Vos sales boulots de là-bas vous ont valu des inimitiés, problablement ; mais je suppose qu'ici vous êtes à peu près *clean*, non ? Venez le plus tôt possible, j'aimerais vous administrer un sédatif avant l'opération. Elle est prévue pour sept heures. Maintenant, vous allez m'excuser, mais le devoir m'appelle.

Y a des gens, pour un oui, un non, ils sont capables de t'entonner *la Marseillaise* et de te la chanter juste de part en part, sans en rater un couplet. Des vieux surtout, qui firent partie, comme beaucoup de Français, de la manécanterie du Maréchal Pétain, puis, tout de suite après, de celle de Charles de Gaulle. Y a jamais eu mieux que ces deux-là pour marseiller en foule. Je sais des mecs qui sont passés de l'un à l'autre sans s'en apercevoir, tant ils poussaient notre hymne national haut et fort, les yeux clos d'extase patriarde.

En regagnant ma turne, je fredonne l'Allonzen-
fants d'allégresse. Je suis content de moi. Je
confine, y a pas. Au génie. Au sublime ! Je
pourrais me mettre devin, un jour, si le foutre me
prend. Marc de café et de Bourgogne, tarot, taches
d'encre, lancé de sperme, ligne (à haute tension) de
la main !

Je m'attends à trouver Louisiana et Jérémie zonés
ensemble, mais non ; les choses sont inchangées : le
Noirpiot pionce, et la gosse m'attend. C'est le
monstre coup de cœur que je lui inspire ! Elle me
veut tout cru. Navré de la décevoir. J'eusse aimé
laisser un meilleur souvenir de mon passage au
Canada. Ça m'aurait comblé que quelques belles se
chuchotent mes prouesses, le soir à la chandelle (de
remplacement). Qu'elles me perpétuent la légende
et aillent dire partout l'à quel point il l'a forte et
vibrante, Sana ! Le combien il sait s'en servir pour
battre les œufs en neige ! Mais la mort de Marie-
Marie, ma petite chérie de toujours, m'émascule.

Je donne une tape sur la joue de Louisiana et une
seconde sur son derrière de chérubine.

— Ta grand-mère, je lui dis, a la plus ravissante
petite fille du Canada, de Québec à Vancouver.

Elle répond :

— J'ai plus de grand-mère.

— Alors c'est du flan, ta visite chez elle ?

— Ça inspire confiance.

— En réalité, tu viens faire quoi, ici ?

— Chercher du travail. Je commençais à m'en-
nuyer ferme à Saint-Jérôme.

— C'est vrai que tu es assistante médicale ?

— Tout à fait exact.

— Tu connais, toi, un chirurgien femelle nommée Electre Hochok ?

— Oui, de réputation. Elle a publié des ouvrages sur le cerveau qui font autorité. Elle travaille souvent aux Etats-Unis et donne des conférences dans le monde entier.

— Tu as déjà travaillé dans des hôpitaux ?

— J'y ai fait ma formation.

— Tu serais partante pour m'aider à réaliser un travail assez particulier ?

Elle répond, avec son adorable accent sous cellophane :

— Quand on a le béguin d'un homme, on fait tout ce qu'il désire !

Ils vont encore me traiter de macho, mais j'aime bien qu'une frangine me tienne ce langage !

LES CADEAUX DU CIEL

C'est un frangin, Cyprien. L'élan du cœur, le don de soi, il connaît, il pratique. Avec lui, foin de fallacieuses promesses : il sonne avant que tu demandes. S'est mis en quatre et en tire-bouchon pour me fournir tout ce dont j'avais besoin, jusqu'à y compris sa bagnole. De nos jours, les mecs te prêtent plus volontiers leur gerce que leur tire. Ils savent qu'une petite chevauchée sur une monture de Jacob-Delafon répare les éventuels dégâts infligés à leur compagne ; tandis qu'une chignole, si tu l'infliges un gnon ou joues au nœud volant avec la boîte de vitesses, ça laisse des traces coûteuses.

Mais Cyprien, c'est ma belle rencontre. Mon pote d'une nuit, à conserver toute la vie. Faudra qu'il vienne passer ses vacances à Saint-Cloud ! M'man l'initiera aux « oiseaux sans tête » et à la « blanquette de veau ». Moi, je l'ingurgiterai de l'Yquem en lui expliquant bien l'en quoi ça consiste. Donc, il nous fournit tout le bidule souhaitable. Il m'aurait pas raconté qu'il est marida, gentil à ce point, j'allais le croire chevalier de la rondelle, messire ! Amoureux de ma pomme, comme la Miss Louisiana. Mais non, c'est juste de la sympathie admirative. Un besoin de ferveur.

Alors nous voilà sur le sentier de la guerre : la gosse, Jérémie et ma pomme.

Le temps est venu de te raconter Théodore Spiel. Il en crache, cézigo ! Frime d'aristocrate bronzé, tempes un tantisoit poivre et sel sous la casquette sport à carreaux. Il porte un lardingue en poil de chameau, une écharpe de lainage beige assortie à la gâpette, des gants fourrés ! J'ai pas le loisir de bien le flasher, depuis la petite Chevrolet de Cyprien où je le guignoche, mais il me semble que son viage est vachement crispé sous la visière de sa casquette. Il descend de son taxoche et s'engouffre, le dos rond, dans le porche de l'hôpital.

Ça fait une demi-plombe au moins que Jérémie et Louisiana y ont déjà pénétré, vêtus de blouses blanches procurées par le standardiste de nuit.

Je déquille de ma voiture et entre à mon tour. Le « philatéliste » s'annonce à l'entrée où une dame bourrée d'heures de vol, la chevelure d'un blanc bleuté, affublée d'énormes lunettes également bleues est en train d'écluser un caoua frais tiré au distributeur du hall. Je laisse Spiel se présenter.

La préposée moule son caoua pour lui montrer le chemin, vu qu'à cette heure hyper-matinale l'établissement fonctionne au ralenti, sur la pointe des pinceaux. Ils sortent par une double porte battante (comme une pluie d'été).

Je fais ni une ni plus : je les suis. Moi aussi je porte une blouse blanche, avec mon pardingue jeté par-dessus et j'ai un cache-nez, pour cacher mon nez, et des lunettes fumées pour celer mon regard pétillant d'esprit.

Le couple disparaît au détour du large couloir où des lits vides, montés sur roulettes, sont stationnés dans l'attente de malades. Juste comme j'atteins le couloir transversal, la dame aux crins bleutés me surgit contre. Elle marque un arrêt et demande :

— Qui êtes-vous, je vous prie ?

Et moi, sans défaillir d'un cil :

— Docteur Montesquieu. J'ai rendez-vous avec le docteur Hochok pour lui apporter l'esprit d'Eloi aux fins de transplantation cérébrale.

— Troisième porte à gauche, mais le docteur s'apprête à opérer.

— Je sais, c'est bien pour cela que je suis ici.

Une marque de vif intérêt éclaire son doux visage maternel qu'on imagine penché sur le berceau de ses petits-enfants, leur faisant des « arre, agre » de vieille connasse.

— Vous êtes peut-être le médecin traitant de M. le conseiller politique ?

— En effet, sautapiedjointé-je.

— Votre visage me disait quelque chose. J'ai dû vous voir dans la presse, photographié au moment de l'hospitalisation de M. le conseiller politique.

— Peut-être. Merci infiniment, chère madame.

Le docteur Electre Hochok, je vais te dire : c'est une réelle beauté. Une gerce brune, roulée impec, dans la tradition des Juliette Greco, Anouk Aimé, Françoise Fabian, Carole Bouquet, pour te situer la gerce. Tout en elle est sombre et ardent. Juste, je lui reprocherais de pas s'épiler les sourcils qui, très fournis, noircissent un peu trop son visage. Elle a subi une cruelle mutilation, puisqu'il lui manque le bras gauche. A sa place, on lui a affublé (1) une

(1) Fais-moi l'honneur de penser que je suis conscient de l'impropriété de cette tournure de phrase et que j'en use

prothèse pas bandante le moindre, articulée sans
sophistication. Juste elle peut tenir un sac à main
plaqué contre elle avec ce bras bidon, mais s'épiler la
chatte ou trier les lentilles avec cette vilaine pat-
toune rigide, en matière lisse, légèrement verdouil-
larde — et ô tristesse, ornée d'une bagouze aussi en
toc que la main qui la porte —, faut point trop y
compter.

Elle n'est pas en blouse blanche mais en tailleur
simili Chanel. Et s'est équipée d'une lampe frontale
au rayon mince et intense, genre laser. Elle tient un
dossier de sa main valide.

— Vous y êtes ? demande-t-elle à Spiel.

Celui-ci est assis dans une chaise roulante. On lui
a fixé une sangle autour de la poitrine afin qu'il ne
tombe pas de la chaise si, d'aventure, quelque
faiblesse l'amenait à piquer du nez. Il est en bras de
chemise et semble un peu flottant.

— Oui, j'y suis, répondit-il assez fermement tout
de même.

Un infirmier baraqué comme un rugbyman se met
à pousser la chaise. Le docteur suit.

Je te précise nos positions. Jérémie, en blouse
blanche, ressemble à un éclair au chocolat qui serait
tombé dans une jatte de *milk*. Un badge fixé à son
revers le donne pour le « Docteur Thomas ». La
petite Louisiana, également badgée, est donnée
comme étant l'aide soignante Dorothée Tère. Jérémie a un stéthoscope au cou, Louisiana un tableau
de température à crochets sous le bras et cinq
crayons dàns la poche supérieure de sa blouse.

---

uniquement pour montrer à toute la grammairerie française et
Dom Tom (de Savoie) que je la compisse.

Comment qu'ils se sont démerdavés pour investir l'hosto et y faire leur trou, ces deux-là, faudra qu'ils me le racontent plus tard, je le mentionnerai dans mes mémoires. N'en tout cas, chapeau !

Pour ma petite part, je cherche à me faire oublier. Dans un établissement de ce genre, à partir du moment où tu es loqué d'une blouse, plus personne ne s'occupe de toi Faut dire aussi que nous sommes favorisés par l'heure extra-matinale. L'hosto n'a pas encore adopté sa vitesse de croisière « jour ». C'est plein de femmes de peine et d'hommes de joie qui promènent des pattemouilles sur le carrelage ou qui fourbissent les vitres à la peau d'siamois (comme dit Béru).

Le docteur Hochok, Théodore Spiel et son cornac gagnent l'ascenseur et descendent au niveau « P ». J'attends que leur cabine soit arrivée à destination pour en affréter une seconde. Jérémie et Louisiana, quant à eux, se sont déjà élancés dans l'escalier.

Au « P » c'est carrément la solitude des grands espaces. Juste une grosse Noire qui lave avec l'énergie du désespoir un sol plus brillant qu'un solitaire de quinze carats dans la vitrine de Cartier.

J'entends le bon docteur Thomas demander à cette personne de sa couleur si elle n'a pas vu passer le docteur Hochok. La dame qui lave plus blanc que le propre répond d'un ton plein de « me faites pas chier, merde, si vous croyez déjà que c'est marrant de fourbir un couloir qui n'en a pas besoin, avec mes varices, mon fibrome, mes cinquante-cinq ans de galère, ma négritude perdue dans les froidures canadiennes, mon fils qui se shoote au L.S.D., ma fille qui se laisse tromboner par toutes les bites volantes passant à portée de miches, mon époux

ivrogne, ma bagnole qui a besoin de pneus neufs, ma
vieille chienne Dolly qu'il va falloir piquer » que la
doctoresse est en salle 8.

Le couple Jéjé-Louisiana remercie d'un double
sourire à la noix de coco-framboise et s'en va. Je le
suis.

Je pige, en arpentant le large couloir, qu'il dessert
les blocs opératoires. Chacun comporte un sas, suivi
d'un vestiaire stérile et de la salle d'opération. Je le
constate car des techniciens travaillent dans l'un
d'eux pour y aménager du matériel nouveau et les
lourdes béent.

Je recolle au duo afin de composer un trio de
qualité. Le Noirpiot et ma pomme, on se regarde.

Perplexes.

Dans ce genre d'aventure, y a toujours le moment
où tu te dis « Et maintenant, Fernand ? », même si
tu te prénommes Antoine, Jérémie ou Balthazar. Or
donc, « et maintenant » ?

— Tu as des idées ? murmure M. Blanc.

— Non, réponds-je, et pas de pétrole non plus.

— Ils sont au « 8 », m'informe cet inestimable
auxiliaire.

— Je sais, j'ai entendu.

Et voilà qu'il me vient, non pas une idée de génie,
mais une démangeaison dans l'oreille. La nature
ayant prévu ce genre de tracas, je m'auricule du petit
doigt.

A ce moment pathétique, la porte du bloc 8
s'ouvre, sortent trois personnes : deux femmes et un
homme. Ce dernier étant l'infirmier qui poussait le
fauteuil roulant de Spiel.

Ils maugréent, ces gens. L'une des deux gonzesses
surtout.

— C'est la première fois que je vois ça !

— Ça doit rester top secret, philosophe l'infirmier, vu les fonctions de Sébastien Branlomanche.

— Elle nous a dit d'aller attendre à la cafétéria,
reprend la grincheuse.

— Eh bien, allons-y, fait le rugbyman, philosophe.

La fille qui n'a encore rien dit, murmure :

— Je voudrais me marrer si la panthère noire
avait un problème et qu'on apprenne qu'elle a
renvoyé l'anesthésiste pendant l'opération. Avec
son bras pourri, elle est même pas foutue de faire
une piqûre.

Ils se dirigent vers les ascenseurs.

— Penses-tu, c'est bénin comme opération,
déclare l'autre femelle grincheuse.

— Rien ne l'est ! objecte sa potesse. Tu connais la
devise de notre job : « tout acte clinique comporte
des risques. » Ah ! s'il pouvait y avoir un os, ça lui
ferait les pieds ! J'aimerais que le conseiller ait une
crise, qu'on rigole.

Et bon, ils sont partis après nous avoir enveloppés
de leurs regards indécis. Tout le monde se fout de
tout le monde : ça aide. Tu peux crever sur le
trottoir sans déranger personne !

— Dieu est avec nous ! déclare gravement Jérémie en déponnant l'épaisse porte du bloc « 8 ».

Le sas est vide. On s'y faufile. Seconde porte. Je
l'écarte tout juste. Ça fouette le désinfectant et aussi
d'autres odeurs chavirantes. Le vestiaire est également vide. On s'y coule. Troisième porte. Elle est
munie d'un hublot, à hauteur de regard. Je virgule
un z'œil. Alors, bon, ça se présente de la façon
suivante. Au centre, une table d'opération avec le

large réflecteur à facettes multiples comme ciel de lit. Un gonzier est attaché à la table. Il est sous perfusion. Je n'aperçois que la plante de ses pieds et son nez, très long, érigé entre ses pinceaux, comme un clocher, dans le lointain, au fond d'un vallon. Il doit posséder un tarbouif monumental M. le conseiller politique. Le pique-bise des grands baiseurs.

Le docteur Electre Hochok est assise à sa droite. Le fauteuil roulant de Spiel se trouve à sa gauche.

Aucun bruit ne nous parvient. Les montants de la porte au hublot sont garnis de caoutchouc. Je sors mon stylo à bille, le démonte rapidement pour obtenir un tube que j'enfonce lentement dans l'épaisseur du gros joint. Ensuite ne me reste plus que d'amener ma meilleure oreille à l'orifice de mon conduit improvisé.

Géniale idée ! J'entends tout comme avec un cornet acoustique. Pour ton gouvernail, comme dit Béru, je te répète fidèlement les paroles de la panthère noire, comme l'a surnommée l'une de ses assistantes, et ce sobriquet doit lui convenir admirablement.

— Vous vous sentez à l'aise, monsieur le conseiller ?

Une voix qui m'est à peine perceptible répond qu'oui.

— Détendez-vous au maximum, reprend Electre Hochok. Tout va bien... Tout va très bien... Vous nagez dans la félicité...

Elle avance la main vers une petite table chromée et branche un appareil. Une musique suave retentit.

— Vous vous rappelez votre ami Théo Spiel, monsieur le conseiller ?

— Oui...

— Il est ici. Il va vous prendre la main. Prenez la main de M. le conseiller, Théo. Et pressez-la-lui chaleureusement. Vous êtes très amis, n'est-ce pas ? De bons amis à la vie à la mort. Vous pouvez tout vous dire, tout vous demander. Vous vous souvenez de Saigon, n'est-ce pas ? C'est là-bas que vous vous êtes connus et vous avez gagné énormément d'argent ensemble en évacuant les fonds des gens riches, que la situation effrayait. Votre statut de diplomate vous permettait de les transférer au Canada, c'est exact, n'est-ce pas ?

Elle fait un signe à Spiel.

Ce dernier a dû apprendre sa leçon parce qu'il demande, d'une voix neutre :

— Tu te souviens, Bastien ? C'était le bon temps. J'organisais des partouzes à la maison. On s'envoyait des pépées pas ordinaires, des petites Viets au corps de garçon, sans compter les garçons eux-mêmes ! Tu te rappelles Tong-Sing ? Tu le fourrais comme un dieu !

— Oui, c'était le bon temps ! murmure « l'opéré ».

— J'ai des photos de ce temps-là, Bastien. On te voit enfiler Tong-Sing tandis qu'une gamine nubile lèche tes roustons : féerique.

Il rit. L'autre rit également.

— Je te les montrerai. C'est vraiment des clichés artistiques.

— Oui, tu me les montreras !

Un temps. La doctoresse pose son unique main sur les yeux de son patient (qui doivent être clos, je présume).

— Vous êtes bien, monsieur le conseiller. Jamais vous ne vous êtes senti dans une telle forme. Votre check-up, pour lequel vous êtes venu à l'hôpital Sainte-Folasse, est excellent. Vous allez vivre jusqu'à cent ans ! Vous êtes content ?

— Très content.

— Maintenant, Théo va vous parler du général Chapedelin, d'accord ? Surtout ne vous énervez pas, tout s'est bien passé : le général est mort et vous voilà à l'abri du grand danger qu'il représentait pour vous. C'est grâce à Théo. Vous en convenez ?

— Oui, grâce à Théo, fait le médium.

— Sans lui, vous seriez en prison. Vous vous rendez compte, monsieur le conseiller ? Un homme de votre réputation ? En prison ! C'est Théo qui a organisé l'attentat contre ce salaud de général. Vous ne l'oubliez pas ?

— Non, non, c'est Théo.

— Et tu sais, Bastien, reprend Spiel, ça n'a pas été facile à mettre sur pied, et ça a coûté un saladier. Par les temps qui courent, les tueurs à gages réclament des fortunes. Tu te souviens qu'au début j'ai refusé de m'occuper de ça ; mais tu as tellement insisté... D'ailleurs j'ai un enregistrement de notre conversation, je te le ferai écouter. Tu me suppliais d'intervenir. Tu me promettais la lune. En quelque sorte, tu me délivrais un chèque en blanc. C'est juste ou pas ?

— Juste, Théo ! Juste !

— Parfait. Heureux que tu le reconnaisses !

Parvenu à ce point de mon indiscrétion, je me dis que j'ai mis le doigt sur un fameux sac de nœuds ! Ça vaut le coup de se faire mal aux genoux et de bicher le torticolis du siècle pour assister à pareille séance. Comme Jérémie, lui, reste sur sa faim, je brandis

mon pouce levé en ponctuant d'une mimique élo-
quente, qu'il pige bien qu'on est en train de puiser
du premier grand cru classé au tonneau de la vérité,
comme le disait Canuet, de son temps, et qu'il
prenne patience, je l'affranchirai très bientôt.

— Si on a profité de ce check-up que tu es venu
faire pratiquer discrètement à Québec pour avoir
cette conversation, poursuit Spiel, c'est parce qu'il
faut mettre les pendules à l'heure, Bastien. Tu as
une ardoise monumentale à régler, tu ne nies pas la
chose, j'espère ?

— Non, non, je suis d'accord.

— Bravo. Le docteur va t'expliquer ce que nous
attendons de toi. A vous, Doc !

Un silence. Je suppose que la dame à la main
bidon doit régler sa musique car les sonorités
diffèrent. Ce qui sort du diffuseur fait songer à de la
musique chinoise. C'est nasillard, mélopesque, per-
cutif, persécuteur et te lime un tantisoit la nervouze.

Electre Hochok prend une voix encore plus extra-
terrestre qu'auparavant. Là, fais confiance, j'assiste
purement et humblement à un dédoublement de la
personne alitée. On est en train de manœuvrer le
subconscient du conseiller politique, de conditionner
ses méninges pour obtenir de lui un truc pas
extrêmement catholique.

— Monsieur le conseiller, demain soir, vous allez
dîner en compagnie du Premier ministre dans un
salon particulier du *Ritz Carlton*. Il y aura là le
ministre des Affaires étrangères, son homologue
japonais ainsi que deux hommes d'affaires nippons
très importants, exact ?

— Exact, chuchote le « patient ».

— Nous vous remettrons un petit appareil enregistreur pas plus gros que deux paquets de cigarettes et muni d'une ventouse spéciale. En cours de repas, vous vous arrangerez pour fixer l'appareil sous la table. La chose n'aura rien de compliqué. Vous aurez simplement à enclencher un bouton noir avant de poser l'enregistreur.

« Ensuite, ne vous occupez plus de rien. Il sera récupéré par quelqu'un du service puisque les mesures de protection cesseront au départ des invités. Etes-vous d'accord ? »

Un silence.

— Je vous demande si vous êtes d'accord, monsieur le conseiller ?

Re-silence. Je devine que ce qui subsiste de conscience à cet homme ramène sa fraise. Même les gredins ont des états d'âme.

— Pourquoi enregistrer la conversation ? demande-t-il. Je pourrais aussi bien la rapporter ensuite ?

— Vous le feriez dans ses grandes lignes, mais, c'est du mot à mot que nous voulons, monsieur le conseiller.

Spiel intervient :

— Bastien, je t'ai prévenu que le moment de payer la note était venu. Les gens qui ont réglé ton problème Chapedelin ne plaisantent pas. Si on ne leur accorde pas satisfaction, il y aura du vilain pour toi et pour moi. Tu n'as pas envie de te faire mettre en l'air, à ton tour au moment où tu montes en voiture ? En tout cas, moi non ! N'oublie pas ces bonnes vieilles photos de Saigon, Bastien, non plus que l'enregistrement de notre conversation au cours de laquelle tu m'as supplié de faire équarrir le général. Ton foyer et ta situation ne résisteraient ni aux images pieuses, ni à la bande sonore ! Tu comprends que tu n'as plus le choix !

Silence.

Le docteur Hochok prend le relais :

— Il n'y a pas à hésiter, monsieur le conseiller. Ce qui vous est demandé est bien peu de chose en regard du service très particulier qui vous a été rendu. Enregistrer une conversation, même relevant du secret d'Etat, n'est rien, comparé à l'assassinat d'un général.

— C'est vrai, fait enfin Sébastien Branlomanche, comme frappé par cette évidence.

— Alors, vous acceptez ?

— J'accepte.

— Dites-nous ce que vous ferez, quand, où et comment ! insiste le docteur.

Le « médium » hésite puis se risque :

— Un petit enregistrement dans ma poche... Je l'en sors au début du repas, discrètement...

— Très discrètement. Je vous conseille de l'envelopper dans votre mouchoir et, une fois qu'il sera hors de votre poche, de le placer dans votre serviette de table. Procédez lentement.

— D'accord, j'agirai avec prudence.

— Parfait. Ensuite ?

— Il y aura une ventouse fixée à l'appareil, j'appliquerai celle-ci sous la table.

— Vous oubliez quelque chose d'important.

— Je... Oh ! oui, brancher le bouton noir.

— Capital ! Sinon tout cela ne servirait de rien.

— Je le brancherai.

— Ecoutez-moi, monsieur le conseiller : vous ne devez rien oublier ! Vous le promettez ?

— Oui, je le promets.

Spiel intervient de nouveau :

— Tu as de la chance, Bastien ! Tu sais que tu as
de la chance ? Tu te paies un check-up extra *clean*
alors que tu craignais pour ta santé et on te réclame
une misère pour remercier les gens qui t'ont délivré
du général ! Donne ta main, vieux frère ! Voilà.
Serre-moi fort. Je suis ton ami de toujours. Je ne te
laisserai jamais tomber.

— Merci.

J'entends un bruit de pas. Pour me refaire une
épine dorsale, je me remets debout non sans m'accrocher au bras du Noirpiot. Regard par le hublot.
La doctoresse Moncul va prendre une boîte noire
dans une trousse et l'apporte à « M. le conseiller
véreux ». Alors, je reprends vite mon écoute.

— Ça, c'est l'appareil qui vous sera remis demain,
au moment où vous quitterez votre domicile pour
aller rejoindre le Premier ministre. Soupesez : il est
léger comme tout.

— Oui, très léger.

— Enclenchez le bouton. Facile, n'est-ce pas ? Il
y a une petite flèche blanche qui indique dans quel
sens pousser. Là, ça tourne. Son bruit est pratiquement inexistant. Portez-le à votre oreille, entendez-
vous quelque chose ?

— Non, rien.

— Donnez !

Elle doit s'être elle-même initiée à l'appareil car
elle le rembobine et le met en « play » sans tâtonne-
ments. On entend, grossies, les répliques qui viennent de s'échanger : « ... n'est-ce pas ? Il y a une
petite flèche blanche qui indique dans quel sens
pousser. Là, ça tourne. Son bruit est pratiquement

inexistant. Portez-le à votre... » Elle coupe l'enregistrement.

— Vous rendez-vous compte de la puissance
d'émission et de retransmission, monsieur le conseiller ? Demain, il sera réglé judicieusement et vous ne
devrez plus y toucher avant de le poser, sauf
évidemment pour le glisser dans votre poche. Maintenant, répétez les directives, bien qu'elles soient
simples. Vous devez vous en pénétrer de manière
qu'au moment de la réalisation, tout vous paraisse
presque routinier...

— Attention ! chuchote brusquement Jérémie.
On vient !

J'arrache le corps du stylo des lèvres caoutchou-
tées, l'enfouit dans ma poche. La porte s'ouvre et
c'est la gringrin de tout à l'heure, celle qui renaudait
parce que la mère Hochok se passait de sa présence.

Elle a un haut-le-cul en nous apercevant, biscotte
je te parie un œuf du jour contre l'extrait de
naissance d'Alice Sapritch qu'elle ramenait sa
griotte pour mater un peu ce qui se magouillait dans
le bloc 8. La curiosité a été la plus forte.

— Qui êtes-vous et qu'est-ce que vous faites ici ?
elle bafouille.

— Et vous, riposté-je. La panthère noire ne vous
a pas demandé d'évacuer les lieux, non ? Bon, je ne
veux pas la mort de la pécheresse, surtout quand elle
est aussi bien roulée. Disparaissez et ça restera entre
nous !

Elle pique son fard. Puis les deux.

Mais, pour elle, le mystère nous concernant reste
entier. A la porte, elle s'arrête. Je la rejoins.

— Je ne vous ai jamais vus ici ! note-t-elle.

— Et le malade, vous l'aviez déjà vu ici, ma poule ?

Je baisse le son :

— Service de sécurité ; circulez, y a rien à voir !

J'attrape son bras, nu sous le bout de manche de cinq centimètres, et l'entraîne.

— Vous savez que vous me portez aux sens avec cette blouse exquise qui raconte tout ce qu'elle contient ?

Ça la fait rire d'aise.

— Vous avez l'air d'un drôle de minoucheur ! elle gazouille.

Que minoucheur, c'est un canadianisme qui signifie flatteur, baratineur, un truc commak, je te signale, au cas où t'irais frivoliser dans le Québec.

Le minoucheur, il a d'autres chattes à fouetter ! Aussi remonte-t-il dans le char (l'auto) de ce bon Cyprien pour rallier l'hôtel.

Un coin de voile est déjà levé : c'est sur les instances du conseiller politique de M. le Premier ministre qu'on a zingué le général. Toujours ça d'acquis. Mais ce qui me rebute et tarabuste (de Napoléon), c'est qu'on fasse tout ce travail de suggestion pour décider le vilain Branlomanche à poser un enregistreur sous la table autour de laquelle doivent s'échanger des propos confidentiels entre les gouvernements canadien et japonouille. A quoi bon prendre un tel risque alors que l'un des participants est un traître que les adversaires du Premier ministre tiennent par la barbichette ? Ne peut-il — ainsi qu'il l'a fait remarquer lui-même, d'ailleurs — assurer le compte rendu de la séance ?

A voir. Réfléchir très en profondeur sur le sujet. Je retourne au *Château Frontenac,* laisse la guinde du standardiste là où je l'ai prise et regagne ma chambre. Je profite de ce que je suis seul pour me désaper et me couler dans le lit. Si mes potes pouvaient m'accorder une heure de répit avant de rappliquer, ça me permettrait de récupérer un brin. Je me sens si complètement épuisé. Les remèdes de sorcier, c'est sans doute efficace, mais faut pas trop tirer sur la corde de l'arc tout de même ! Que sinon il débande.

Une sensation voluptueuse vient enchanter mon sommeil. Je ne te dirai pas quel rêve il déclenche en moi à cause de ces questions de probité professionnelle évoquée plus avant. Toujours est-il que mon zigomar à tête chercheuse et à balancier double corps se met à sauter haut, comme le footeur quand on tire un corner. Me semble que Miss Coquette était frileuse et qu'on vient de lui confectionner une chaude pelisse à col de fourrure.

L'émotion que j'en éprouve me fait bondir du sommeil et mon parachute s'ouvre comme par enchantement. Il est en toile blanche. Du coton, alors que, d'ordinaire, ils sont en soie. Je distingue, au-dessus de mon hémisphère sud, une corolle immaculée qui monte et descend. Faut te rendre à l'évidence, Antoine : Miss Louisiana a profité de ta dorme pour parvenir à ses fins. Au plus fort de mon anéantissement, elle m'a chipolaté la membrane, portant icelle au point de dureté de l'iridium ; puis, jugeant ce panoche paré pour les entreprises les plus hardies, s'est désaboulée les régions lunaires pour une chevauchée en comparaison de laquelle, celles de John Wayne dans ses ouesternes de mes deux

n'étaient que courses en fauteuil roulant d'hémiplé-
gique.

— Non ! protesté-je. Je t'ai dit que je ne voulais
pas !

En guise de réponse, la gosse force l'allure,
passant du galop à la prouesse de rodéo (et Juliette).
Une chevauchée infernale !

Ai-je le droit de saccager les sens neufs de cette
presque adolescente en la désarçonnant au moment
où elle produit son ultime effort ? Ne serait-ce pas de
la mutilation ? Le signe d'un égoïsme puant ? « Pour
l'amour du ciel, pense aux autres, Sana ! » m'exhorté-
je. « Tu es quelque part (et c'est pile le cas d'y dire)
responsable des désirs que tu provoques. Si ton
charme met le feu, il t'appartient de l'éteindre. »

Alors, l'abnégation triomphant de mes arrière-
pensées douloureuses, par pure charité chrétienne,
j'empoigne les fesses de la jeune fille à travers
l'étoffe de sa blouse blanche. Je les serre à y
enfoncer mes doigts. Cette opportune et bénéfique
douleur la fait crier. Son allure trouve une frénésie
supplémentaire. Louisiana module un long cri
éperdu d'animal nuiteux jouissant sous les étoiles.
Elle franchit en trombe la ligne tarifée. Gloire
sensorielle dont le rayonnement bénéficie à tout le
genre humain. Je la cite à l'ordre de la nation
canadienne, cette intrépide chevaucheuse de pafs
endormis. Lui décerne la chagatte d'or, le clito de
vermeil, le frifri de diamant, la cramouille d'argent,
la moule de platine, la moniche de bronze et, bien
entendu, le chibre d'airain.

Elle s'est déchaussée de moi, mais reste de mon
part et d'autre, les genoux flageolants.

— Je te demande pardon, balbutie-t-elle. C'est

mal ce que j'ai fait. J'ai profité de ton sommeil pour te violer, en somme.

— Je ne porterai pas plainte, rassuré-je.

Et je lui souris avec la tendresse mansuète de l'abbé Soury, dont on ne parle plus guère et qui, s'il n'a pas fait grand-chose pour le clergé, a tant œuvré pour les dames aux règles chiantes.

— La chair a ses exigences, soupiré-je. Va en paix, mon enfant, et que ton opiniâtreté te permette d'explorer plus loin que dans la braguette des hommes. Cela dit, qu'as-tu fait de mon sombre Jérémie ?

— Il est chez tes copains : le gros dégueu et le vieux branlant.

Je passe dans la salle d'eau pour redonner l'éclat du neuf à mon Frédéric et c'est alors que mon regard s'égare (Saint-Lazare) à travers le fenestron sommant le lavabo. Ce que je découvre est féerique, plus que sublime. A hurler d'admiration. Le Saint-Laurent, mon neveu ! Le Saint-Laurent en partie pris dans les glaces, avec le faubourg de Lévis, sur l'autre rive, pareil à une agglomération sculptée dans le cristal. Des radeaux de glace couverts de neige fraîche dérivent lentement et les bateaux se fraient un passage à travers la somptueuse débâcle. Bateaux de pêche ou de transport, bateaux transbordeurs véhiculant les passagers d'une berge à l'autre. Inoubliable.

Me voilà transporté dans un autre monde. Moi qui, pourtant, suis saturé de froid, de neige et de gelate, après mon effroyable équipée du Grand Nord. Mais chez moi, la poésie ne perd jamais ses droits. N'importe la gravité des circonstances, un spectacle rare et beau m'arrête un instant et me fait mouiller l'âme.

Là-dessus, je fonce rejoindre mes potes.

« As-tu remarqué, me dis-je dans l'ascenseur dévalant, combien l'homme est aisément violable dans son sommeil ? »

« Oui, me réponds-je. C'est l'instant où ses sens, déconnectés de son esprit, sont à libre disposition. Ils se trouvent en état d'autonomie, ce qui en facilite l'usage. »

Dans la chambre de mes chers compagnons, je trouve Jérémie et Pinaud. L'un prend un solide petit déjeuner sous le regard bienveillant de l'autre, lequel, en pyjama de soie blanche, sirote son premier verre de muscadet coupé d'un exquis croissant croustillant à souhait.

Jéjé m'explique qu'à leur retour, me voyant endormi, il a conseillé à la petite Louisiana de se payer une pioncette sur le matelas tandis qu'il venait narrer aux autres les péripéties que nous venons de connaître.

— Et Béru ? m'enquiers-je.

— Il était d'humeur sombre, ce matin, révèle César. Il a déclaré qu'il allait respirer l'air frais.

Quelque chose fait tilt dans mon caberluche. Respirer l'air frais, le Gros ? Pas son style de vie. Lui, bien que d'origine plébéienne, nature et santé, il laisse ça aux autres !

— Qu'est-il advenu de Théodore Spiel ? demandé-je au Noircicaud.

— Il est rentré à l'hôtel.

M. Blanc murmure.

— Curieuse, cette séance de suggestion, tu ne

trouves pas ? Hypnose et chantage réunis, ils jouent sur les deux tableaux !

J'écoute son appréciation d'une esgourde distraite. L'absence de Bérurier me turluzobe.

— Tu as raconté au Gros notre équipée matinale, Jérémie ?

— Certes ; il ne fallait pas ?

— Comment a-t-il réagi ?

— Il était furieux qu'on ne l'ait pas mis dans le coup.

Le père Pinuche se ramone les conduits par des raclements de gorge qui font songer au laborieux démarrage d'une Dedion-Bouton participant à un grand prix de voitures anciennes.

— Il est de fait, dit-il, que je trouve un peu cavalier de votre part de nous laisser sur la touche au moment de l'action.

Je lui fais valoir que, pour cette opération, il fallait marner en équipe réduite et que nous nous serions pris les pieds dans le tapis en travaillant au complet. En homme sage, il en convient.

— Il n'empêche qu'Alexandre-Benoît n'est pas près de vous le pardonner, prophétise l'Ancêtre.

De plus en plus convaincu que le goret, ulcéré, a voulu prendre sa revanche, je plante (à genêt) mes amis pour me livrer à une petite vérification.

Pendant un laps de temps assez long, je ne perçois rien. Seul, le ronron ouaté de l'hôtel prenant peu à peu sa vitesse de croisière me parvient. Je m'obstine à tendre ma baffle.

Une ravissante femme de chambre, bien de son cul, de ses jambes, de ses oreilles (le reste n'est pas

très joyce) passe auprès de moi et me sourit mater-
nellement (elle pourrait être ma mère).

— Vous avez oublié votre clé ? qu'elle me
demande en désignant la porte.

— Textuel, fais-je-t-il. Je suis très étourdi.

— Attendez, j'ai le passe.

Et la voilà qui m'ouvre la porte du sieur Spiel. Je
murmure « Merci ». Lui remets un dollar tout
pimpant, bien qu'il y ait l'effigie de la reine d'Angle-
terre dessus, et pénètre avec impudence et détermination dans la pièce.

Vide !

Pourtant j'entends un bruit régulier en provenance de la salle de bains. Ces appartements somptueux du *Château Frontenac* sont parfaitement isola-
tionnés et je ne percevais rien depuis le couloir.
Entre la salle d'eau et la chambre est un *dressing-
room* dans lequel je me coule.

Le bruit perçu ressemble à de grandes claques
aqueuses, pareilles à celles que produisaient les
lavandières de jadis en frappant leur linge tordu
contre la pierre inclinée du lavoir. J'ai des remémo-
rances de ma grand-mère, agenouillée sur un sac à
pommes de terre plié en quatre, les manches
retroussées haut, s'expliquant rudement avec un
drap déguisé en boa blanc dégorgeant une eau
savonneuse. Et puis, le révérend Arthur Martin est
arrivé avec ses camarades Electrolux, Miele, et
consorts, pour désagenouiller nos vieilles des lavoirs.

Les chéries ont gagné en confort ce qu'elles ont
perdu en noblesse. Elles ne prient plus le dieu
Savon-de-Marseille. Et peut-être plus beaucoup
l'Autre non plus ; sainte mère Denis, veillez sur
elles !

Des gémissements ponctuent les claques mentionnées. Elles se poursuivent longtemps encore. Les plaintes s'accroissent.

Et puis, la voix somptueuse de Béru :

— Ça m'flanque un rhumatiss à l'épaule, c'commerce. Alors, moui ? Non ? Tu causes ou on change d' discipline ? J'veux tout savoir sur c' qu'vous maquillez av'c le conseiller, la raison d'c' circus. J'sus un mec déterminé, mon pote. Les grands moiliens n' m'font pas peur. Jamais un gazier dont j'ai entrepris d'faire causer m'a résisté. Quand faut qu' j'susse, je sache. Le mec l'plus coriace, l'moment vient qu'y m' d'mande pardon d'eguesister.

Un qui est .pétrifié dans son dressinge, c'est ton infortuné Sana. L'horreur me fait dresser les poils du cul sous les bras. O Seigneur, protégez-moi de mes amis, je m'occuperai de mes ennemis ! Cette banane de Jérémie qui court faire son rapport à Laurel et Hardy ! Et Hardy, con du premier degré, con épidermique, de piquer sa rogne et de vouloir surenchérir sans consulter personne ! L'affreux ! L'immonde ! L'intense ! L'irrécupérable à jamais ! Le sombre ! Le louche ! Le désespérant ! L'irréversible !

Fou d'une rage incommensurable, j'ouvre la porte à la volée.

Pas joli ! Et même très moche ! Un Bérurier peut être à la fois de la crème de brave homme et de l'extrait de gestapiste, selon les circonstances.

Tu sais quoi ? Il a déloqué Spiel. L'a suspendu grâce à des menottes d'acier au crochet supportant le bec de la douche. Il a trempé une serviette de toilette dans l'eau, l'a tordue serrée (toujours mes chères lavandières) et s'en sert comme d'un nerf de bœuf pour frapper les génitoires du philatéliste. Que le mec en a les roustons gonflés comme des balises portuaires à l'instar de ce pauvre Laubergiste.

Moi, atterré, comprenant que tout est foutu, y compris l'honneur, j'exclame misérablement :

— Béru, bordel ! Arrête !

Mais lui, hargneux :

— Je t'en prille ! J'aime pas qu'on m'interrompe dans l' boulot !

— T'appelles ça du boulot, Sac à merde ! Viens par ici, que je te parle !

Il hésite, mais la voix de son maître, chez un clébard, c'est sacré. Alors il me suit dans la chambre.

— Tu as tout gâché, figure d'hémorroïdes ! Même si tu parviens à faire parler Spiel, maintenant qu'il sait que nous savons, il va alerter « les autres » et tout sera annulé. Et nous n'avons aucune preuve contre lui ! Mon témoignage compte pour du beurre, celui de Blanc idem.

— Jockey, monseigneur, c'est bien pourquoive faut qu' j' l'y tire les vers du nez. S'il s'affale, on aura la situasse en main.

— Qu'en sais-tu ? En quoi ce qu'il peut nous apprendre va-t-il modifier les choses ? Si au moins nous le tenions à disposition dans un endroit discret. Mais ici ! Dans l'hôtel le plus prestigieux du Québec ! Qu'une communication téléphonique arrive pour lui, ou un visiteur, voire le service des chambres, et nous l'aurons dans le prose !

Juste que je dis, on frappe discrètement à l'huis.

Je pose mon index droit (celui qui va en renfort de mon médius pour les explorations amoureuses) perpendiculairement à mes lèvres voraces : intimer l'ordre au (triste) Sire de Béruroche d'avoir à clore son clapet.

Mais Alexandre-Benoît est lancé. Il surchauffe, comprends-tu ? C'est pas un timoré. D'une bourrade, il m'expédie dans le dressing dont il tire la tenture de séparation, après quoi il va délourder.

J'entends son organe qui prélude à l'après-midi d'un aphone, demander :

— Vous désirerez ?

Une voix d'homme, métallique :

— Ce n'est pas l'appartement de M. Spiel ?

— Sifflet, d'quoi s'agite-t-il ?

— Où est M. Spiel ?

— C't'à propos d'quoi est-ce ?

— Je dois rencontrer M. Spiel, s'impatiente le visiteur ; nous avons rendez-vous.

— Il est dans son bain.

— Je vais l'attendre.

— Faisez s'l'ment.

— Puis-je vous demander qui vous êtes ? demande-t-on à Bérurier.

— J'travaille pour lui.

— En qualité de... ?

— Oh ! j'ai pas qu'des qualités, rigole Bérurier, j'ai aussi des défauts. Disons qu' j'veille à sa sécurité.

— Je vois.

— Tant mieux.

Un léger temps, lourd de malaise indécis.

— Et vous, si qu'j'oserais m'permett, v' s'êtes qui ?

— Une relation d'affaires.

— J'peux savoir vot' nom ?

— Il ne vous dirait rien.

— On n'sait jamais.

« Bien, me fais-je en aparté, ce genre de scène ne
conduit jamais très loin. Ça va se craqueler avant pas
longtemps. Ce gros lourdingue de Béru est, une fois
de plus, en train de corrompre les choses. Il défèque
dans les nouilles, le veau !

« Nous sommes, poursuis-je, dans une sombre
impasse. Là où il fallait un jongleur chinois, nous
avons touché Bérurier : l'éléphant dans le magasin
de porcelaine ! Nous avançons dès lors sur un pont
en verre filé de Murano. Et nous nous y déplaçons à
bord d'un tracteur ! »

— Si vous voudrez pas m' casser vot' blaze,
reprend le chevalier Paillard, dites-moins z'au moins
ce dont vous venez faire. M'occupant de Théo, j' sus
t'obligé de veiller aux graines, comprenez-vous-t-il ?

— Cela vous contrarierait de le prévenir que je
l'attends ? coupe le visiteur, impatienté. Je suis
pressé.

— Comment le préviendrais-je-t-il d' vot' aimab'
visite puisque j'ignore vot' nom ? objecte le Perti-
nent.

— Dites-lui simplement que son « rendez-vous »
est arrivé, il saura de quoi il retourne.

L'homme s'exprime avec un accent bizarre qu'il
me semble confusément avoir entendu auparavant.
Léger, mais particulier. Un mélange de slave et
d'Europe centrale, ou alors sont-ce des inflexions
levantines couplées avec l'usage d'un langage guttural ?

— Banco, j'y vas, rompt soudain le Gravos.

Il passe dans le dressinge où je me tiens, et là, enfin, consent à m'interroger du regard.

Mais tu voudrais que je lui réponde quoi, toi ? Que faire ? Neutraliser l'arrivant également et jouer le tout pour le tout en faisant subir le troisième degré aux deux messieurs ? Vachement dangereux compte tenu de l'endroit. On risque, de se retrouver au bigntz, le Gros et mézigue, démontés par la police montée !

— Fais comme tu le sens, carteblanché-je à voix imperceptible et en haussant les épaules, ce qui est parfaitement réalisable, essaie, tu verras, j'y parviens du premier coup.

L'Adipeux va toquer à la salle de bains. Il lance, à la cantonade :

— Va falloir vous remuer le dargeot, m'sieur Théo, la personne dont avec laquelle v's'avez rancard est à tome !

Un temps léger. Béru retourne au salon.

— Y va viendre incessamment et p't'être avant ! annonce-t-il.

Et c'est sur sa réplique que retentissent deux mots qui valent leur pesant de voyelles et de consonnes : « *Au secours* » !

Le sieur Spiel qui joue son va-tout. On le comprend.

Que se passe-t-il au salon ? Brève période de confusion. Depuis la salle d'eau, le pseudo philatéliste balance un second avertissement : « Attention ! »

J'entends la voix bizarre de l'arrivant moduler :

— Très haut, les mains, sinon je lâche la soupe ! Une seule balle de cette arme fait des trous larges comme une soucoupe.

J'imagine que le Gravos, sans arme et pris au dépourvu, attrape les nuages. Je cherche autour de moi quelque chose susceptible de m'aider à assainir la situation. Tout ce que je trouve, c'est une très longue corne à chaussures métallique posée sur un serviteur muet, cet accessoire pour obèses, croulants ou fainéants invétérés me paraît bien dérisoire. Néanmoins je l'empare et me blottis contre les plis du rideau.

— Salle de bains ! fait le visiteur. Et pas de mauvaises intentions !

Ils se pointent ! Sa Majesté devant, les battoirs levés, ce qui élargit, encore son dos en forme de cabine téléphonique. Vient ensuite le canon du feu. A moi d'intervenir. Je ne dispose que de deux secondes à tout casser. Heureusement que mon esprit de décision fonctionne à la vitesse de la lumière !

Vlan ! De toutes mes forces sur le canon du flingue. Lequel choit de la main de son maître. A travers le rideau, je pique une boule dans le volume qui commençait de se présenter. Ça part à la renverse. Je ramasse le flingue. Béru me saute-moutonne avec une agilité que j'étais loin de lui soupçonner.

Troisième connerie de l'Enflure, en cette matinée québécoise : il s'interpose entre moi et le visiteur, ce qui m'empêche de coucher en joue celui-ci. Le mec subit l'assaut du Mammouth avec une maestria de forban chevronné. Il pare calmement le taquet monstrueux que lui votait Alexandre-Benoît. Mieux : il riposte d'une manchette foudroyante à la gorge.

— Mrrrrouhhhavrouaaaaahhhh, exhale mon gros biquet vinasseux.

Alexandre-Benoît titube, fléchit, se redresse alors qu'il allait choir.

Moi, je suis déjà à la porte. Cette fois je peux enfin braquer l'intrus.

— On se calme ! m'écrié-je. Il paraît qu'une seule balle de cette babiole fait des trous plus larges qu'une...

Et puis je la ferme. A triple tour !

L'effarement ! Pire ! Quel superlatif trouver pour te rendre compte de ce que je ressens ? Disons que je me trouve dans un état d'inhibition motrice d'origine psychique, tu vois ? Et encore, je suis loin du compte !

L'homme planté en face de moi est vêtu d'un pardingue en vigogne qui doit valoir un saladier et il est coiffé d'une toque de fourrure. Il porte des lunettes légèrement teintées. Il me fixe et son regard contient pas mal de stupeur également. Disons que nos stupeurs sont à l'unisson.

Le Mastar qui a retrouvé souffle et vigueur s'avance en massacreur de charme.

— Ça l'ami, tu vas me l'payer ! éructe mon pachyderme.

— Mais tire-toi de devant, sale con ! glapis-je (car je parle couramment renard dans les cas désespérés).

L'épouvantable homme des bars volte.

— C't'à moi qu' tu causerais, Antoine ?

L'enfoiré ! Le sale porc (épique). Tu crois qu'il se tirerait la couenne ? Que tchi ! Il déliquescente, le flic puant ! Tu parles que notre homme met à profit. Il est déjà à la fenêtre, sur le balcon dominant la vue féerique décrite plus avant dans le chef-d'œuvre du jour.

Sans hésiter, je tire. Mais ce flingue est une arme particulière (partie culière), de conception nouvelle. La détente ne se trouve pas là où elle figure sur les revolvers, pistolets, mitraillettes traditionnels. En réalité, elle est constituée par une pression sur le côté de la crosse. Que, sincèrement, je trouve la combine un peu conne car le mec gaucher ne peut l'utiliser, or, des gauchers, y en a plein la vie. (Moi j'ai la chance d'être gaucher de la main droite, ce qui est rarissime, paraît-il.)

Le temps que je réalise la particularité du feu et le gonzier enjambe la balustrade. Saute ! En un éclair je cherche à me rappeler l'étage où nous sommes. Je déboule au balcon sans me l'être rat pelé. C'est haut ! Mais je réalise que l'audace de mon mec est tempérée par l'énorme tas de neige accumulée sous la fenêtre. Les chasse-neige chargés de dégager la promenade ont amoncelé leurs blancs déblais dans cette zone interdite.

L'homme au manteau de vigogne a plongé, les paturons en flèche. Il s'est enfoncé jusqu'à la poitrine dans la neige, et s'agite comme un perdu pour se dégager.

Moi, trois alternatives, mec ! Je te les numère, mais dans ma tronche, ça va plus vite que sur le papelard ! Premier choix : je canarde le gussman depuis mon balcon, posément. Second choix : je lui intime de ne pas bouger sous peine de mort et j'envoie le Mastar le récupérer. Troisième choix : je plonge à mon tour.

Qu'est-ce que je viens te parler d'alternative, grand glandu qu'*I am !* Ma décision est prise à mon insu (mon nain sue) puisque me voilà qu'enjambe le balcon. Je lève haut la main tenant l'arme pour éviter un accident, je vise la montagne de neige et je saute à mon tour.

Tu parles d'une secousse mahousse ! Mes flûtes sont rengainées dans mon buste comme deux antennes radio ! J'ai le souffle coupé. Parfois, quand tu ramasses une monstre pelle, à ski, tu éprouves une sensation du même type. J'ébroue, ébouriffe, crachote.

J'ai de la *snow* jusqu'au menton. Nos deux tronches se trouvent à un mètre vingt l'une de l'autre, au vilain et à moi. Il s'est enquillé moins profondément, because il porte un pardingue, lequel s'est gonflé en cours de chute, amortissant mieux l'aneigissage. Alors il me surplombe d'un buste. Il se démène avec tant de vigueur qu'il élargit le cratère blanc au creux duquel il se trouve fiché.

Moi, tout ce que je parviens à remuer dans ma cangue glacée, c'est mon bras dressé, toujours terminé par l'arme.

— Ne bougez plus ! dis-je à l'homme. Sinon je vous tue.

Il s'immobilise. Nous restons là, face à face, nos regards enchevêtrés. Fou de haine, je me sens. Comme jamais éprouvé ! C'est ensorcelant, à ce point ! Vertigineux ! Une ivresse formidable. Pourquoi le *menacé-je* de le tuer, alors que *je vais* le faire ! C'est un fabuleux cadeau du ciel, cette rencontre. Je bénis maintenant Bérurier grâce auquel elle s'est effectuée. Sinon je l'aurais ratée.

LUI !

Que je croyais si loin, si hors de toutes les atteintes !

LUI !

Le chef des pirates de l'avion ! L'homme aux tempes grises ! L'homme qui a assassiné directement ou non plusieurs centaines de personnes ! *L'homme qui m'a tué Marie-Marie !*

L'imaginais en Papouasie, en Ursse, au Gratémoila, à Pétaouchnock, dans le fin fond des steppes de l'Asie centrale, (à gauche en sortant de la mosquée). Le supposais en Libye, en Syrie, au Salvador (Dali), dans un monastère tibétain. Et puis non. Il est là, « contre moi » !

Une joie sauvage me donne envie de rugir, de m'éclater les ficelles dans un cri surhumain. J'ai même pas envie de le buter, non plus que de le torturer. La vengeance, vois-tu, faut pas trop y penser. Quand tu la désires à ce point, le moment venu tu ne sais plus qu'en faire, ni par quel bout l'attraper. T'es tout empêtré dedans, gauche et con, presque intimidé par ta trop grande haine. T'as les larmes aux yeux d'assouvissement possible. Tu voudrais te régénérer pour le perpétrer *autrement.*

J'aimerais t'expliquer, te faire comprendre qu'à cet instant, lui arracher les yeux avec une cuiller à café et mettre du piment rouge dans les trous, ce n'est plus mon problème. Lui ouvrir le ventre sur cinquante centimètres et en extirper dix mètres de tripes fumantes (dans la neige, tu penses !) et malodorante, j'en n'ai pas l'appétit. Pour l'instant, c'est le regarder, que je veux. Essayer de réaliser que c'est bien lui, qu'il est là, *à libre disposition.*

Et puis me demander comment un homme né d'une maman (fatalement), un homme qui a mal ici ou là, qui voit le soleil se lever et se coucher, qui court sous la pluie, qui sort sa queue pour enfiler une dame ou un monsieur, qui mange des spaghetti bolognaise, qui se marre aux films de Chaplin, qui écoute Mozart les yeux fermés, qui chantonne en se rasant, qui a sans doute peur de la mort, oui, comment cet être en vie peut-il perpétrer d'aussi abominables forfaits ? Et continuer d'exister après les avoir commis ? Comment ? Comment ? Comment ?

Et l'ironie veut que nous nous trouvions ainsi, l'un devant l'autre après ce double saut insensé. Plantés dans cette colline de neige durcie par son accumulation.

Il lâche mon regard pour vérifier où j'en suis avec son arme sophistiquée. Il la voit briller au soleil. Se dit que, de deux choses l'une : ou bien je tente de me dégager, auquel cas je vais avoir besoin de tous mes membres, ou bien je reste ainsi, le revolver levé, attendant du renfort, et je risque de fatiguer. Il semble, à la qualité du silence régnant sur l'immense promenade, que personne n'ait remarqué notre double cabriole insensée. Alors il comprend que bientôt, il va me falloir prendre une décision. Et à la lueur d'enfer qui élargit mes yeux, il sait déjà laquelle.

Je murmure :

— C'est fini.

Mon épaule droite devient cuisante. Le flingue pèse de plus en plus lourd au-dessus de nos tronches. Je redis, comme si j'étais en train de me laisser anesthésier par une substance hypnotique :

— C'est fini.

Et puis le diable bondit. Il a rassemblé son énergie pour ce sursaut de fauve piégé.

Pas fastoche, de jouer les brochets en frai jaillissant de l'onde, quand tu es enfoncé dans la neige. Et cependant (d'oreilles) il y parvient. Pas de beaucoup, certes, mais suffisamment pour planter dans ma poitrine le couteau à lame mince qu'il brandit. Et il n'y va pas de main morte, l'horrible ! Il sait que le coup doit être décisif, sinon il est foutu. Je ressens un choc violent, ponctué d'une brûlure. Un bref instant, j'en ai le souffle coupé, et puis ça se rétablit. « La lame a dû glisser sur une côte », me dis-je.

Le mec est tout contre moi, à présent. Nous sommes joue contre joue. Il voit qu'il a raté le coche. Ses mains (il a lâché son ya) se nouent autour de mon cou. Alors je fais pivoter le feu que je n'en peux plus de brandir.

— Fais pas l'con ! grogne la voix du Mastar.

Il radine à la rescousse. Sa bouille rubiconde sur cette neige immatriculée ressemble à une lanterne chinoise. Deux gros battoirs s'avancent sur mon tagoniste pour le happer.

— Tire-toi, grosse merde ! j'égosille, à nouveau fou de rage contre mon pote imperturbablement malencontreux.

Mais rappelle-t-on le fauve lorsqu'il se saisit de sa proie ? Il tire à soi (comme le vers). L'homme aux tempes grises est arraché de la cangue épaisse. Béru le jette sur le sol gelé et lui talonne la gueule.

Pendant cette explication, je profite du chenal produit par le dégagement du gars pour m'extraire à mon tour. Le type est en train de rouler à toute vitesse sur le sol glacé. D'une détente il se relève et fuit.

— Rattrape-le, bordel ! hurlé-je au Mammouth, c'est lui qui a tué Marie-Marie.

Je porte la main à mon poitrail. Constat : la lame

de la saccagne a rencontré mon porte-carte de plastique (très modeste), a dérapé dessus et s'est plantée verticalement dans ma viande, un peu au-dessous de l'estomac, causant une large entaille dans ma chair. Je l'arrache. Mon sang pisse dru. M'en fous. L'homme fonce maintenant le long de la promenade romantique bordant le Saint-Laurent. Des kiosques à musique pétrifiés, ainsi que des lampadaires aux grosses boules blanches ajoutent à la délicate poésie du panorama.

Béru fonce à la suite du gars ; mais là, ses deux cent vingts livres (qui ne sont pas sterling, hélas) le gênent. D'autant qu'il vocifère en cavalant, ce qui entrave la respiration du coureur de fond.

Je m'élance à mon tour. Me déploie du côté de l'hôtel afin de couper la retraite au fuyard. Si je laisse s'échapper cet homme, je ne m'adresserai jamais plus la parole de toute ma vie ! J'ai pour moi dix ans de moins que lui et pas de pardessus ! J'ai contre moi ma faiblesse d'homme se relevant d'une cruelle épreuve et venant d'essuyer un coup de rapière dans le burlingue. J'ai contre moi la volonté farouche du terroriste traqué. Mais j'ai pour moi ma haine ! Ce levier si puissant. Et puis aussi, le flingue du mec.

Halt ! Je suis parvenu à m'écarter du Gros, sur la droite, ménageant un angle de tir propice. Alors je me fige. Le canon de l'arme ne frémit pas au bout de mon bras. Je vise le gars aux cannes. Rrrrrraâ ! Combien de bastos viennent de s'envoler ? Il fait une embardée, continue de s'enfuir en titubant et en traînant la patte. Touché ! Ça décuple ma rapidité.

Comprenant qu'il va être rejoint, l'homme bifurque carrément en direction du fleuve, enjambe la

balustrade et disparaît de ma vue. Y a des chiées
d'embarcations amarrées sur les berges, des embar-
cadères pour les navettes assurant la traversée du
fleuve malgré le défilé des glaces, des canots de
plaisance, d'autres pour la pêche, des barques privées, toute une flottille.

Lorsque j'atteins la balustrade à mon tour, j'aperçois mon type déjà à bord d'une barque qu'il se hâte
de détacher. Je saute. Béru saute. Je me pointe sur
la rive. L'homme achève de débiter l'amarre. « Seigneur, L'interpellé-je, reste-t-il encore des balles à
bord de ce feu ? » J'ai défouraillé à deux reprises, et
il m'a semblé qu'il sortait pas mal de camelote de
l'engin. Inutile de virguler des sommations ; au point
où il en est, le bandit n'en tiendra plus compte car il
a franchi le point de non-retour.

Je praline. Trois ou quatre « clac ». Puis plus rien.
L'homme est toujours à bord. Il a pris une rame et
pousse dessus pour éloigner l'esquif de la berge.
Alors, j'assiste aux coulisses de l'exploit sur écran
large. Une prouesse que tu n'as pu voir accomplir
que par Belmondo. La cascade grand style ! La
performance sidérante. Signée Bérurier !

Tonton a pris un élan fantastique et s'est jeté sur
la barque. Tu croirais qu'il s'envole, baudruche
gonflée à l'hélium. Le temps suspend son vol, mais
pas Béru. Un instant je me dis qu'il va se fraiser la
gueule contre le plat-bord. Mais non. Sa volonté est
si intense qu'elle lui permet de prolonger son saut de
quelques centimètres encore et il choit dans le canot,
renversant le fuyard.

Est-il estourbi ? Un crâne d'acier comme celui
d'Alexandre-Benoît peut affronter les chocs les plus

rudes. A preuve : il se met déjà à genoux. L'autre de même.

— Ah ! salope ! gronde Béru. Sale salope ! Je vais te... je vais te... je vais te MANGER !

Les voies de la vendetta restent comestibles, chez le Dodu.

Etrange spectacle que celui de deux antagonistes qui se battent agenouillés dans une barque en train de dériver parmi la débâcle des glaces. Il y va à la boule, le Mafflu, comme toujours chez les taureaux. L'autre, qui n'est pas manchot, balance des crochets sauvages.

Je hèle un mec emmitouflé dans des lainages à bord d'un canot à moteur. Il suit le film avec passion, bien qu'ayant raté le début, se promettant de rester pour la séance suivante.

— Vite, venez me prendre ! Police ! lui crié-je.

Gentil, comme tous les Québécois décidément, il met son canot en marche.

A bord de la barque, c'est la tuerie. Les coups retentissent dans l'air glacé qui les amplifie, les répercute. On voit les deux combattants se tenir par la gorge. Toujours la suprême ressource chez les hommes et chez les loups : la gorge. Ils se dressent. Béru donne encore du front. L'autre a la frime ensanglantée.

— Je... vais... te... man...ger ! éructe encore mon ami.

Et il a un élan terrible pour saisir le nez de son adversaire avec les dents. L'autre hurle un râle (ou râle un hurlement, comme tu préfères, moi je m'en tape, c'est le même prix !). Ses mains tombent pour protéger son visage. Trop tard. Le Gros crache un morceau de chair. Puis il plante son râtelier dans la pommette de ce qui commence à devenir sa victime. C'est d'une sauvagerie éperdue ! Y a de la grandeur dans tant de férocité. Un dépassement qui doit inciter le Seigneur à se gratter la tête en se demandant pourquoi « tout ça » dégénère pareillement. C'est allé un peu plus loin qu'Il n'avait prévu.

Alexandre-Benoît crache derechef. Encore heureux qu'il ne « consomme » pas. Il lâche à son tour le cou de Tempes Grises, mais c'est pour lui infliger un supplice plus terrible : les deux doigts en fourche dans les carreaux. Alors là, c'est extrême comme sévice ! Va lui falloir une canne blanche, au gonzier, pour assister à son procès. L'acte d'accusation, il le relira en braille ! Le choc a été rude. Il voile sa face ruisselante de ses deux mains. Il ne lutte plus. Il cherche à esquiver une nouvelle charge de l'adversaire, trébuche et tombe à l'eau.

— Repêche-le ! enjoins-je à mon pote. Nous devons coûte que coûte le récupérer.

Le canot de l'obligeant marinier ronronne et nous nous dirigeons vers la barque qui, privée de rames, gagne le milieu du fleuve en tournoyant parmi les glaces.

— Je le tiens ! me crie Bérurier. Prends tout ton temps, grand !

Mon dévoué pilote coupe la dérive de la barque en s'interposant entre elle et le courant.

— Attachez-la au canot ! me conseille-t-il.

Je parviens à exécuter la délicate manœuvre.

— Prends bien ton temps, l'artiss, recommande à nouveau Béru, j't'e dis qu'j'l'ai en main.

Quand la proue de l'embarcation béruréenne est attachée à la poupe de la nôtre, je passe de l'une à l'autre pour aider le Mastar à hisser le naufragé dans la barque. L'ayant rejoint, je m'aperçois qu'il tient bel et bien l'homme, en effet.

Par les pieds !

Le buste du salopard est enfoncé dans l'eau glacée. Sa face mutilée est semblable à une figure de film d'épouvante. Son nez coupé, sa pommette entaillée, sa bouche éclatée grande ouverte, comme pour boire toute l'eau du Saint-Laurent, et surtout son regard crevé composent une image que je ne suis pas près d'oublier. Marie-Marie est-elle vengée ? La mort de l'assassin venge-t-elle sa victime ?

— Tu voyes qu'j'le tiens bien ! fait Béru en état de prédémence. T'as tout ton temps, mec !

— Lâche-le, chuchoté-je.

— Quoi ?

— Lâche-le, putain de toi ! Tu ne veux pas qu'on ramène sa carcasse dans cet état ! Qu'il aille donc au fil du courant régaler les poissons et s'abîmer davantage.

Convaincu, le Mastar ouvre ses lourdes paluches et le cadavre disparaît sous la barque. Je passe à tribord pour guetter sa réapparition. Je distingue le pardessus de vigogne gonflé de flotte qui forme une masse entre deux eaux, style vache crevée. Puis le courant le saisit, l'emporte avec des radeaux de glace.

Bérurier s'asseoit, accablé

— C'est ben la fatalité qu'y s' soye noyé, murmure-t-il, j'eusse tant voulu l' buter !

LA CABANE A SUCRE

Moi, je suis comme l'eau : je m'adapte à n'importe quel récipient.

Tous ces gens accourus : clients de l'hôtel, personnel, mariniers, et qui demandent des explications parce qu'ils n'ont pas très bien pigé ce qui venait de se passer, faut leur faire front aimablement, leur fournir des amuse-curiosité. Les gens, c'est pas la vérité qui leur importe, c'est qu'on leur parle.

Ma version, corroborée par Béru est la suivante : j'ai trouvé un voleur dans ma chambre et me suis mis à le courser. L'ayant rattrapé, il m'a flanqué un coup de surin ! (voyez tout ce sang). Aidé de mon ami, j'ai nez en moins continué à le poursuivre. La décarrade s'est poursuivie à bord d'une barque, d'où il a chu. Malgré nos efforts inouïs, le courant a eu raison de lui et le voilà parti au fil du Saint-Laurent.

Ça va, non ? Correct ? Ça correspond ? C'est satisfaisant ? Ils s'en contentent. On me propose une ambulance que je décline. Je montre mon porte-carte lacéré qui m'a sauvé la vie. Une entaille peu profonde au bide, mais la mère et l'enfant sont saufs. Alors y a plus qu'à attendre la police. Pendant ce temps, je vais me faire panser.

Blanc et Pinaud sont sur le qui-vive. En deux ou trois belles phrases bien construites, je les affranchis. En conclusion, je leur indique que Mister Théodore Spiel, enchaîné dans sa salle de bains, est à disposition pour un interrogatoire musclé. Le Gros et moi, on ne peut pas broncher tant que les draupers québecois ne nous auront pas entendus, mais qu'ils ne perdent pas de temps, eux deux ! Cette fois que la collusion entre Spiel et le chef des pirates est prouvée, nous devons faire parler le philatéliste coûte que coûte. Au cas où ils devraient « délivrer » le bonhomme, je prie Béru de leur remettre la clé des cadennes.

C'est Louisiana qui me soigne. Assistante médicale, elle est tout indiquée, non ? Un chasseur (à pied) va à la pharmacie chercher le matériel nécessaire, après quoi elle se met au boulot. Lavage complet de ma partie basse. Nettoyage de la plaie à l'alcool à 90° (appelé plus communément alcool de l'angle droit). You youïe ! Ça te décoiffe les poils occultes ! Avec ses mains de fée qui savent si parfaitement manipuler une bite, elle rapproche les lèvres de la plaie et les maintient soudées par une gaze adhésive stérile trempée dans un sérum glandothérapique. Ensuite, une large plaque de sparadrap pour coiffer l'ensemble.

Deux perdreaux en uniforme enregistrent nos dépositions tandis qu'elle s'active. Ça les borgnote que nous soyons flics français. Ils ont l'air de trouver la conjoncture un peu surprenante. M'enfin ils laissent à leurs hiérarchiques le soin de tirer des conclusions, et se retirent.

— Tu as mal ? s'inquiète la môme.

— Il me faudra renoncer à la baise jusqu'à ce que ça se cicatrise, m'empressé-je de déclarer.

— Penses-tu ! s'écrie-t-elle.

Elle me démontre qu'en levrette je peux m'exprimer pleinement, sans frotter ma blessure contre un ventre étranger. Elle suggère également la possibilité de limer à la duc d'Aumale, ou en se laissant chevaucher gentiment, style trot anglais dans la forêt viennoise.

En voilà une, vaut mieux être son amant que son époux, j'ai idée, sinon tu fais la pige aux élans des forêts canadoches.

Retour piteux du révérend père Pinaud. Il porte la tête basse et on sent que sa bitoune est également dans le prolongement de sa cravate Hermès.

— Tu as davantage l'air de revenir de Waterloo que d'Austerlitz, noté-je, car j'ai de la culture plein mon sac à dos.

N'étant pas en reste de ce côté-là, César branle son vieux chef, déclenchant une pluie de pellicules rétives aux lotions. On dirait une boule de verre que ça représente un chalet savoyard sous la neige, quand t'agites.

— C'est hélas vrai, reconnaît-il. Waterloo sur toute la ligne !

— Eh bien, il ne nous reste qu'à écouter ce triste récit.

— Ton type était mort lorsque nous l'avons trouvé.

— Pardon ?

— Toujours fixés à la douche par les menottes que voici, mais décédé.

— De quoi ?

— Je crois d'un coup de candélabre en marbre vert ; il y en avait un dans sa baignoire et sa nuque se trouvait extrêmement défoncée !

— Mais qu'est-ce que ?...

Je me tais et me tourne vers Béru. Il se tient accroupi devant le petit bar de la chambre, à la recherche de quelque chose à siffler.

Je vais le rejoindre et m'agenouille sur la moquette.

— Béru, soufflé-je, deviendrais-tu cachottier en grossissant ?

Il dit :

— Je croive qu' j'vais me cogner un' p'tite bibine av'c un coup de gin d'dans pour la muscler.

— Gros, reprends-je, lancinant comme le remords, c'est de toi, ce chef-d'œuvre ?

Il chuchote :

— Quand est-ce v's'avez z'eu sauté par la f'nêt', le vilain et toi, l'autre con s'a mis à pousser des cris d'orvet qu'auraient ameuté tout Québec. J'sus été l'faire taire avant d'm'lancer à ton s'cours. Dans mon hâte, j'ai p't'êt dû l' cigogner un peu fort.

— Un peu, oui. Tu deviens nerveux, Alexandre-Benoît, tu ne te contrôles plus.

Pinuche qui a tout pigé déclare :

— On lui a ôté les menottes et on l'a allongé dans la baignoire en plaçant sa nuque contre le rebord. J'ai mis une savonnette mouillée dans le fond, afin de donner à croire qu'il aura glissé en marchant dessus. Bien entendu, j'ai remis le chandelier à sa place sur la commode de la chambre.

— O.K., tout ça me paraît bien. Où est Jérémie ?

— Il m'a dit qu'il voulait contrôler quelque chose, sans préciser de quoi il s'agissait.

Le Gros se prépare un étonnant et détonant mélange, inconnu jusqu'à ce jour : bière, gin, whisky, chartreuse verte, alléguant qu'il a besoin de remontant.

— C'est pas sérieux, soupiré-je.

— T'sais, mon estom' en a encaissé d'autres !

— C'est pas ton cocktail à la dynamite, mais ton comportement qui n'est pas sérieux. Tu as l'art et la manière de faire de la culture sur brûlis ! T'es le disciple d'Attila ! Désormais, on n'est pas vergifs pour continuer notre marche à la vérité. Tu parles d'une gomme à effacer, tézigue ! le général Montcalm a eu moins de pertes en défendant cette noble ville !

Ronfleur du téléphone. Louisiana décroche.

— C'est Jérémie ! annonce-t-elle.

Elle s'est incorporée mignonnement à notre équipe, la petite donzelle. Elle est au milieu de nous comme une mouche bleue sur un assortiment d'excréments.

Je lui cueille le combiné des doigts. Sa main s'attarde sur la mienne. Je lui plais trop, quoi, faut me faire une raison.

— Dis donc, grand chef, tu peux descendre ? me demanda M. Blanc.

— Pour quoi fiche ?

— Ça pourrait être intéressant.

— J'arrive.

Béru évite de me regarder, contrit jusqu'au slip, il est, le gros éméché.

Pinaud m'escorte d'instinct.

— Et moi ? demande Louisiana.

— Tu surveilles Bérurier, ricané-je, il a ses règles et ça le rend nerveux.

Je découvre Jérémie au milieu du hall, en converse avec un petit homme rougeaud, vêtu d'un grand cuir noir et tenant une casquette d'uniforme sous son bras.

— Je vous présente M. Basile Lemplâtré, dit le Noircicaut. Il est chauffeur de taxi. C'est lui qui a amené ici votre ami au manteau de vigogne.

Tiens donc ! J'adresse un sourire à M. Blanc.

— Tu l'as rencontré où cela ? comme disait M. Pierre Bellemare à l'époque où il nous offrait des « tranches horaires » divertissantes, que depuis lui, c'est plus pareil, moi je trouve.

— Je l'ai rencontré devant l'hôtel où il attendait le retour de son client.

— Esprit de déduction ?

— Tout à fait. Je me suis dit que ton bonhomme n'était pas venu pédestrement au *Château Frontenac* et qu'il devait avoir une voiture à sa disposition. Après avoir interrogé le portier, j'ai fait la connaissance de monsieur.

Le brave *driver* demande :

— Vous êtes certains que mon client n'a plus besoin de moi ?

Bon, sa maman ne lui a rien dit, et son petit doigt non plus.

— Absolument certain, réponds-je. Je vous affrète sans le moindre scrupule.

— Et où je vous mène-t-il ?

— A l'endroit où vous avez chargé le monsieur en question. Il vous avait mandé par téléphone ?

— Tout à fait. Il habite dans la banlieue, à Gros-Braquemard.

— Et bien ! allons-y !

Et nous voilà partis. Une neige fine s'est remise à tomber. Tout est fantomatique, ouaté, Québec ressemble à une immense carte de fin d'année. On a envie d'écrire « Joyeux Noël » en strass dans le ciel plombé. La grosse tire américaine produit un bruit feutré en roulant.

— Bravo, Jérémie, murmuré-je, pensif, c'était bien vu. Y a plus grand-chose à t'apprendre dans ce métier.

Il y a un sourire large et blanc comme l'ancien écran panoramique du Gaumont Palace.

— Qu'allons-nous faire à l'adresse de ton pirate ? questionne Pinaud.

— Un malheur, probablement, réponds-je. Maintenant c'est l'hallali, mes amis. Chaque seconde compte. On liquide et on s'en va.

Et je retombe en méditation.

Ma prostration inquiète mes amis.

— A quoi penses-tu ? demande Jérémie.

— A Genève.

— Très jolie ville, souscrit César. Sa rade, son jet d'eau, son Davidoff. Je ne fume que des Boyard, mais j'aime les acheter chez Davidoff, il me semble qu'elles sont meilleures.

— Quoi, Genève ? pousse le Noirpiot, impatient.

— Ç'a été le point de départ. J'y suis allé, Spiel aussi, le pirate et ses sbires également, ainsi qu'un mec des services secrets canadiens, le pauvre Aloïs Laubergiste dont j'ai malmené les bourses dans un réflexe de jalousie. Je cherche le lien entre ces différentes gens. Je suppose que ça devait être le général Chapedelin…

Ma voix tombe. Je ne veux plus que mes deux potes me questionnent. Un gros turbin de mise en place s'effectue dans mes méninges ; j'ai besoin de recueillement pour agencer les idées qui me viennent.

J'essaie de trouver le cheminement de tout ça. Admettons que le dénominateur commun soit en effet le défunt général Chapedelin... Oui, admettons. Ce mec fait de l'ombre au conseiller du Premier ministre, le dénommé Sébastien Branlomanche. Au point que l'autre — qui n'est pas étouffé par les scrupules — décide de le faire trucider. Il se met en rapport avec un coquin de haut vol (si je puis dire) qu'il a connu et pratiqué jadis, en l'occurrence Théodore Spiel. Spiel lui arrange l'équarrissage. Mort du général. Aloïs qui n'a pu le prévenir, découvre alors un élément qui l'induit à se précipiter à Genève. Mais que faisait-il au congrès des groupements charismatiques ? Surveillait-il quelqu'un ? Mystère. Aussitôt après la séance, il fait comme moi : s'embarque pour Montréal. Etait-ce moi qu'il filait ? Non, idiot, puisqu'il se trouvait déjà dans la salle du congrès lorsque je m'y suis présenté ! N'empêche qu'il a pris ce vol avec nous. Un vol à bord duquel tout était prêt pour une opération de détournement. Avait-il eu vent de la chose ? Si oui, il aurait prévenu les autorités suisses au lieu de courir un tel risque et de le faire courir à deux cents et quelques personnes !

Spiel, de son côté, avait pris l'avion de la veille. Etait-il en cheville avec l'homme aux tempes grises ? Probablement, puisque celui-ci est venu lui rendre visite à son hôtel ce matin.

— Ecoute... commence Pinaud.

— Non ! refoulé-je, je pense !

Il la verrouille illico, décide de s'allumer une

cousue. Les Boyard, quoi qu'il en dise, c'est nouveau. Avant c'était des Gitane maïs, voire d'hum-
bles Gauloise...

Son opération, à l'homme aux tempes grises, était
en chemin depuis lurette. L'équipe de pionniers
envoyée à Axel Heiberg, c'est pas en quarante-huit
heures qu'on l'a recrutée, et acheminée sur cette île
de fin du monde. Donc, ça...

Attends ! Une giclée électrique m'a traversé le
bulbe. Un éclair de précomprenette. Putain, j'hume
le poteau rose ! Une hypothèse (d'école, comme ça
leur prend de dire, tous ces cons, depuis quelque
temps : la mode du parler glandu ; je les hais ! enfin
presque).

Je développe. Suis-moi bien, je répéterai pas. Et
peut-être même n'irai-je pas jusqu'au terme de mon
raisonnement. C'est comme une bandaison : il suffit
d'une mauvaise pensée pour la dissiper. Bon, alors je
vois un truc comme ça... Vive m'sieur le médium ! À
propos de l'opération du filliouz 14 expansé, suppose que M. le conseiller politique Branlomanche ait
trempé dans le coup ! Voire qu'il en soit l'instiga-
teur. Une affaire fabuleuse dont cette crapule reti-
rera une goinfrade commak.

Mais il a dû commettre une imprudence et, depuis
l'Europe le général Chapedelin a la puce à l'oreille.
Il pose à Branlomanche des questions qui font froid
aux noix à celui-ci. Tout risque de foirer. Il va falloir
zinguer Chapedelin. La logique voudrait qu'il prévienne les organisateurs de l'opération Axel Heiberg. Seulement il se dit qu'une telle nouvelle risque
de faire capoter le projet car ses partenaires prendront peur et renonceront. Alors il s'adresse ailleurs. A Spiel, ce bon vieux forban de Spiel, avec qui

il a commis de juteuses arnaqueries à Saigon. Jamais mettre ses mains au même panier ! Ses fers au même feu, sa bite dans le même cul ! VOUAI !

J'ai dû lancer à pleine gorge ce cri de victoire car non seulement mes deux aminches réagissent, mais le chauffeur fait un écart pareil à celui du cheval au père d'Hugo quand ce saligaud d'Espanche en déroute lui a défouraillé dessus au lieu de prendre la gourde que lui tendait son hussard fidèle.

— Vouai ! n'hésité-je pas à répéter, manière de confirmer mon allégresse.

Je tiens la vérité. Je la reconnais. La renifle comme j'identifie un pet de Bérurier dans la foule.

— Ça s'est passé tel que je dis. M'sieur le grand conseiller a demandé la peau du général. Spiel, une chose de cette importance, il s'est dit que ça n'avait pas de prix. Avant d'organiser la mise à mort, il cherche ce qu'il peut tirer du marché. J'ignore les contacts qu'il a pu prendre, ni avec qui, mais il appert (de ce que tu voudras : de boucles d'oreilles, de chaussettes, de couilles, de manches, etc.) qu'on a dû lui filer un billet gagnant de la tombola pour qu'il aide à conditionner Branlomanche à propos de l'enregistreur.

— Te voilà reparti, observe Pinaud, toujours attentif aux autres.

Je lui chasse de la main l'importunance (1). Je suis en train de me dire que si Branlomanche a bien agi comme je viens de le définir, il est stupide en conséquence de penser que Tempes Grises le pirate et Spiel se connaissaient. *Seulement, mon joli praliné*

(1) Tournure de phrase qui, à première vue, semble impropre, mais que j'ai déjà lue à maintes reprises dans François Nourrissier.

*surfin, s'ils s'ignoraient, qu'est-ce que l'homme au
pardingue de vigogne est venu foutre ce morninge
dans la chambre de Spiel ?*

— Voilà, vous êtes à destination ! annonce le
chauffeur.

On regarde l'endroit.

Moi, pour tout t'exprimer, je pensais parvenir à
une maison confortable. J'imaginais la résidence de
classe, à colonnes et perron. En fait, nous sommes
stoppés devant une construction basse, très pittores-
que, mi-bois, mi-pierre, dont la cheminée dégage
une épaisse fumée noire.

— Qu'est-ce que c'est ? demandé-je au chauffeur.

Basile Lemplâtré déclare :

— Une cabane à sucre.

— Je vous demande pardon ?

— Oui, une cabane à sucre, réitère-t-il.

Et le digne homme m'explique que c'est ici qu'on
fabrique le fameux sirop d'érable résultant de la
récolte de la sève des érables sucriers. On incise
l'arbre, on plante un tube dans la blessure et on
suspend un godet au bout du tuyau pour recueillir le
généreux liquide. On apporte ensuite la sève jusqu'à
ces cabanes à sucre. Là, elle est versée dans
d'énormes chaudrons placés sur des feux de bois.
Après plusieurs jours d'ébullition on obtient ce léger
sirop couleur d'ambre au goût délectable. Le rapport pouvant exister entre un aventurier sans vergogne et une cabane à sucre du Québec, franchement, de prime abord, je le vois mal.

— Vous êtes bien certain que c'était ici, insisté-je.

— Comme je vous vois ! *Au sirop magique,* on
m'avait indiqué ; vous pouvez vérifier, c'est écrit au-

dessus de la porte et aussi sur mon carnet de bord.

— On y va tous ? demande Jérémie.

— Non, restez en couverture, je m'y rends seul.

Cette taule artisanale a tout pour inspirer la rassurance. Elle est pimpante et dégage une odeur appétissante. Tu regrettes de ne pas être japonais pour la photographier sur toutes les coutures. J'entre. Ô merveille, un carillon composé de trois sonnettes aux timbres différents est fixé à la lourde. Gling gling glong. *Very* joli. Joyeux.

Je découvre un vaste local assez bas de plaftard où trois énormes chaudrons de cuivre confient leurs énormes culs aux flammes d'un enfer débonnaire. Des effluves de caramel et de forêt emplissent cet antre d'alchimiste-confiseur. Des bidons carrés sont empilés dans l'autre partie de la pièce. Face à la porte d'entrée, une lourde, coulissante, vitrée avec des culs de bouteille verts.

Un énorme chat castré, gris cendre (évidemment) se prélasse sur le sol, à faible distance des foyers. Il prend un pied terrible, malgré l'ablation de ses amygdales sud. Dans le fond, eunuque c'est une position enviable. La membrane farceuse ne te préoccupe plus. T'es rien qu'à toi. Tu te disposes totalement ! C'est cela la vraie jouissance !

Mais enfin, brèfle : quand on a des burnes, faut faire avec ! Moi, voilà plusieurs décades que je me résigne, en stoïcien pur fruit !

Quelques instants passent. Je ne perçois que le bruit d'ébullition du sirop dans les chaudrons. Et puis une femme fait coulisser la porte vitrée. Du genre pachyderme ou cétacé. Enorme, avec des jambes dont la circonférence dépasse de loin celle de

ma taille. Quand elle arque ça fait un bruit de sacs de
blé traînés sur un plancher. Le ventre, je te raconte
pas. Si un jour elle nécessite une autopsie, les
légistes auront l'impression de s'attaquer au tunnel
sous la Manche. La trogne est en cascades, velue
désagréablement, rougeaude, un peu scrofuleuse en
passant. Elle a une coiffure extravagante : en tas de
foin, surmontée de deux peignes aux dents voraces,
piqués comme des fourches. A part ça, elle louche à
s'en faire péter les joints de culasse des orbites, derrière des lunettes à ce point épaisses que leurs verres
semblent avoir été taillés dans un bloc de glace.

— Vous daiisirrrrez ? elle grommelle, en souhai-
tant vraisemblablement que mes aspirations soient
modestes.

— Vous mettez des lunettes spéciales pour lire,
chère madame ? m'enquiers-je.

— Non, pourrrrquoué ?

— En ce cas vous pouvez prendre connaissance
de ce qu'il y a d'écrit sur cette carte ?

Elle chope ma brémouze et la pose sur la pointe
de son nez (qui, à vrai dire n'en comporte pas, tant il
est large).

— Po... li... ce ! récite-t-elle.

— Bravo, complimenté-je, vous avez gagné !

J'enfouille ce précieux document sous plastique.

— Ce matin, un homme aux tempes grises, portant une casquette à carreaux et un pardessus beige a
appelé un taxi depuis votre établissement ; vous vous
en souvenez ?

— Non.

— Madame, je suis en mesure de prouver ce que
j'avance, alors à quoi bon nier ?

Elle ouvre sa bouche. Y a des brèches dans sa

denture. Sa gueule est pareille à une rue sinistrée à laquelle manquent des immeubles.

— Moi, je ne sais rien, faut que j'aille demander au fils ! fit-elle.

— Excellente décision, approuvé-je.

La voilà repartie. Mon guignol fait du trampoline, comme tout à l'heure au moment de retrouver Tempes Grises. L'état d'alerte. Dispositif *number* ouane ! Ça ne sent pas seulement la mélasse d'érable, dans cette taule, ça fouette également l'autre !

Deux fenêtres éclairent l'étrange local. Je vais ouvrir l'une d'elles, que tant pis pour le froid mordant du dehors, les foyers en ronflade le combattront. J'aperçois Jérémie, non loin, derrière la guinde stationnée. Lui adresse un signe qui signifie : gaffe !

Il opine.

La lourde coulissante se rouvre sur un bizarre individu presque bossu. Plus exactement, il a la tête entre ses épaules très remontées. Il porte un épais blouson doublé de mouton qui n'arrange pas son problo. Contrairement à sa *mother,* il est plutôt maigre, le cheveu noir tombant en aile de corbaque. Le nez long et plongeant, au point qu'il pourrait le gober avec sa lèvre inférieure s'il s'y exerçait.

— Ma mère n'a pas bien compris, dit-il d'une voix éraillée, qu'est-ce que vous désirez ?

Je rechante mon couplet du monsieur comme ci, comme ça, qui a demandé un taxi depuis la cabane.

— C'est exact, dit-il.

— Vous le connaissez ?

— Pas du tout.

— Que faisait-il chez vous ?

— Il est venu acheter du sirop.

Moi, j'en ai entendu des savoureuses, bien souvent, mais de cette nature, encore jamais ! Tu imagines Tempes Grises venant faire l'emplette de sirop d'érable avant de rendre visite à Spiel avec un pistolet dernier cri dans sa poche ?

— Il en a pris beaucoup ?

— Deux gallons.

— Et il vous a demandé d'appeler un taxi ?

— Oui, pourquoi ?

— Il est arrivé comment, chez vous ?

— Je n'en sais rien, sans doute habite-t-il le quartier ?

— Vous l'aviez déjà vu ?

— Non, jamais.

— Il est parti avec ses deux gallons de sirop d'érable ?

— Oui, puisqu'il les avait achetés.

— Il est monté dans le taxi avec les deux bidons ?

— Je suppose.

Je dégaine la rapière (vide, mais qui le sait en dehors de moi ?) prise à Tempes Grises.

— J'aimerais visiter votre maison, dis-je.

Le bosco rebiffe :

— De quel droit ?

— La raison du plus fort est toujours la meilleure. Montrez-moi les lieux, l'ami, et cessez de me prendre pour un con. Je suis dans un jour à me livrer aux pires fantaisies !

Il déchiffre mon regard implacable et se soumet.

— Venez, soupire-t-il.

Nous franchissons le seuil d'une salle plus vaste que le local de traitement. La pièce commune. Très commune. Beaucoup de hardes et du mobilier sans goût ni grâce. La grosse éléphantiasée confectionne un ragoût de porc qui renifle plutôt bon.

Je traverse la pièce pour gagner les deux lourdes du fond. Celle de droite donne dans une chambre rudimentaire.

Au moment où je passe celle de gauche, j'ai juste le temps de constater qu'elle aussi donne accès à une chambre. Ma vue se brouille aussitôt car je viens de prendre un coup de je ne sais quoi en pleine figure. Batte de base-ball, tu vois ? Ou assimilé. Du gros contondant actionné latéralement. Je l'ai dérouillé en plein front et, crois-moi ou va te faire mettre, mais « j'entends » le bruit de l'impact. Ô honte : c'est un bruit creux. Me voici faiblard comme un limaceau frais sorti du ventre maternel. Je mets un genou en terre à la manière des preux chevaliers qui se faisaient sacrer connards d'élite par leur Suze (cassis) rain.

Dans un flou qui n'a rien d'artistique, je vois un surgissant lever une tringle de fer, non plus horizon-talement, mais verticalement. Je roule sur le côté. Le choc me prend à la hanche et me coupe le souffle. C'est ma fête aujourd'hui. Le fabricant de sirop profite de ce que je n'ai pas l'air frais pour me savater la gueule. Trente-sept chandelles ! Comme pour les roses : toujours un nombre impair. J'obs-tine à demeurer lucide, mais franchement, le temps se gâte.

Qu'heureusement, le chevalier Blanc surgit. J'avais bien fait de l'avertir de mon pressentiment. Il est venu écouter, près de la fenêtre ouverte, s'est introduit dans la maison par cette voie plus discrète que la porte à sonnailles. Et il bondit comme une tornade noire, Jérémie ! De la hargne, il en revendrait à un gladiateur romain, ce bon bougre! Tu verrais la manière qu'il arrache la tringle au voyou d'agresseur! Puis lui en administre une infusion brûlante : vlan! rran! tchoc! et boum! pour terminer.

Il enchaîne avec le presque bossu qu'il cueille d'un coup de saton dans ses précieuses ridicules! Qu'il en est noir de douleur, le zigoto au blouson fourré! Ce ménage, ma doué! Le temps de compter six, pas davantage.

— Ça boume, Antoine? demande le natif du Sénégal.

— Presque! Mais je crois bien avoir une dent cassée!

— Je t'en achèterai une en or, ricane l'invincible.

— Ça se fait plus que dans ton village, mec. Désormais on travaille dans une sorte de porcelaine plus vraie que la vraie!

Le zig estourbi, faut que je dise : il a son compte. Dans sa furia, Jéjé lui a écrasé le larynx, y compris le cartilage cricoïde, et le gonzier défunte, par étouffement accéléré.

— Je le reconnais, assuré-je, c'était le chef de l'expédition d'Axel Heiberg, celle qui s'est pointée avec les engins à chenilles. Je l'ai vu mitrailler froidement des Esquimaux.

— Le facteur sonne toujours deux fois, récite M. Blanc en guise d'oraison funèbre (l'oraison du plus fort est toujours la meilleure, me disait Jean).

La grosse vieille aux besicles en hublots de batyscaphe chougnasse devant son ragoût qu'elle continue de trouiller machinalement. Elle marmonne comme quoi tout ça ne lui disait rien de bon. Elle savait que ça humait le vilain caca. Elle le répétait

« au » fils. Mais ce con n'a jamais su résister à l'appât du gain.

Elle psalmodie ensuite des « Qu'est-ce qu'on va devenir ? »

Moi, pendant ce temps, je vais me passer la frite à l'eau froide sur son évier. Je me le rappellerai, le Canada ! Dis donc, faut pas oublier son Rasurel quand on vient ici. Mettre son gilet pare-balles, pour les soirées fraîches. Se capitonner le cigare à moustaches. Jérémie vient d'empoigner « le » fils par les revers de son blouson.

— C'est maintenant qu'il va falloir tout nous raconter ! fait le Noirpioche. J'espère que tu en es convaincu ?

L'autre paraît égaré. Il a les lèvres montées sur ressort, le rgard yoyoteur.

Pinaud survient un jour, qui cherchait aventure. Il dit :

— Mes amis, le compteur tourne. En avez-vous encore pour longtemps ?

Deviendrait-il ladre, notre commanditaire ?

— A partir de maintenant la course est pour moi, le rassuré-je.

Le fabricant de sirop glagate de plus en plus.

— Mon ami t'a posé une question, interviens-je. Tu as trois secondes pour y répondre, sinon je te flanque la tête la première dans l'un de tes chaudrons.

— Je... j'ai voulu lui rendre service, fait-il en montrant le cher défunt qui tient beaucoup de place sur le plancher (tous les morts, quand ils ne se trouvent pas dans leur lit, sont des duc de Guise encombrants).

— Pourquoi lui rendre service ?

— C'est mon cousin !

— Le fils de mon pauvre frère, précise la grosse myoparde qui continue de tourner sa cuiller de bois dans le ragoût de lard d'un geste inconscient.

Pinaud renifle la marmite où mijote la chose.

— Je me suis laissé dire que vous mangiez cela avec des haricots et que vous arrosiez le tout de sirop d'érable ? interroge-t-il.

— Oui, c'est vrai, confirme la grosse ogresse.

— Au plan calorique ce doit être très riche ? objecte le vioque.

Il reglisse doucement dans la semoule d'où l'argent, gagné à flots, l'avait passagèrement sorti. Mais la nature reprend toujours ses imprescriptibles droits !

— On a besoin de combattre le froid, par ici, justifie la vachasse.

Marrant, cette discussion culinaire en présence d'un mort, et alors que la posture de ces deux personnages est assez angoissante.

— Quel service avez-vous rendu à votre cousin ?

— On l'a hébergé avec son ami Manson.

Manson ! Tempes Grises s'appelait (ou se faisait appeler) Manson. Faut venir dans cette « cabane à sucre » pour l'apprendre !

— Pourquoi n'habitaient-ils pas l'hôtel ?

— Ils avaient des problèmes et ne voulaient pas attirer l'attention.

— Ils étaient chez vous depuis longtemps ?

— Deux jours.

— Ils y faisaient quoi ?

— Rien. Manson téléphonait beaucoup.

— Ils vous ont expliqué pourquoi ils devaient se cacher ?

— Non.

— Vous n'êtes pas curieux. Je suppose que vous avez dû palper un paquet de fric, non ?

Il ne répond rien.

Moi, il ne me satisfait pas pleinement, ce vilain bougre. A cause du sale coup de latte qu'il m'a placé dans le maxillaire et qui va m'obliger à aller bâiller grand chez mon dentiste, chose que j'abomine. Tu sais comme je suis psychologue ? Si tu ne l'es pas, faut pas te faire médecin ou flic, sinon tu t'écrases. Ce gonzier, il est en train de tirer des calculs dans sa vilaine tronche. De peser le pour et le contre. Bref, il nous nique à sa manière.

— Allons dans le local à côté, décidé-je. Pinaud, tiens compagnie à madame, je suis convaincu qu'elle a d'autres recettes québécoises à te confier.

Une fois près des chaudrons odorants, j'écarte le blouson « du » fils et lui ôte sa ceinture. M'en sers pour lui maintenir les mains liées dans le dos.

— Cher siropteur, l'attaqué-je, je ne suis pas content de vous. Vous nous cachez des choses, ou du moins « quelque chose ». Vous hésitez à parler et nous perdons un temps précieux. Vous avez entendu mon vieil ami, à l'instant ? Le compteur du taxi tourne !

Pendant que j'exprime, je vais chercher deux tabourets de bois que j'approche d'un des trois chaudrons. Un signe à M. Blanc ; il avait déjà pigé. Nous nous saisissons du vilain en le prenant chacun par un bras et une jambe. L'élevons à la hauteur de la marmite infernale. La chaleur qu'elle dégage est folle, on se croit devenus soutiers à bord d'un vieux *steamer* de jadis.

— Vous parlez illico, ou c'est la tête dans la soupe, mon ami ! avertis-je.

— Non, non ! il s'affole.

— J'écoute.

— Le cousin et son ami m'ont amené un agent secret à garder !

— Un agent secret ?

Tiens, voilà du nouveau. On tombe de « charrette en syllabe », comme dit Alexandre-Benoît.

— Qu'est-ce que c'est que cette histoire ! fais-je.

— Ils l'ont capturé et le gardent comme otage pour s'ils avaient des ennuis.

— Et où est-il cet agent se...

Pas le temps d'achever ma phrase. Ce turbin, *mamma mia !* M'agine-toi que le pantalon du zigoto, inretenu puisqu'il n'a plus de ceinture, nous reste dans les pognes, et le gus glisse à l'intérieur de son grimpant. Son poids est trop élevé pur qu'on ait le réflexe de le retenir avec une seule paluche et le malheureux va déguster son sirop en ébullition. Oh ! je te rassure, on le rattrape d'urgence ; mais sa frite est entrée en contact avec la sève en réduction. Il beugle comme un perdu ! Je le comprends étant ouvert aux vicissitudes de mes semblables. On le dépose sur le sol ! On court à la cuistance quérir une serviette et de l'huile. Est-ce une heureuse thérapie ? L'avenir le lui dira. Sa mammy joint ses hurlements à ceux du rejeton. Je calme le jeu de mon mieux en disant qu'on va transporter le pauvre gars à l'hosto ! Pinuche téléphone à des ambulations. Un accident ! Le mec touillait son putain de sirop. Le tabouret a ripé ! On n'aurait pas été présents pour le sortir de sa marmite, c'était la mort rassurée (comme dit toujours le Gros).

Le temps urge. Je prends la mère entre seize z'yeux (avec des verres comme elle en porte, tu peux multiplier par quatre).

— Où est le prisonnier ? Vite !

— Quel prisonnier ?

— Pas d'histoires, « le » fils m'a avoué que vous cachiez un agent secret.

Elle fait : « Oh ! oui ». Comme si elle venait juste d'y repensr.

— Dans la chambre du fils, sous le lit, il y a un trappon, révèle la vioque.

On se catapulte, M. Blanc et ma pomme et on dégage en force le plumard. Effectivement, une trappe apparaît, qu'on soulève grâce à son anneau de fer.

Une échelle plonge dans le noir.

— Il faudrait de la lumière ! déclare Jérémie.

Il demande une lampe à la maman éplorée, laquelle lui indique une énorme loupiote à pile, de teinte orange, avec un faisceau de D.C.A. Ladite doit servir à éclairer le caveau, quand ils descendent, je suppose.

Nous dévalons. L'endroit est exigu : deux mètres sur trois à peine. Le mobilier, je t'en fais cadeau : un tas de paille avec une couverture et un seau hygiénique ancien modèle. Une forme gît sur la paille, entortillée dans la couvrante car il fait un froid d'enfer laguche. La frime de l'agent disparaît sous deux larges plaques de sparadrap : l'une pour l'aveugler, l'autre pour lui fermer la bouche.

Le pauvre mec doit être saucissonné car il reste foncièrement immobile.

Je m'agenouille auprès de lui.

— Eclaire-le, Noirpiot, je vais lui arracher ce

bordel. Comment peut-il respirer ! C'est à peine si
on lui a laissé une narine de libre.

Je dis au prisonnier :

— Serrez les dents, mon vieux, je vais arracher
ces bandes d'un coup sec, c'est ce qui fait le moins
souffrir.

J'empare le sparadrap couvrant les yeux, et rrran !
Ensuite, celui qui masque la bouche, et rran !

Puis je demeure sans voix. Sans réaction. Sans
pensée. C'est vide et blanc sous ma coiffe.

— Je savais que tu finirais par arriver, me dit
Marie-Marie.

FIN SURFINE

Si un jour quelqu'un te demande l'endroit où le fameux San-Antonio aura été le plus heureux, sans hésiter, réponds-lui que ça a été dans un trou glacial des environs de Québec. Un vrai trou creusé dans une terre argileuse. Un trou pareil à une tombe. Si le même curieux insiste et veut savoir pourquoi le bonheur s'est épanoui pour lui en un tel endroit, sois compatissant, car la curiosité est un tourment, vois-tu, et l'être en quête de vérité est aussi mal dans sa peau que celui qui fait de la rétention d'urine ou qui souffre d'un calcul rénal (dos âne).

Explique-lui, que, dans ce fameux trou, San-Antonio, l'illustre, a eu le formidable bonheur de retrouver la femme qu'il aimait et qu'il croyait morte. Morte par sa faute. Raconte-lui que ça été flamboyant comme une apparition céleste. Archisublime. Tellement grandiose que le commissaire aurait pu interrompre là sa carrière, voire même sa vie, parce que tout ce qui pouvait suivre désormais serait de la barbe à papa.

Oui, dis-lui, l'ami. Dis-lui bien ! Dis-lui tout.

Quand, débarrassée de ses large bandes de spara-

drap et aveuglée par l'éclat intense de la lampe,
Marie-Marie a eu cette phrase qui résume si tant
bellement sa confiance, sa foi en moi, il m'a semblé
que la planète Terre se mettait à girer à toute
pompe, qu'elle partait se perdre dans des galaxies
inconnues, là où le temps ne ressemble plus à ce que
nous en savons ni les gens à ce qui tant nous débecte.

Je l'ai serrée contre moi. Son cœur cognait contre
le mien. Progressivement, ils se sont alignés sur la
même heure pour battre de concert.

Je crois que Jérémie a déposé la loupiote sur le sol
et qu'il est monté rejoindre Pinuche, lui annoncer la
grande nouvelle éclatante !

Combien de temps s'est écoulé dans le sauvage
bonheur, bestial et lumineux à la fois, de nos
retrouvailles inespérées ?

Je ne songeais même pas à lui ôter les liens qui
l'entravaient. C'est elle qui m'a chuchoté, d'un ton
presque d'excuse :

— Tu veux bien me détacher ?

Je l'ai détachée. Ensuite massée.

Enfin baisée, à la langoureuse, dans la paille
glacée de son cachot-sépulcre. C'était pas cochon le
moindre. Une baise fervente comme une prière dite
au bénéfice d'un malade gravement atteint. Si lente,
si douce, si musicale. Du violon plus que de l'embroque, si tu peux piger ça, le cartésien. *Le beau
Danube Bleu,* l'air de musique roi ! Qu'il n'y a rien
de plus formide, de plus tout. Ils l'ont pris comme
musique dans *Odyssée 2001* et je les comprends. Ça
exprime ce qu'il peut y avoir de plus intensément
secret en nous. Tsoin tsoin, tsoin tsoin... Oui, j'ai

limé Marie-Marie pour nous remercier le ciel de s'être enfin rejoints (1).

Il y avait un cadavre au-dessus de nos têtes et un brûlé du dernier degré qui criait « chaud les érables » avec l'accent québécois. Mais n'importait. Fallait qu'on cède à l'harmonie du monde. Qu'on se mêlasse (c'est le cas d'y dire) au grand concert. C'était grandiose.

Après cet hymne à l'amour, on est restés inertes dans la paille. J'avais des fétus qui me chatouillaient sous les burnes. Malgré le froid, on transpirait. J'ai éteint la lampe qui mettait des irréalités dans la fosse.

— Raconte ! ai-je chuchoté à son oreille.

Le moment était venu. Alors elle m'a tout dit.

C'était si stupéfiant que je la croyais par amour seulement, tant y avait de quoi incréduler. T'es sûr que je dois te résumer ? Comment ? Du moment que t'as acquis ce *book,* je suis obligé de livrer ? Oui, bien sûr. Romancier, c'est téméraire comme turbin, si on réfléchit. Ça t'engage. Tu prends des responsabilités.

Figure-toi qu'elle me lâche le grand navet, Marie-Marie, je veux dire, pardon, le grand aveu. Voilà plusieurs années qu'elle a largué l'enseignement. Pas pour faire secrétaire dans un organisme caritatif international, mais pour entrer dans les services secrets français. Par amour de moi. Elle a voulu faire un métier similaire au mien. Elle a convaincu les

---

(1) Ça aussi, je l'ai lu dans François Nourrissier, notre père à tous.

S.-A.

hauts responsables de ses capacités. A fait ses classes, s'est montrée brillante !

Tu juges ? C'est pas de l'amour fanatique, ça ? Totalement engagé ? J'en chiale. Tu peux pas voir dans le noir, mais touche ma gueule : on dirait les pampers d'un bébé après plusieurs heures d'usage. Elle a déjà rendu de grands services aux Services, la miss. Surdouée, la cachottière ! et moi, bonne pomme, je continuais de la croire dans un boulot planplan. Certes, comme façade, elle s'occupait effectivement de son organisation de charité. Les chiares du tiers monde, les affamés du Bangladesh ou de l'Ethiopie, elle y allait corps et âme, ma merveilleuse. Mais dans l'ombre, tu parles d'un turf ! En passe de devenir la Jeanne d'Arc des services secrets, ma toute belle !

C'est elle qui a appris que le conseiller Branlomanche était en contact avec un mec pas frais, insaisissable et machiavélique nommé Manson. Un type au pedigree mal cernable. Plus ou moins anglais, plus ou moins bulgare. Il a dirigé un commando de mercenaires en Afrique. Ensuite, on le retrouve dans une affaire de détournement d'avion qui se termine en Algérie, où il disparaît. Puis il y a des histoires de documents volés aux Nations unies. D'autres trucs encore. C'est, en grand et en sanglant, ce qu'était Spiel aux magouilles ténébreuses. Messieurs « Pas vus pas pris ! » et « Cours-moi après, je t'attrape » !

Marie-Marie qui séjourne à Bruxelles, informe le général Chapedelin qu'il se manigance du louche à Ottawa (Ottawa de là que je m'humecte) (1)

---

(1) Je l'avais encore jamais faite !

Boniface Chapedelin commet l'imprudence de contacter directo Sébastien Branlomanche pour lui demander de se justifier, et tu connais la Suisse. Pardon : la suite. Branlomanche s'adresse à Spiel, lequel lui nettoie le plancher. Mort du général canadien.

Après l'assassinat, Aloïs Laubergiste (dit le cha-fouin), qui est au courant de la démarche de Marie-Marie auprès de son « défunt protégé » (sic), se met en quête de Marie-Marie pour connaître ses sources et mener une enquête. Il la déniche à Genève. Ce qui fait, tiens-toi bien, Germain, qu'en réalité, c'est *elle qui a motivé son voyage à Genève et son départ pour Montréal à bord de notre avion!*

La fatalité, le hasard, les exigences de mon bouquin, tout a concouru pour que nous prenions le vol que Manson et sa funeste équipe se préparaient à détourner aux fins que tu sais. Etonnant, non ? Dis-moi que c'est étonnant, ça me ferait plaisir ! C'est étonnant ? T'es sincère ? Merci.

Bon, la suite, je te l'ai tellement racontée par le menu que ça te filerait la gerbe si je revenais sur ces péripéties effroyables. Sache qu'après Axel Hei-berg, le grand forban abominable a fait poser le D.C. 10 dans un îlot situé au nord-est du Canada. Un coin appelé l'île de Santambour; endroit désolé s'il en est. On y a déchargé les trois quarts du minerai. Manson a fait procéder à un plein véritable (le carburant y était stocké). Il a alors donné l'ordre à l'avion de repartir, en sacrifiant deux de ses comparses chargés de braquer les pilotes, ainsi que quelques autres personnes qu'il avait emmenées. L'avion était piégé et devait exploser au-dessus de l'océan, assez près des terres toutefois pour qu'on

pût repérer l'épave et retrouver accessoirement une
partie du minerai. Ainsi on allait conclure, après
cette catastrophe, à la faillite du coup. L'action
policière s'éteignait. Un avion privé est venu récupérer Manson, ainsi qu'un de ses lieutenants (lequel gît
sur le plancher de la vieille) et Marie-Marie.

— Il savait qui tu étais ? l'ai-je interrompue.

— Oui.

— Comment ?

Elle a baissé le nez dans l'échancrure de ma
chemise. Son aveu a été formulé dans mes poils
pectoraux, assez touffus, comme chez les vrais
bandants.

— Parce que je lui ai dit. Il m'a torturée et je n'ai
pas eu la force de résister ; d'ailleurs cet aveu n'avait
pas grande importance et ne compromettait rien...
que moi.

— Pourquoi t'a-t-il emmenée d'Axel Heiberg, si à
ce moment-là il ignorait tes occupations ?

— Il les soupçonnait. Le fait que je sois en ta
compagnie lui a mis la puce à l'oreille.

— C'est toi qui lui as parlé du conseiller Branlomanche ?

Un gazouillis de libellule me répond.

— Oui, j'ai honte. Il m'a brûlé la plante des
pieds. J'ai encore très mal, tu sais.

— Je comprends. Il s'est pointé ici pour s'entrete-
nir avec Branlomanche, lequel, à la suite de petits
ennuis de santé, venait y faire un check-up discret.

Le reste, c'est à mécolle pâteux que je le récite :

Il a aperçu Spiel auprès de Branlomanche. Il aura
filoché le gazier jusqu'au *Frontenac* et a décidé
d'avoir une converse avec lui pour découvrir ce qu'il

maquillait avec son complice. Mais quand il lui a rendu visite, nous étions dans la place, Béru et moi.

— En somme, dis-je après réflexion, les conteneurs de minerai se trouvent toujours en territoire canadien ?

— A moins qu'on ne soit allé les récupérer ces deux derniers jours.

— Je ne le pense pas. Ils auraient été transférés dans la foulée ! Sais-tu pourquoi ils sont ici ? Parce que la bande compte les revendre... aux Canadiens, ma chérie ! Aux Canadiens, tout simplement !

« C'est ça la seconde trouvaille géniale de Manson : on accrédite l'idée que le butin est anéanti, mais on le laisse dans le pays ! Ensuite, on a tout son temps pour négocier ! Toi, on te gardait par mesure de sécurité jusqu'à la conclusion des tractations, comme éventuelle monnaie d'échange au cas où Manson se serait fait alpaguer ! Du très grand travail effectué par une très grande crapule. La pire peut-être que j'aurai connue ! »

— Je vous demande pardon de vous importuner, tombe la voix affectueuse de Jérémie, mais voilà les ambulanciers. On leur fait emporter aussi le macchabée pendant qu'ils sont disponibles ?

— Attends un instant dans le couloir, mon adorée, dis-je à Marie-Marie. Il faut que je prévienne tonton que tu vis toujours, sinon il va tomber raide !

Sage précaution.

Raide, il l'est déjà, oncle Béru. Le braque des très grands galas culiers. Un monument érigé (tu parles) à la gloire du pénis humain !

La môme Louisiana est crucifiée sur le lit (croix de Saint-André seulement), mais quel tableau !

Le Chevalier du Panet est agenouillé dans la partie inférieure de la croix, ce qui est logique. Notre arrivée tempestive interrompt une intromission qu'on pouvait espérer fougueuse.

— Ah ! v'v'là les mousqu'taires ! Cette frangine, l'est duraille à décider, mais une fois lancée, faut pas y en promett'. J'l'entr'prends pour la quatrième édition du con sécutive. J'craindre qu'j'vas finir par y défoncer l'entresol ! 'rheusement qu'il a du répondant, le Sandre !

« Oh ! faut qu'j'vais vous faire marrer. V's'avez comment qu'é s'appelle d'son nom d'famille, Louisiana ? V's'allez pas m'croire, mais c'est testuel : j'ai vu ses fafs : Bérurier ! Louisiana Bérurier. On a étudié notr' arb' zoologique. On n'est pas parents, d'après nos origegines. Moi c'est la branche alcoolique d'Normandie, elle c'est la branche syphilitique des Ardennes ; c'qui vous esplique que, pour la bouillave, on peut y aller franco de porc : aucune sanguignolité ent' nous. Bon, si vous pourreriez m'la laisser finir à tête r'posée et fermer la porte en partant... »

— Non ! fais-je. Tu termineras mademoiselle plus tard, Gros. Rentre dans ton bénouze, je t'amène du monde !

Et puis alors là, ça se passe plus tard, tu vois ?

Au bar luxueux de l'hôtel devant les dry martinis comme Germain Lapierre sait les réussir : trois tiers gin, deux tiers Martini, un zeste de citron et une cerise confite en dévotion pour couronner.

Le lieutenant Laburne, de la police de Montréal et

son adjoint, l'inspecteur Creuse, nous ont rejoints.
Ils se sont pointés en fin d'après-midi. Pas contents
que je me sois taillé de l'hosto d'abord, de Montréal
ensuite, sans les avoir prévenus. Ils renaudaient
mochement, les deux. Emettaient des miasmes en
vociférant, nous fouettaient les frimes de postillons
acérés, que même dans *le Courrier de Lyon* Hossein
n'a pas trouvé les pareils !

Mais quand on leur raconte tout bien, qu'on leur
montre Marie-Marie, qu'on leur annonce que le
minerai est retrouvé et qu'ils ont l'occase de coincer
le conseiller félon, ce soir, au moment où il récupé-
rera l'appareil enregistreur ; quand on leur livre un
aussi beau paquet en leur affirmant qu'ils en auront
la faveur, vu que nous, le Canada, c'est pas notre
terrain d'action, et qu'on les laissera se pavaner des
plumes au cul du paon, alors voui, là, ils dodelinent,
mettent la pédale douce, nous expriment leurs
compliments émus, leur entière satisfaction ; nous
montrent les photos de leurs madames et de leurs
ravissants lardons.

On dry-martinise donc en chœur. Au troisième,
on se pompette déjà. Ce soir, on se couchera
dûment blindés, je pressens. Il est des circonstances
où t'as pas le droit de passer à côté d'une monstre
biture, moi je pense. Franchouillard, comme démarche intellectuelle, dis-tu ? Sans doute. Mais je t'emmerde, ce qui constitue le plus gros gain de temps
jamais réalisé d'un point à un autre.

Béru est au comble.

De tout. De la liesse affective et physique. Il a
récupéré sa nièce et embroqué une pétroleuse portant son nom !

A téléphoné à Berthe la première nouvelle. Et

revenu de la cabine avec une troisième : la Gravosse s'est mise à la colle avec le jeune Couci-Koussa, le cousin de Jérémie débarqué du Sénégal. Il trouve la chose extrêmement farce, Alexandre-Benoît. Sa morue se faisant tirer par un négro, ça manquait à son palmarès !

Bref, la joie roule dans le bar.

Jérémie est le seul à ne pas partager l'euphorie collective. Certes il biche qu'on ait récupéré la Musaraigne, mais il est plein d'arrière-pensées.

Soudain, il demande :

— On sait, au fait, sur quoi doivent porter les entretiens nippo-canadiens de ce soir ?

— Officiellement pas, répond le lieutenant Laburne, mais on chuchote qu'ils ont trait précisément au filliouz 14 expansé. Les Japonais proposeraient à notre Premier ministre une association pour sa mise en exploitation sur grande échelle.

— Voilà pourquoi « on » est intéressé par l'enregistrement clandestin de ces pourparlers secrets, dis-je.

On commande une quatrième tournée. Marie-Marie, ma douce, a posé sa joue contre mon bras. Elle est épuisée. Louisiana Bérurier la contemple avec quelque envie, mais elle a touché un lot de consolation somptueux avec le chibre surdimensionné du tonton, aussi laisse-t-elle vaquer sa sympathie pour la rescapée.

— V'v'rendez-t-il compte, déclare soudain Béru, que si c't'enfoiré d'Spiel avait pas licebroqué sur les caillettes à Justin, on s'rait passé à côté de l'affaire du sièc ?

Tout à coup, Jérémie se lève comme. Attends que je te trouve une image forte et neuve... Ça y est, je la tiens ! Il se lève comme mû par un ressort. Pas triste, hein ?

Il a renversé deux godets de dry-martini mais n'en a cure.

— Antoine ! m'appelle-t-il. Ho ! Antoine ! Te souviens-tu des paroles qu'il a adressées, tout en pissant, à la personne qui l'accompagnait, concernant son voyage au Canada ?

Pris au dépourvu, je gamberge. Mais ça fulmigène dans mes méninges. Elles font relâche, sais-tu. Le bonheur engourdit.

C'est M. Blanc qui répond à sa propre question :

— N'a-t-il pas dit que ça risquait de saigner dur au Canada ?

— Exactement ! exulté-je. Il voulait parler de l'avion...

Jérémie pointe sur moi son index, couleur chocolat sur le dessus et caramel sur le dessous.

Accusateur !

— L'avion ! Quel avion ? Il n'était pas au courant. Crois-tu que Branlomanche qui chocotait à cause du général Chapedelin aurait eu la sottise de lui en parler ? Et savait-il lui-même qu'une effusion de sang aurait lieu ?

Jérémie consulte sa montre.

— A quelle heure, le dîner des Japs et de votre Premier ministre ? s'informe-t-il.

— Huit heures !

— Il est moins vingt ! Appelez immédiatement vos collègues en planque au *Carlton* pour qu'ils interceptent Branlomanche avant qu'il ne branche son poste ! Je parie que si la doctoresse lui a appris son maniement, c'est pour qu'il n'ait pas la curiosité d'y toucher avant de le poser. Faites viiiiite! Et attention, ça peut être terrible!

Il est à ce point trémolant, mon M. Blanc, noir de partout, qu'il escorte le lieutenant jusqu'au bigophone.

Les deux policiers émérites restent longtemps partis. Béru égaie les clients du bar en leur interprétant *Les Matelassiers* (il s'accompagne en pétant et en faisant tinter les verres vides par chiquenaudes). Pinaud dort. Marie-Marie a coulé sa dextre entre mes cuisses, ce qui est osé de sa part mais témoigne du sentiment de propriété qu'elle affiche, ce faisant. Louisiana continue de biberonner sec, parce que c'est ainsi chez les Bérurier, n'importe leur « branche » originelle. Pour ma part, j'attends en priant.

Quand les deux poulets reviennent, ils se déplacent comme des statues sévillanes sur leurs palanquins pendant la semaine sainte. Lumineux, dodelinateurs, rayonnants.

— C'était une bombe! me crie Jérémie du plus loin.

Mais ça, je l'avais déjà compris.

— Bon, ben ça s'arrose, déclare le Mammouth. Si on boirerait du vin rouge pour changer?

Ce soir, je sens qu'on va parler québécois de bonne heure.

FIN

Lètre à Berthy,

Une qui va tomber des nues sur son gros cul, c'sera toi, ma pauv' femme, quand t'est-ce j't'aurai annoncé la grande nouvelle : je me casse. Nous deux, c'est fini pour toujours, la Grosse. Jusqu'à ici, on a eu des hauts et des bas, surtout des bas, mais l'un dans l'aut' ça fonctionnait biscotte nos parties d'jambons qu'a-vaient leur charme, j'les renille pas. S'l'ment si tu veux qu'j' te dise, la vie, c'est la vie, ma pauv' poule.

J'm'ai ram'né du Canada un' p'tite frangine chou-carde en plein, prop' comme un dollar neuf, av'c le poilu tiré à quat' épingu', c'qu' a son charme, même pour un môssieur peu porté su' les blablutions comme moi. J'm'étais toujours maginé qu' c'tait dans les vieux pots qu'on f'sait la meilleure soupe et j'détestais pas d'tremper dans les babasses géantes qu'ont des heures d'viol à leur activité ; d'autant, tu y sais, qu'le braquemard du Seigneur Béru c'est pas du cure-dent pour serin.

Mais la jolie p'tite Louisiana dont d'laquelle je te cause, m'a fait découvrerir l'plaisir du casse-noisette. Av'c c'te frangine, nos rapports textuels, c'est chaque

fois l'*Pollux* dans l'étau. Si è mouillerait pas comme
un' huître, mon braque partirerait en copeaux. N'en
plus, cette gosse est, comme dirait l'pouète, un
bouquet de printemps. Berthe, faut qu'tu vas me
comprend' : un bouquet d'printemps, j'ai pas l'droit
d'marcher dessus, c's'rait un crime envers la nature.

　　Alors, j'vas r'faire ma vie av'c c'te chérie qu'elle
passe déjà la sienne à ch'val su' mon zob comme si è
préparerait les J.O. du jumpinge. Avant qu' j'lu
montre l'outile, è f'sait la mijorée av'c ma pomme et
paraissait plutôt s'en ressentir pour Sana. Et puis j'y
ai déballé d'autor ma chopine entr' quat'zyeux et elle
a compris qu'une bitoune d'ce calib', elle pouvait pas
lu passer l'outre, même malgré not' différence d'âge.
Alors, v'là, c'est la cassure, nous deux, ma Grosse.
Comme j't' l'ai dit plus haut : la vie c'est la vie, on n'y
peut rien.

　　Tu peux conserver l'appart'ment, d'même qu' not'
livreret d'caisse d'Epargne dont il est à nos deux
noms. Pour c'qu'est du compte bancaire, j'l'ai déjà
soldé et m'en ferai ouvrir un aut' à moi seul. P't'être
qu' j' te devras une pension, le juge dira. Mais,
honnêt'ment, j' voye pas pourquoi tu t'mettrais pas au
boulot : ça t'ferait maigrir ; et puis Alfred, le coiffeur,
f'ra sûr'ment un geste pour t'aider à viv', n'serait-ce
que payer l'loyer puisqu'y t'tire à la maison. J'sus
pour la justice. Dans c'qui consterne la ferme qui
m'provient d'mes vieux, et où qu'on réside moi et
Louisiana l'est bien nez vidant que c'est ma propriété
personnelle propre à moi seul et qu'si tu viendrerais
renauder à c'sujet, tu risquerais d'morfler quèques
mandales qui t' donneraient des couleurs.

　　Allez, tchao ! Surtout, chiale pas, la mère. Dis-toi

une fois pour toutes qu' la vie c'est la vie. J't' souhaite une bonne continution avec ton bamboula.

Celui qui signe déjà ton ex :

Alexandre-Benoît B.

Poste-Critérium : R'lativement au partage, j'te propose l'arrangement suvant : je prends en charge la bagnole et toi not' fils Apollon-Jules, c'qui m'paraît équitab'.

*Achevé d'imprimer en juin 1989
sur les presses de l'Imprimerie Bussière
à Saint-Amand (Cher)*

— N° d'impression : 8440. —
Dépôt légal : juillet 1989.
Imprimé en France

Cela ce je l'ai fait me partir

— Ti une nouvelle ni n'ont trouvé preuve
même yeux, moustache et pue aussi fort